Kettly Mars

Saisons sauvages

Mercure de France

À Roland, voyageur d'éternité.

1

Combien de temps vais-je devoir encore patienter ? Bientôt deux heures depuis que j'attends d'être reçue. Je ne peux tout simplement pas me lever et partir puisque j'ai volontairement renoncé à mon libre arbitre. Depuis la minute où j'ai mis les pieds dans ce bâtiment, mon temps, mon humeur, ma vie dépendent de la fantaisie du secrétaire d'État. Il n'est pas question que je cède à mon envie croissante de foutre le camp de cette salle d'attente du palais des ministères alors que j'ai enfin obtenu, après force démarches et faux espoirs, la faveur d'être reçue par Son Excellence.

J'ai hâte de rentrer chez moi. Un peu avant de laisser la maison, je suis tombée sur un journal qu'écrivait Daniel. Il nichait dans le double fond d'une boîte à chapeau posée tout en haut d'une armoire de son bureau. Juchée sur une chaise, je fourrageais dans les étagères du meuble à la recherche d'une clé égarée quand la boîte est tombée à mes pieds, me révélant son mystère. J'ai tenu le journal un instant dans ma main, sans comprendre. Il me faisait un peu peur, comme un intrus dans mon sein. Je me suis retournée instinctivement pour voir si personne ne m'observait. J'ai hâtivement feuilleté de la pointe du pouce les pages recouvertes de l'écriture serrée de Daniel. Il n'en a rempli qu'une vingtaine. Ses premières notes datent d'octobre dernier. Neuf mois déjà et je n'en savais rien.

Il fait chaud malgré le ventilateur qui brasse l'air au plafond. Presque tous les employés du ministère sont partis. La secrétaire du secrétaire d'État s'en va à son tour. Elle me regarde d'un air indéchiffrable en recouvrant sa machine à écrire et me dit de ne pas m'inquiéter, que je verrai le secrétaire d'État. Daniel est en prison depuis deux mois et un jour exactement. Wenceslas Lamy et Hubert André, deux collègues du journal, également membres de l'UCH*, ont été coffrés le même jour que lui. Michel-Ange Lefèvre, le secrétaire général du parti, s'est mis à couvert. Il n'y aura pas de procès, pas de jugement ni de condamnation. Daniel sera libéré ou exécuté après une étape de tortures et de pourrissement dans sa geôle. Dans le second cas, je ne saurai ni le jour de sa mort ni dans quelle fosse commune sera balancé son corps. La justice n'a pas de temps pour les communistes empêtrés dans leurs théories et leurs luttes pacifiques. Ils sont des insectes nuisibles que la dictature écrase. Les autres, les kamoken, les putschistes, sont traqués impitoyablement, dépecés par la foule ou

* Union des communistes haïtiens.

exécutés sur la place publique. Qui frappe par l'épée… Leurs cadavres enflés restent parfois des jours la proie des mouches et des curieux fascinés et terrorisés. Mais au moins leur deuil peut-il être fait. Le plus dur est l'incertitude de la mort, l'attente, comme une blessure qui ne cicatrise pas et tue la vie, goutte à goutte. Certains parents et amis pensent que Daniel a tort de provoquer le gouvernement dans ses articles où il dénonce les violations de la Constitution et le mépris absolu des droits des citoyens. Ils lui reprochent aussi de propager des idées communistes dangereuses. Ils ont peut-être raison. Mais aujourd'hui, je n'ai pas le temps de penser. Il me faut frapper à toutes les portes, sonner à toutes les cloches, avaler mon orgueil et ma peur pour solliciter son élargisse-ment. Pour prier qu'on le libère, qu'on le rende à ses deux enfants. Incroyablement, ce miracle est parfois possible. Je vais attendre. Deux heures, quatre heures encore s'il le faut.

Je n'ai aucune nouvelles de Daniel. On m'a dit qu'il est encore vivant. On, c'est n'importe qui avec une miette d'information, un brin d'espoir. On, c'est une connaissance dont le cousin emprisonné à Fort-Dimanche aurait réussi à glisser un billet à l'extérieur donnant les noms de quelques survi-vants, cela fait déjà une semaine. On, c'est un jardi-nier de la prison, le cousin du mari de ma bonne, il saurait que Daniel loge dans l'aile droite du bâti-ment, dans une cellule où six hommes dorment à tour de rôle sur le seul lit de la pièce. Chaque infor-mation se paie en espèces ou en insomnie.

2

Le secrétaire d'État lui-même m'introduit dans son bureau. Le froid de la pièce me saisit dès la porte. Il doit faire cinq degrés de moins que dans la salle d'attente. Comment peut-on vivre dans cette ambiance glaciale ? Le mobilier est lourd et solennel. Du bois partout, massif et sombre. Il y règne un ordre soigné. Une lampe au néon jette un rond de lumière criard sur un coin du bureau. La paume du secrétaire d'État est glacée et sèche, sa poignée de main sans âme. Il porte un complet-veston bleu sombre, une chemise blanche et une cravate rouge. Un accoutrement banal. Un peu plus grand que la moyenne, sa peau noir foncé cache son âge. Milieu de la quarantaine, je dirais. Des yeux globuleux derrière des verres épais, des lèvres bombées, un nez fort dont les narines vous regardent comme une autre paire d'yeux vides. Ses cheveux laineux grisonnent à ses tempes. Un visage sans aucune beauté, qui ne livre aucun secret. Un léger embonpoint se devine sous sa veste. Je ressens soudain un besoin pressant d'uriner,

sûrement à cause du froid. La secrétaire a verrouillé la porte de la toilette de la salle d'attente
en partant, je me retiens depuis pas mal de temps.

« Asseyez-vous…, madame Leroy.

— Merci…, Excellence. »

Un moment passe. J'attends que le secrétaire
d'État m'adresse la parole. Il ne semble pas
pressé. Il me regarde à la dérobée en faisant une
drôle de tête, comme s'il avait vu un fantôme,
mais il se recompose bien vite. J'ai cru voir ensuite
le frisson d'un sourire sur ses lèvres. Assise sur
mes fesses, la pression contre ma vessie est plus
douloureuse. Je me redresse pour que le poids de
mon corps repose davantage sur mes cuisses.

« Je… j'ai été convoqué en urgence par le président de la République… »

Il s'exprime finalement avec le ton de quelqu'un qui me parlerait du temps qu'il fait. Je suppose que l'information tient lieu d'excuse pour
mes quatre heures et dix minutes d'antichambre.
Mais je ne suis pas dupe. Cette attente délibérée
et calculée définit clairement le scénario. Il me
tient à sa merci. Son pouvoir peut me sauver ou
me détruire. Je suis dans la pire situation où peut
se retrouver un citoyen du pays. En butte à la
colère légitime de l'autorité absolue provoquée,
à contre-courant de la « révolution en marche »,
dans le camp des traîtres à la cause. Une porte
ouvre juste derrière le fauteuil du secrétaire
d'État. C'est sûrement par là qu'il entre et sort du
palais des ministères sans se faire voir de la faune
qui poireaute à longueur de journée devant son

bureau. La porte à ma gauche doit être celle d'une toilette. Le secrétaire d'État tire un carnet et un stylo d'un des tiroirs de son meuble de bureau. Il m'observe attentivement sans me donner l'impression de me regarder. Je joue au même jeu.

« Hmmm… j'ai accepté de vous recevoir ici, madame, suite à l'intervention de mon ami, le docteur Xavier. » Le secrétaire d'État prend une pause. « Un excellent interniste, le docteur Xavier, il me dit sur le ton de la confidence. Un homme à qui je dois beaucoup, beaucoup… il m'a sauvé la vie. D'ordinaire je ne reçois pas ce genre de… doléances. Mais, exceptionnellement… Nom et prénom de votre… époux ? »

Son ton change. Le soupçon de douceur dans sa voix m'effraie. Mon cœur veut forcer le passage et sortir de ma poitrine.

« Leroy… Daniel, je dis dans un souffle.

— Âge ?

— Trente-neuf ans.

— Profession ?

— Professeur de philosophie, de droit… et d'histoire.

— Et encore ? » me demande le secrétaire d'État en levant un sourcil. Sa voix devient dure. Pour la première fois depuis que je suis dans la salle, il cherche mon regard.

Je soupçonne cette particularité du secrétaire d'État de changer de sujet de conversation et de ton de façon déroutante. Comme un coureur qui se déplace en zigzaguant. Sûrement une tech-

16

nique d'interrogation devenue seconde nature. En fait, il sait tout de Daniel. Son âge, ses parents, sa situation financière, ses chaires à l'université, ses articles de journaux qui critiquent le gouvernement, la couleur de sa peau, la date de notre anniversaire de mariage, les prénoms de nos enfants, tout. Son travail est de tout savoir de tous les Daniel qui mettent des grains de sable dans la mécanique du pouvoir, et de les réduire au silence.

« Journaliste… j'ajoute d'une voix affaiblie.

— Rédacteur en chef du journal d'opposition *Le Témoin* et numéro deux de l'UCH », complète le secrétaire d'État, l'air de rien.

Une barre de douleur me martyrise le bas-ventre. Ma vessie n'en peut plus. Mais je n'ose pas demander au secrétaire d'État d'utiliser sa toilette personnelle. Je n'ose pas lui rappeler que j'ai un corps, un appareil urinaire, une vulve. Le chuintement du jet de l'urine lui parviendrait peut-être. Je ne le veux pas m'imaginant dans la pièce à côté, vulnérable et dénudée. Cette fonction de ma féminité me semblerait dans cet instant une faiblesse, une menace contre mon propre corps. Je n'aurais pas dû venir seule à cette audience. Mon front devient moite malgré l'air conditionné. Le docteur Xavier m'a recommandé de ne pas me faire accompagner et de garder ma démarche aussi secrète que possible. Tout ce qui concerne les prisonniers politiques doit se traiter avec un maximum de discrétion.

« Depuis combien de temps votre époux a-
t-il… disparu ?

— Deux mois et un jour. »

Mais j'aurais voulu ajouter ce que le secrétaire
d'État n'ignore pas, que Daniel n'a pas disparu,
qu'il a été emmené par trois hommes alors qu'il
rentrait à la maison à la tombée de la nuit, qu'ils
se sont engouffrés dans notre voiture qui n'a toujours pas été retrouvée. Des témoins auraient vu
la scène mais aucune enquête ne sera ouverte et
personne ne témoignera. Le secrétaire d'État
dépose le stylo, se cale contre le dossier de son
fauteuil et soupire. J'ai perdu la notion du temps.
Il doit faire presque nuit dehors. Les enfants m'attendent. Depuis l'arrestation de Daniel ils font
l'apprentissage de l'inquiétude, ils deviennent
grands avant leur temps. Seul le docteur Xavier
sait où je me trouve à cette heure. Mes muscles
pelviens sont douloureux tant je les contracte
pour retenir l'eau qui cherche sa route hors de
mon corps.

« Savez-vous où se trouve actuellement votre
époux, madame ? »

La voix du secrétaire d'État est redevenue
douce et grave.

« Non… Excellence.

— Vous mentez, madame ! » Le secrétaire
d'État sourit et son nez s'aplatit jusqu'à toucher
sa lèvre supérieure. Il me montre ses dents
longues, régulières et d'une blancheur extrême.
Un sourire carnassier qui met un peu de beauté
dans ce visage ingrat.

Mon cœur bat la chamade. Je me sens comme un enfant pris en flagrant délit de dissimulation. Que faire ? Je dois lui dire la vérité. Puisque je n'ai pas d'autre recours.

« C'est… c'est que je ne peux faire confiance à la rumeur, Excellence.

— Et que dit la rumeur, madame ?

— Que Daniel… que mon mari se trouve au Fort-Dimanche.

— Au Fort-Dimanche… évidemment », lâche le secrétaire d'État dans un long soupir. Il prend note. « La rumeur dans notre pays, voyez-vous, madame, est une arme à double tranchant, une arme impitoyable. Elle vous libère et vous condamne. Elle vous coûte de l'argent. Elle peut vous apporter du bonheur mais jamais pour longtemps. Elle vous rend vulnérable. À quelle adresse habitez-vous ? » Son ton redevient neutre.

« 16, rue des Cigales…

— Êtes-vous venue dans votre voiture ?

— Non… je suis arrivée en taxi… on ne sait toujours pas où se trouve la voiture de mon…

— Bon !… Je vois !… » coupe le secrétaire d'État agacé.

D'un geste discret, il presse sur un bouton fixé sous la table devant lui et une sonnerie résonne dans les profondeurs du ministère. Quelques secondes après la porte derrière le fauteuil s'ouvre et paraît un homme jeune, grand et mince, au teint rougeaud, un grimaud aux yeux étrangement cernés. Il est en manches de chemise et porte un pistolet dans un étui de cuir attaché à son flanc droit. Il s'approche, me regarde à la dérobée et se tient silencieusement à côté du secrétaire d'État.

— Jocelyn, conduisez Mme Leroy chez elle. 16, rue des Cigales.

— Oui, Excellence.

— Madame, ne vous fiez pas aux rumeurs…, me dit le secrétaire d'État en guise d'au revoir.

— Merci… Excellence. »

J'hésite à me lever. Je suppose l'audience terminée, elle n'a duré qu'une dizaine de minutes après plus de quatre heures d'attente. L'instant est malaisé. Le secrétaire d'État reste assis, il semble soudain très fatigué. Jocelyn se dirige vers la porte de sortie du bureau et je le suis en essayant de marcher le plus naturellement possible. Le regard du secrétaire d'État brûle ma nuque, mes omoplates, mes fesses, mes mollets. Dehors quelques rares passants longent la rue Saint-Honoré. Plus bas, sur la rue de l'Enterrement, les marchandes de manger ont déjà installé leurs étals illuminés par des petites lampes à kérosène. La façade ouest du palais national, à une cinquantaine de mètres, est illuminée a giorno et des soldats bougent d'un poste à l'autre. Derrière moi, la masse sombre des Casernes Dessalines se détache comme un sphinx sur le fond de l'ombre. Il y a plein de prisonniers dans cette bâtisse, entre ces murs épais des hommes et des femmes souffrent et agonisent. Je monte dans une longue voiture noire garée devant le ministère, le dénommé Jocelyn m'ouvre une des portes arrière. Une silhouette surgie de nulle part s'installe sur le siège avant, à côté du chauffeur. Du palais des ministères à ma maison, le trajet dure une vingtaine de minutes. Je souffre le martyre à chaque fois que le véhicule passe dans une ornière. Je crains plus que tout de me laisser aller sur la banquette. Le trafic est plutôt clairsemé sur l'avenue John Brown. Nous arrivons enfin. Jocelyn descend m'ouvrir la portière, l'autre passager ne bronche pas. Je grimace un sourire de remerciement. La voiture démarre en trombe en soulevant un épais nuage de poussière. Je réalise à cet instant que le secrétaire d'État ne m'a fait aucune promesse, qu'il ne m'a donné aucun rendez-vous, que je ne sais toujours rien du sort de Daniel. Quant à son attitude envers moi, elle me déconcerte. Ma présence semblait le laisser indifférent mais j'ai surpris des lueurs fauves dans certains de ses regards. J'ai la sensation d'un corps étranger m'obstruant la trachée, je ne peux pas déglutir. La douleur au bas-ventre s'étend à mes jambes, elle me paralyse, je fléchis un peu le buste. Vais-je m'accroupir et uriner sur la terre battue du trottoir comme le font les marchandes de légumes ambulantes ? Personne en vue. La maison est silencieuse. Il y a le black-out maintenant. Derrière les rideaux du salon brille le halo d'une lampe à kérosène. Tout est calme, la brise tiède du soir traîne un entêtant parfum d'ylang-ylang. Un orage gronde au loin, il pleuvra peut-être. Je ferme les yeux et inspire profondément. Ce n'est qu'un autre soir à Port-au-Prince, les ramures vibrent de la stridulation des grillons comme tous les soirs à Port-au-Prince. L'été répand un souffle végétal chaud. Daniel va rentrer dans un moment, sentant la craie et la cigarette. Je devine les têtes penchées de Marie et Nicolas sur leurs cahiers, Nicolas feint de travailler mais toute son attention se concentre sur le chat à ses pieds. La fin de l'année scolaire approche. Je me force à faire un pas pour ouvrir le portail et sens, impuissante, l'urine tiède glisser le long de mes jambes et imbiber mes chaussures.

3

Plus d'une heure après son départ, il ressentait encore la présence de Nirvah Leroy entre les quatre murs de son bureau. L'électricité que dégageait la femme s'estompait enfin, le laissant mentalement épuisé. Il n'arrivait pas à se concentrer sur les documents alignés devant lui. Il se croyait pourtant aguerri aux combats de la chair, maître de ses pulsions et blasé de tant de corps juvéniles offerts chaque jour pour prix de sa miséricorde ou de sa protection. Il connaissait des femelles de toutes nuances d'épiderme qui se donnaient à lui pour rien, pour toucher seulement à son pouvoir. Il visitait en habitué ces bordels à la sortie sud de la ville dont les hôtesses étaient de belles bougresses à la peau claire et à la chevelure abondante venues de la République dominicaine, de l'autre côté de l'île. Carrefour, lieu de tous les plaisirs, oasis au flanc sud de la capitale qui perdait lentement ses charmes bucoliques pour devenir le havre des nuitards, des commerçants, des hôteliers et le refuge de milliers de citoyens de l'arrière-pays lâchés par camions sur le Champ-de-Mars afin de manifester ponctuellement leur soutien à la souveraineté nationale et ne pouvant se payer le trajet du retour. Mais cette femme ne ressemblait à aucune autre. Il en avait eu la conviction rien qu'en posant les yeux sur elle. Une femme pour laquelle un homme se damne. Son parfum de mangue mûre flottait encore dans l'air. Il en salivait. Elle exhalait force et fragilité, raffinement et libertinage, sérénité et vertige. Elle cachait derrière son regard innocent un monde secret de classe, de caste, de chuchotements, de rires discrets. Un monde hautain et inaccessible. Un monde hypocrite et corrompu. Elle gardait sous sa peau la clé ouvrant sur des voyages en terre interdite. Pendant les quelques minutes passées en sa présence, le secrétaire d'État avait atteint des extrêmes d'irritation et d'exaltation. Elle venait à lui parce qu'elle connaissait peut-être pour la première fois de sa vie les affres de la détresse. Parce qu'elle comprenait enfin que le vent avait tourné et que la suprématie avait changé de couleur et de camp. Elle venait le supplier, sans pudeur, oubliant que dans d'autres circonstances il aurait fait l'objet de son mépris, ou pire, de son indifférence. Elle l'avait attendu plus de quatre heures d'horloge, désespérant peut-être de ne pas le voir. Sous son flegme de façade, il avait senti le tremblement de sa chair, perçu le halètement de son âme. Elle cachait mal sa peur, elle souffrait depuis de longues semaines, elle n'en dormait plus la nuit. L'argent devait commencer à lui manquer puisque le compte en banque de son mari était bloqué à la Banque royale du Canada, ses biens mis sous séquestre à l'exception de sa résidence. Daniel Leroy... cet apprenti communiste avait cru pouvoir jouer au plus malin avec les services d'intelligence de son ministère. Il les doublait, prétendant adhérer à l'UCH et être un opposant agissant à visière levée, alors qu'il fomentait dans l'ombre des projets vicieux, semant la confusion et la révolte dans les têtes des paysans et des jeunes, minant les bases de la révolution. Il manigançait même un coup d'État. Ils veulent tous être présidents. Hmmm... Quand on possède une aussi belle femme, Leroy, il est dangereux, extrêmement dangereux de se frotter à la politique. Après probablement de nombreuses démarches infructueuses, Mme Leroy venait faire appel à son pouvoir. Son pouvoir. Une drogue dont il ne pouvait plus se passer à présent. Il en recherchait la mesure dans le regard des prévenus qu'il interrogeait, dans celui des prisonniers en sueur et en sang qui le suppliaient d'arrêter une séance de torture. Il gardait une collection de mouchoirs tachés du sang de jeunes vierges qu'il dépucelait en les violant. Il était aujourd'hui l'un des hommes les plus puissants et les plus craints du pays et il venait d'en avoir l'ultime certitude dans la présence désespérée de cette femme assise en face de lui et remettant son sort entre ses mains. Une femme qui symbolisait une nation divisée, une histoire mal partie, le bien-être et les privilèges pour un petit nombre insolent et un héritage de mépris pour toute une majorité d'hommes et de femmes, depuis trop longtemps. Tout lui était possible aujourd'hui, il commandait à l'argent, il corrompait, achetait les consciences, persécutait, prononçait des sentences et des acquittements dans un pays bricolé où les lois changeaient chaque jour de visage. Le secrétaire d'État n'en revenait pas d'être désormais l'artisan du destin de cette visiteuse venue d'un monde dont il ne connaissait que la porte fermée. Elle incarnait ce qu'il méprisait le plus, ce qu'il voudrait voir disparaître de cette terre, tout ce qui avait empêché des générations d'hommes et de femmes comme lui d'atteindre la plénitude de leur humanité. Elle représentait aussi ce qu'il désirait le plus au monde, pour lequel il donnerait jusqu'à sa vie. Le velouté de sa peau, son nez droit, les longs cils ombrant ses grands yeux humides, sa bouche rouge, presque mauve, ses cheveux droits, si noirs, serrés dans un chignon qu'il imaginait en désordre sur ses épaules nues et caressant ses seins dont les mamelons devaient avoir le pourpre fatal de ses lèvres. Il l'aurait giflée, déshabillée en public, humiliée, pour toutes les fois où celles de sa race avaient ignoré son existence, dénié son intelligence. Il l'aurait mordue jusqu'au sang pour le mépris subtil ou arrogant, pour les clubs fermés, les postes inaccessibles, l'oligarchie. Il l'aurait caressée toute une nuit, la baignant de ses larmes, en lui demandant pardon de tant de haine. Il l'aurait prise brutalement, sans un mot, s'enivrant de ses plaintes, savourant au moment de jouir la déroute au fond de ses yeux. Il ne s'était pas levé pour lui dire au revoir parce qu'à ce moment-là son corps tourmenté avouait à Nirvah Leroy tout ce que ses lèvres lui taisaient. Parce qu'il bandait comme on bande à vingt ans, quand le sang ne connaît point la défaillance.

4

« 3 octobre 1962 — Je confie aux pages de ce
journal l'angoisse qui m'habite de plus en plus
au constat des sombres nuées recouvrant d'un
voile funeste le ciel de mon pays, depuis l'avè-
nement au pouvoir suprême il y a cinq ans du
docteur François Duvalier. Un médecin de campagne, un praticien humble, modeste et effacé.
Ethnologue et idéologue engagé qui connaît
bien l'âme et la mentalité de l'Haïtien, toutes
couches sociales confondues. Un homme dont
la majorité des citoyens attendait clairvoyance
et vision progressiste. Jusqu'à ce qu'il se révèle
un maître dans l'art de la dissimulation. Un être
fêlé de la tête, possédé d'une mégalomanie
aiguë que ses ennemis s'acharnent à exacerber
en essayant de le renverser du pouvoir. Pour
porter fruit, tout combat contre cette dictature
naissante nécessite du temps et des techniques
appropriées. Les assauts de front n'aboutissent
qu'à sacrifier inutilement des vies et justifier
une cruauté sans limites. Un travail souterrain

préalable doit être réalisé dans le pays profond comme dans les grandes villes. Des foyers de dissidence doivent être allumés sur tout le terroir, dans la plus grande clandestinité. Tâche à laquelle je m'attelle et que je coordonne depuis environ trois ans. Très peu de gens le savent, même au cœur de mon réseau. Notre seule chance de réussite réside dans l'étanchéité de nos cellules. Même ma femme ignore mes vrais desseins. La propagande et la lutte armée spontanée que préconise l'opposition de droite ne les mèneront nulle part, elles ne font que durcir la répression. Si Cuba a porté Fidel Castro au pouvoir il y a trois ans et renversé le régime corrompu de Batista, c'est parce que cette révolution est d'abord le fruit d'une prise de conscience des forces vives de l'île suivie de la lutte armée qui s'est étendue sur plus de cinq années. Une gageure que seul le communisme a pu relever dans l'histoire de ce siècle. Ici, la tentative avortée de débarquement en juillet 58 de Pasquet, Perpignan et Dominique a donné à Duvalier l'occasion d'officialiser l'existence des cagoulards qui terrorisaient la population en créant le corps des Volontaires de la sécurité nationale. Les macoutes. »

« 5 octobre 1962 — En évacuant de moi cette peur qui paralyse progressivement chaque citoyen de mon pays, en lui donnant sur ces feuillets de papier un visage, une histoire, peut-être arriverai-je à la surmonter, à la démystifier et trouver ainsi

le courage de continuer la lutte. La gauche haïtienne se défend contre les assauts multiples du
duvaliérisme. Beaucoup de communistes sont
tombés et tomberont parce qu'ils ont cru et
croient encore pouvoir opposer l'arme de la parole et du droit à la folie. Certains marxistes haïtiens se sont laissé envoûter par le chant des
sirènes de Duvalier et sont aujourd'hui les fers de
lance de son pouvoir, au cabinet des secrétaires
d'État, à l'université où des jeunes nouvellement
convertis au duvaliérisme sévissent contre leurs
condisciples réfractaires avec une ardeur hai-
neuse. D'autres encore trouvent un équilibre
dans l'ambiguïté et le marronnage. Mais il y a une
gauche encore debout, des intellectuels, des
jeunes, des syndicalistes, des Haïtiens du fin fond
du pays qui refusent l'absurdité et la folie de la
dictature en train d'hypothéquer notre avenir
pour des années, voire des décennies. Le moment
est arrivé aujourd'hui de donner des armes à
notre combat et à nos bras. Nous nous lèverons de
l'intérieur. Les quelques tentatives de renverse-
ment venues d'ailleurs ont pitoyablement échoué.
Les militaires dominicains ont trop d'accointances
et d'affinités avec ceux d'Haïti pour se faire sérieu-
sement complices de rebelles haïtiens. La CIA
se joue de nos jeunes compatriotes exilés et les
envoie se faire massacrer en leur donnant de
fausses garanties. Ils respectent un pacte tacite
avec Duvalier. Communistes contre rebelles.
Quand comprendront-ils que l'élan doit venir de
nos propres entrailles et non des Blancs améri-

cains qui nous manipulent comme des pions dans le bassin de la Caraïbe qu'ils contrôlent pour leurs intérêts propres ? Monroe a décidé du destin de l'Amérique depuis plus d'un siècle. Tant que nous sommes à nous entre-tuer le contrôle est plus facile. Si Duvalier a pu mettre à exécution le projet de se faire réélire l'année passée pour un nouveau mandat de six ans, avant même la fin de son premier mandat, plus rien ne l'arrêtera dans sa folie dominatrice. Personne ne voulait y croire, personne n'a su l'en empêcher. Nous avons compté sur les Américains, sur le bon Dieu, sur la mauvaise santé du Président pour le contrer dans ses desseins. Pitoyable ! Entre l'attentisme théorique et la lutte pacifique de la gauche et les coups de boutoir forcenés de la droite, nous laissons pleine marge à la dictature. Le temps presse. Sa prochaine ambition est la présidence à vie. Mes camarades pensent que mes prédictions sont apocalyptiques, que je suis un oiseau de mauvais augure. Mais j'en suis convaincu, Duvalier ira jusqu'au bout de cette logique, il en franchit les étapes de façon systématique. Il doit être arrêté. »

5

Soixante-douze marches d'escalier. J'ai gardé de mon enfance l'habitude de compter les marches des escaliers que je gravis. Arrivée sur le palier, je me suis arrêtée un moment pour reprendre mon souffle. Je n'ai rencontré personne sur mon chemin. Bizarre. L'escalier débouchait sur un bureau. J'y pénétrai. Il y avait à intervalles plus ou moins réguliers sur les carreaux jaunes et rouges du parquet des petits tas d'une matière grisâtre et molle ressemblant à de la crotte fraîche de volaille. Je devais veiller à ne pas me salir les chaussures. Toujours personne en vue. Je ressentais pourtant l'étrange impression que du monde respirait tout près de moi. Après quelques minutes d'indécision je m'approchai d'un des bureaux, me haussai sur la pointe des pieds pour jeter un coup d'œil derrière la table. Une femme aux cheveux ébouriffés surgit de dessous le meuble et me demanda ce qui m'amenait au ministère. Elle ouvrait et fermait les bras dans un geste ample. Je crus voir un œuf sous sa chaise. Du bureau d'à côté provenait un bruit de papier fin froissé. Un œuf roula jusqu'à mes pieds. Je déclinai la raison de ma visite, je venais assister au procès du chef du syndicat des chasseurs de pintades de la région métropolitaine. La secrétaire m'indiqua de prendre trois fois à gauche et de continuer jusqu'à la porte au fond du couloir. Daniel m'attendait là. Quelque chose m'intrigua dans la façon d'être de la femme aux cheveux ébouriffés, peut-être le port de sa tête, son cou incliné en avant ou sa façon brusque de changer l'orientation de son regard qui provoquait le frémissement de son double menton. Pourquoi Daniel m'invitait-il en ce lieu la nuit ? L'immeuble faiblement éclairé ressemblait plus à un dancing qu'à un bâtiment administratif. J'ai tourné trois fois à gauche et longé le couloir indiqué mais au fur et à mesure de ma progression la porte vers laquelle je me dirigeais semblait reculer. Pourtant j'entendais la rumeur de voix innombrables au bout de l'allée, un tohu-bohu étouffé. Je posai enfin la main sur la poignée. Une petite pancarte accrochée au beau milieu de la porte portait en lettres minuscules l'inscription *À mort les héros*. Un homme entrebâilla la porte comme s'il avait deviné ma présence.

« Que cherchez-vous, madame ?

— Je dois assister au procès du chef du syndicat des chasseurs de pintades de la région métropolitaine.

— Vous avez frappé à la mauvaise porte… la salle du procès se trouve trois corridors à droite, juste à côté de l'amphithéâtre jaune.

— Mais on vient juste de me dire…

— Vous vous trompez, madame, me dit-il avec un brin d'énervement. Voyez vous-même », il ajoute, en ouvrant largement la porte.

Deux hommes et deux femmes nus couchés sur un lit se passent généreusement de la crotte de volaille sur le corps. Il y en a partout, en couches épaisses sur le plancher et les murs. Je reconnais l'un des hommes, le secrétaire d'État. Il s'apprête à prendre en levrette sa secrétaire quand ses genoux dérapent sur un tas de merde, il tombe sur les autres qui s'esclaffent. Le secrétaire d'État s'aperçoit de ma présence et crie au portier :

« Amenez-la moi ! Amenez-la moi vite que je l'encrotte ! »

Je file aussi vite que le peuvent mes jambes. L'odeur nauséabonde me poursuit partout. Je me souviens des nouvelles instructions et prends trois corridors sur ma droite, je dois trouver l'amphithéâtre jaune. Ah, le voilà ! Je suis sauvée ! Je frappe avec véhémence sur la porte à côté portant l'inscription : I C I — 2 2. La porte cède sous ma main. Je fais juste un pas, mon pied glisse, il y a du caca de volaille sur le seuil de la pièce, et j'atterris cette fois dans le lit du secrétaire d'État avec les trois autres. Plus moyen de me dérober.

« Encrottez-la, tout de suite ! C'est un ordre ! » Le secrétaire d'État debout arbore une érection glorieuse.

En deux minutes je suis nue et badigeonnée de merde d'oiseau de la tête aux pieds. Quelle volupté ! Quel bonheur ! Une douce électricité sous mon épiderme donne un surplus d'acuité à tous mes sens. Des tintements soyeux me ravissent les oreilles. L'onguent dont on m'enduit la peau dégage tout à coup un parfum musqué et aphrodisiaque, un mélange de vétiver et de jasmin. Je me sens comme une chatte en chaleur. Je ne sais lequel des deux hommes me sodomise violemment, peut-être les deux. En déchargeant, il hurle un seul mot : TAKWÈT !!! et déclenche simultanément en moi un orgasme fulgurant, j'en tremble pendant cinq bonnes minutes. Je ne voudrais pas partir, mon corps détendu va sombrer dans une agréable léthargie, mais je fais un effort surhumain pour m'arracher de ma torpeur. Daniel m'attend. Profitant du sommeil des autres, je m'enfuis. En traversant à toute vitesse un corridor, une femme me fait signe d'entrer. Sans réfléchir, je m'engouffre dans une ouverture qui semblait m'appeler.

Le remous des voix m'agressa sur le seuil même de la pièce. Une cacophonie aiguë, irritante, ponctuée des mots *la voilà, la voilà,* comme un refrain lancinant. Je vis enfin Daniel. Il se tenait debout sur une banquette, face à une juge assise derrière un pupitre surélevé. Il tenait un œuf en équilibre sur sa tête pendant qu'il lisait l'un des *Cahiers de prison* d'Antonio Gramsci. Sur sa gauche siégeait l'assemblée des jurés et sur sa droite la confrérie des avocats, procureurs et autres membres de la basoche. L'assistance occupait des sièges de part et d'autre de l'allée principale. La juge au pupitre ressemblait de façon frappante à la femme de la réception. Même inclinaison de tête, mêmes mouvements furtifs des yeux qui faisaient vibrer son double menton volumineux. De temps à autre elle écartait ses bras et les manches de sa toge noire brassaient l'air autour d'elle. À mon entrée, elle abattit son marteau de bois avec force sur son pupitre.

« Silence dans la salle ! takwèt, takwèt… Silence dans la salle ! Le procès touche à sa fin ! »

La rumeur s'apaisa un moment, tous les regards se dirigèrent vers moi. La juge dit encore.

« Les jurés ont-ils terminé leurs délibérations ? Je vous rappelle que nous jugeons le sieur Daniel… heu… Daniel… takwèt… takwèt… enfin, que nous jugeons le dissident ici présent… takwèt… pour crime de haute trahison, délit de chasse sauvage des pintades de la république et consommation abusive d'œufs de pintades. Takwèt… takwèt.

— Oui, votre Honneur ! Les jurés ont terminé leurs délibérations. »

J'ai l'impression de connaître la femme. Elle tient une cigarette entre ses dents. Je l'observe de plus près et reconnais avec stupeur Arlette, la sœur aînée de Daniel. Elle est drôlement maquillée pour la circonstance. Une épaisse couche de fond de teint blanc et du rouge à lèvres sanglant qui déborde sur ses joues. Tiens ! Elle a le nez en bec d'aigle, je ne l'avais jamais remarqué auparavant. Un petit chapeau de clown se dresse comme une pyramide sur sa tête, comme une crête. Finalement, elle ressemble drôlement à une pintade.

— Alors, je vous écoute… takwèt… takwèt, répond la juge.

— Nous confirmons le crime de haute trahison de Daniel… heu… Daniel… heu… enfin… Daniel, ainsi connu, pour complot et génocide des pintades de la république. Nous réclamons pour lui la peine capitale. Et comme il a déposé d'innombrables œufs de pintades aux pieds de cette femelle, nous demandons pour elle également la peine de mort ! » Arlette se tourne brusquement vers moi et me pointe du doigt. Nous exigeons qu'elle subisse le même sort que lui… la mort par ouverture de la carotide avec un couteau de boucher !

Transie de peur, je ne peux bouger. Le grotesque de la situation m'étouffe. Daniel me regarde, me tend la main à distance. Un cri déchirant sort de sa poitrine.

« Noooon ! » Et il lance de toutes ses forces l'œuf qui se trouvait sur sa tête dans la direction de sa sœur. Il la manque de peu et l'œuf va s'écraser sur la poitrine d'un juré.

De l'assistance monte une immense clameur. « Le boucher ! Le boucher ! » Tous réclament la venue du bourreau.

« Qu'on fasse venir… takwèt… takwèt… le boucher ! »

La juge est au bord de l'hystérie, elle ne tient plus en place. Elle frappe à tour de bras son marteau sur son pupitre. La porte de la salle s'ouvre alors avec fracas et au lieu du boucher paraît le secrétaire d'État sautillant, armé d'un fusil-mitrailleur. Il porte son veston bleu, sa chemise blanche et sa cravate rouge. Je remarque la nudité du bas de son corps, ses jambes maigres recouvertes de plumes noires tachetées de blanc. Le secrétaire d'État fait feu dans la salle. La panique soulève un tourbillon dans le tribunal. Des plumes flottent dans l'air, du sang gicle. Les occupants de la salle, la juge, les jurés, les avocats, tous s'élèvent d'un même mouvement d'ailes et s'enfuient par la fenêtre dans un vacarme assourdissant… takwèt… takwèt… un grincement de mécanique rouillée. Quelques oiseaux atteints à mort gisent sur le plancher. Je cherche Daniel des yeux. Il a disparu, emporté par les pintades. Le secrétaire d'État s'approche de moi, le regard triomphant. Le fusil-mitrailleur en bandoulière sur son épaule, il me prend dans ses bras et nous valsons à travers la pièce, de temps à autre nous trébuchons sur des corps inanimés et son arme me frappe les côtes.

Je dégage le genou de Nicolas coincé contre mon flanc. Mon Dieu, quel rêve affreux ! J'allume la lampe de chevet. Trois heures vingt du matin. Le bras de Marie déborde du matelas et pend jusqu'au plancher. Tous les trois nous tenons à peine sur le lit mais notre chaleur partagée est le meilleur remède contre l'angoisse de nos nuits. Tant que nos peaux se touchent, les spectres de l'ombre se tiennent à distance. Marie et Nicolas me rejoignent chaque soir dans mon lit depuis que Daniel est loin de nous. Je pense au journal de Daniel. Je l'ai glissé sous le matelas. Il m'attire comme un aimant. Il y a l'odeur de Daniel dans ses pages, sa sueur, ses insomnies, lorsque je les feuillette il y a un cœur qui bat très fort dans mon sexe.

6

« J'ai frappé à toutes les portes, Roger. Depuis que Daniel est en prison, il ne se passe un jour sans que je ne fasse une démarche, que je ne sollicite un entretien. Le recteur de l'université…

— Bah… celui-là ! Il ne lèvera pas le petit doigt… la révolution lui a bouffé les couilles. Les hauts fonctionnaires de l'État meurent tous de frousse. Chacun s'accroche à son job, sans faire de vagues. Au fond, je ne peux pas les blâmer, au vu de la vindicte brutale et insensée qui frappe la moindre velléité de contestation des actions du gouvernement. En fait, depuis Duvalier, la notion de gouvernement remplace celle de l'État. Donc, Duvalier étant le chef du gouvernement, c'est lui l'État.

— J'ai été reçue par l'évêque de Port-au-Prince… je compte sur lui pour… » Roger m'interrompt en soupirant.

« Mais tu n'as rien compris, Nirvah. Cet évêque n'a pas plus de pouvoir qu'un nouveau-né. L'Église connaît la même détresse que tous les

40

autres secteurs du pays. Duvalier se déclare investi des pleins pouvoirs par les forces tutélaires… par le diable… ce fou a annoncé qu'il va faire trembler le pays sur ses bases. Moi, je le prends au sérieux. Il y a plein de macoutes en soutane. La dictature est en train de mettre l'Église sous sa coupe sous prétexte de l'indigéniser. Le sacro-saint chrétien n'inspire plus aucun respect, aucune crainte. Les ecclésiastiques qui résistent sont emprisonnés ou expulsés. Certains doivent même faire sem-blant de composer avec le pouvoir pour apporter de l'aide aux persécutés». Roger soupire de nou-veau.

« Qui as-tu vu d'autre ? me demande-t-il.

— Le président du Sénat, Maître Boniface, l'ancien juge à la Cour de cassation, tu te sou-viens, l'ami de notre père… Mais rien… rien. Je ne suis pas plus avancée. Je me heurte à des murs, à des silences. C'est comme si tout le monde me fuyait, que je souffrais d'une maladie repoussante et contagieuse… Et puis hier, j'ai vu le secrétaire d'État… »

Je repense à ma visite de la veille. Je voudrais que ce soit un événement déjà lointain, à déta-cher de mon présent et à reléguer au rayon des mauvais souvenirs, tout comme ce rêve horrible d'hier soir. Pourtant je sens qu'elle aura des suites, cette rencontre, que ce secrétaire d'État est entré dans ma vie alors qu'il ne fallait pas. En m'adressant à cet homme j'ai suscité des réac-tions dont je ne peux absolument pas prévoir les incidences sur mon avenir et celui des miens. Je dois rester optimiste et prier que Dieu me fasse miséricorde.

« Oui… Roger semble extrêmement préoccupé. Je comprends. Mais ce secrétaire d'État… ce porc. Je ne boirais pas un verre d'eau de sa main, même si je devais crever de soif ! Sais-tu qu'il dirige parfois lui-même des séances de torture ? Il paraît qu'il a fait climatiser une salle au service des recherches criminelles pour faire son sale boulot. Sais-tu qu'il a ordonné le massacre de dizaines d'innocents après la tentative d'enlèvement de Jean-Claude et Ti Simone Duvalier ? »

Nous savons tous ce qui se passe depuis cette maudite année 1957. Mois après mois, nous avons vu les tentacules d'une dictature se resserrer sur nos vies, mais c'était toujours la vie des autres. Nous ne prenons la vraie mesure de l'horreur qu'au moment d'être happé par la mâchoire de cette folie absurde du pouvoir. Avant, ce sont des rumeurs, des chuchotements, un enfer à l'autre bout de notre quotidien, que nous préférons oublier ou nier. Mais quand nous touchons cette réalité pour de vrai, le sol se dérobe sous nos pieds.

— Oui… on me l'a dit. Mais que faire, Roger ? Il est ma dernière chance. Le docteur Xavier m'assure qu'il a déjà fait libérer des prisonniers politiques… il est tout-puissant.

— Hmmm… mais sait-on à quel prix ? Il y a toujours un prix à payer avec ce genre d'homme. Y as-tu pensé ? J'ai peur pour toi, Nirvah. Je frémis à l'idée de ce type respirant le même air que toi. Je n'aime pas du tout te savoir redevable de cet individu.

— J'ai peur aussi. Mais ne t'en fais pas… je sais prendre soin de moi. Ce silence autour de Daniel va me rendre folle, Roger, folle à lier. J'en perds le sommeil. Je n'ai pas de nouvelles sûres de lui depuis son arrestation, voilà plus de deux mois maintenant.

— Hmmm… oui… je te comprends. Le beau-frère de Michel, mon associé, est un major dans la marine. Il m'a promis de faire une intervention, mais je n'ai pas grand espoir. Les militaires ne sont pas en odeur de sainteté auprès du Président, ces temps-ci. Jean-Édouard Malbrun, mon ami le colonel, on l'a foutu en taule avant-hier. Il me parlait le mois dernier de ses déboires, il avait peur. Il y a deux jours, le capitaine Max Oriol et le colonel René Jeanty sont passés en cour martiale pour haute trahison, ils seront fusillés demain à l'aube. François Duvalier souffre d'une paranoïa de complot qui est en train de nous coûter la vie des meilleurs hommes du pays. Quelle catastrophe ! Comment l'arrêter ?

— Et Myrna ? Comment vont les enfants ? je lui demande, pour alléger le poids des mots que nous nous disons.

— Elle va bien… elle s'inquiète aussi pour toi… les enfants se portent bien aussi. Samedi nous fêtons l'anniversaire de Carole, j'attends Marie et Nicolas vers trois heures…

— Ah ! C'est vrai ! Ma filleule aura… treize ans, déjà ! Bien sûr, nous y serons.

« — As-tu de l'argent ? » me demande Roger, de but en blanc, mais un peu gêné.

Les larmes me viennent aux yeux. Je reconnais là mon frère, sa sensibilité, sa délicatesse. Ses affaires ne marchent pas trop fort. Je détourne un peu la tête.

« Oui… il m'en reste encore un peu. Mais si Daniel ne revient pas bientôt… on a posé les scellés sur le journal après avoir tout saccagé… nos employés sont au chômage.

— Fais-moi signe… ne te gêne pas… je t'aiderai comme je peux…

— Roger… j'ai retrouvé… par accident… un journal que Daniel a tenu pendant quelques mois, il l'écrivait encore jusqu'à la veille de sa… Je ne trouve jamais les mots pour dire l'absence de Daniel.

— Ah oui ? fait Roger, les yeux étonnés. L'as-tu lu ?

— Non… enfin… quelques pages seulement. Ma trouvaille ne date que d'hier.

— Et de quoi parle-t-il ?

— De Duvalier… et des nuages noirs qui sont venus avec lui. » Roger me paraît tellement tendu que je n'ose pas lui avouer que Daniel fomentait un coup d'État armé pour renverser Duvalier.

« Quoi !? Brûle-le, Nirvah ! Détruis-le immédiatement ! » La voix de Roger malgré son ton bas arrive à rendre un sentiment de panique qui m'agace, sa peur grandit à une vitesse croissante. « Ne garde rien dans cette maison qui puisse te porter préjudice, à toi et aux enfants. Tu me comprends, Nirvah ?

— Oui », je réponds, à la fois convaincue et désespérée.

Roger et moi chuchotons, par réflexe, pas instinct de conservation. Certains mots ici ont le pouvoir de réveiller le sang et la détresse. Pourtant il n'y a personne dans la pièce. Mes enfants sont partis à l'école, Yva est à son fourneau dans la cuisine et le garçon de cour est en train de laver le feuillage des arbres sur le devant de la maison à l'aide d'un tuyau d'arrosage. Le parfum de la terre mouillée monte comme une prière. Je ferme les yeux et m'imprègne de cet instant, de cette odeur aussi têtue que l'enfance. Quand j'étais petite fille, je rêvais de pouvoir arrêter le temps rien qu'en pressant sur un bouton, de pouvoir faire qu'une sucette à la menthe ou une crème glacée dure une éternité. La poussière de la rue dévore tout, les feuilles des arbres, les pierres aux murs, le bois des meubles. Elle s'infiltre partout, dans nos chaussettes, sous nos draps, dans notre intimité, elle nous persécute, nous espionne, comme ces oreilles que nous ne voyons pas et qui nous trahissent. Il faut chaque jour, deux fois, trois fois, arroser, baigner la rue devant notre portail pour avoir un peu de répit. Les voisins en font de même. Daniel a fait le pied de grue plusieurs fois au ministère des Travaux publics, il a même collecté la signature de tous les riverains au bas d'une pétition pour demander aux autorités d'asphalter notre rue, l'une des dernières de ce quartier à attendre encore une couche de bitume. Daniel et ses illusions. Je savais que cette démarche n'aboutirait pas mais je ne lui ai rien dit pour qu'il ne me traite pas de défaitiste. Nous ne parlions plus de la poussière car le sujet initiait à chaque coup une dispute. Daniel et ses grands mots. Malgré tous ses diplômes et son érudition, il n'arrivait pas à comprendre les mécanismes souterrains qui font marcher notre pays. Cette rue sera asphaltée pour une raison n'ayant rien à voir avec le bien-être et les droits citoyens de ses habitants. Lorsqu'un officiel du gouvernement, un grand zotobré ou leur maîtresse viendra y habiter, peut-être aurons-nous la chance de voir un chantier mis en route.

Roger est parti ouvrir son magasin en ville. Je reste assise, les paumes tournées vers l'extérieur, avec le sentiment de quelque chose à faire pour Daniel. Je n'ai pas trouvé le courage de brûler le journal mais j'éprouve de la réticence à y retourner. Comme si en le lisant je tenais une arme dangereuse avec laquelle je pourrais me faire mal. Je me promets de le détruire dès que j'en aurai terminé la lecture. Nul n'est à l'abri d'une descente de police, surtout pas moi. Finalement, je vais réserver cette lecture à la nuit, quand plus personne n'est debout dans la maison.

Au cours de mes journées, si je reste inactive cinq minutes je culpabilise. À qui raconter ma désespérance ? Comment sortir Daniel de son trou ? Par-delà le mur de clôture, sur ma droite, monte un énorme éclat de rire. Un rire gras, qui roule, gronde, bouillonne pour fuser d'entre deux seins énormes. Un rire sans complexe, sans vergogne. Un rire qui me prend toujours par surprise. Le rire de Solange, ma voisine. Depuis six mois environ, elle loge dans une maisonnette sur l'immense propriété d'à côté. Une vieille bicoque appartenant à un célibataire qui y vivait seul jusqu'à sa mort l'an passé. Yva, ma cuisinière, m'a confié une fois, en roulant des yeux mystérieux, que Solange est une putain et une manbo, que Solange reçoit des macoutes dans sa maison, que Solange est dangereuse. J'irai voir Solange cet après-midi.

7

Solange est l'une des dernières personnes de la rue des Cigales à avoir vu Daniel vivant. J'ai tremblé quand elle me l'a dit. Elle vit là, à côté de chez moi et je ne me doutais pas que depuis deux mois nous partagions une telle émotion. Soudain cette femme n'est plus une inconnue. Elle m'a reçue sans façon, très décomplexée devant sa bourgeoise de voisine. Moi, une fois chez elle, j'ai perdu mes moyens. Au bout du compte, au lieu de m'épancher, je l'ai écoutée pendant près d'une heure me raconter sa vie.

«Je savais que tu finirais par venir me voir, Voisine. Nous avons des choses à nous dire mais je n'ai pas osé frapper à ta porte. On ne m'apprécie pas trop dans le quartier… hmm… il est vrai que je ne réponds pas tout à fait aux critères des résidents… mais aujourd'hui les choses ont changé, le pays appartient à tout le monde. Je fais semblant de ne pas comprendre l'allusion. Ils l'ont emmené pratiquement sous mes yeux, ton homme, elle me dit. La nuit venait juste de tomber. Il rentrait à l'heure

habituelle, moi je fumais une cigarette, sur ce perron, là même, comme aujourd'hui. Trois hommes
l'attendaient depuis un bon moment au coin de
la rue, sous le kénépier de Mme Pierresaint. Moi
je les flaire à belle distance, les macoutes, je les
connais bien, crois-moi. » Solange glousse. Elle
soulève un bras et se gratte le creux de l'aisselle
avec les ongles peints en rouge de sa main libre. Ça
fait un crap crap agaçant. Solange porte une bague
ornée de fausses pierres à chacun de ses doigts.
« Bien sûr, je ne pouvais pas savoir qu'ils venaient
pour ton mari, et puis, qu'aurais-je bien pu faire ? »
Elle arrête son grattage et se renifle le bout des
doigts. « Ils se sont glissés dans la voiture avant
qu'il ne prenne la courbe pour entrer chez toi.
Avec une arme, l'un deux lui a ordonné de faire
demi-tour. Il a jeté un coup d'œil vers sa maison et
est reparti avec eux. Voilà. Pourquoi en veulent-ils
à ton mari ?

— Il écrivait des… choses contre le gouvernement…

— Dieu soit loué ! Je ne sais ni lire ni écrire. »
Et Solange part de cet éclat de rire qui ébranle
ses seins énormes. « À quoi lui a servi de tant
savoir ? Il ne faut pas trop lire de livres, c'est
inquiétant pour les autres. »

Je me tais devant autant d'ignorance heureuse mais ne trouve pas encore la force de partir. J'observe la femme comme je découvrirais
un oiseau à tête humaine sur une branche basse
de mon jardin. Solange est une jolie laide. Ses
arcades sourcilières proéminentes et ses sourcils

en broussaille coiffent deux grands yeux marron clair, un attribut plutôt rare chez une femme à la peau si foncée. Ses cheveux crépus repassés au fer chaud descendent très bas et en pointe sur son front. Un signe mystique chez nous. Elle est coiffée. Elle respire de grands coups d'air bruyants dans ses narines évasées. Son sourire est fendu jusqu'aux dents de sagesse. Une ossature puissante, une cambrure de reins presque à angle droit et des fesses énormes qui parlent tous les langages du plaisir. Un vrai chwal angle, un cheval anglais comme on appelle ici ces femmes grandes et plantureuses. Sa rangée de dents supérieure est séparée au milieu par une fente très large qui surprend quand on la voit sourire pour la première fois. En la regardant parler, je ne pouvais détacher mes yeux de ce filet de gencive qui descend à mi-chemin de la fente entre ses deux premières incisives. Elle vit dans sa maison avec Ginette, une petite restavèk d'une dizaine d'années et Krémòl, son jeune frère un peu dérangé de la tête.

« Je suis du Sud, je viens de Saint-Louis. Je suis arrivée encore gamine à Port-au-Prince avec ma mère qui fuyait les coups de rigwaz de mon père. Je vis de mon corps depuis mon plus jeune âge. J'ai toujours refusé de faire la bonne chez Madame, de laver les caleçons de Monsieur, de leur apporter le café au lit. Je suis une… bouzen et une manbo. On te l'a dit, Voisine ? »

Solange me regarde derrière la fumée de sa cigarette. Elle me provoque, me poursuit dans mes retranchements. Elle veut savoir si je vaux la peine de son amitié.

« Non… », je mens, sans savoir pourquoi.

Elle n'est pas dupe. Cette femme me déroute. Elle doit avoir autour de trente ans, mais on dirait qu'elle a déjà vécu plusieurs vies. Ses gestes, ses mimiques et ses mots semblent plus vieux qu'elle.

« Oui… c'est vrai, fait-elle en lâchant la fumée par ses narines. Mes clients sont pour la plupart des macoutes. Tu sais pourquoi ? »

Cette manie de poser des questions… elle n'attend même pas de réponse. Qu'est-ce que je fais ici dans la compagnie d'une femme qui fraye avec des macoutes ? Je les hais, les macoutes. Ils ont emmené Daniel. Solange parle, elle parle. Son timbre de voix chaud et sensuel, une voix de gorge, me réconforte d'une étrange façon. J'oublie ma vie un moment. Solange répond elle-même à sa question.

« Parce que Déméplè m'a réclamée. Il m'a fait prendre l'asson. Les macoutes savent que je suis manbo, ils viennent s'acheter des pwen, des pouvoirs magiques. Maintenant, je me suis mise à mon compte. Je ne trime plus dans les cafés. Fini les passes à cinq gourdes. Aujourd'hui je donne des consultations, c'est cinquante gourdes, ou rien. Je baise seulement pour mon plaisir ou quand Déméplè l'exige pour réussir un traitement. »

Le rire de Solange dans les grands arbres de la cour. On dirait que le soleil tape plus fort quand elle rit. Je relève la tête.

« Déméplè ? » je ne peux m'empêcher de demander. À ma connaissance ce qualificatif créole désigne un individu de nature imprévisible, ayant un sale caractère. Il n'est pas un nom propre.

« Oui… Déméplè… mon lwa, c'est bien son nom… il sort et entre à sa guise dans ma tête. Un esprit capricieux, ombrageux… un nago. Il m'a réclamée. Un beau jour, je suis tombée malade. Malade comme un chien. Je ne pouvais plus travailler, plus me nourrir. Une grande faiblesse s'était installée à l'intérieur de mes os. J'ai commencé à dépérir, mes seins sont tombés, mon derrière a fondu. Aucun remontant ne faisait d'effet, les docteurs à l'hôpital se désintéressaient de moi. J'ai perdu ma clientèle. Une bouzen malade est une bouzen morte, Voisine. J'ai effectué pèlerinage sur pèlerinage, neuvaine sur neuvaine, j'ai monté la pente jusqu'à la grotte de la vierge miraculeuse de Désermites sur mes deux genoux. Des bons prochains m'ont recueillie car j'avais perdu connaissance en cours de route. Et puis, Déméplè m'est apparu en rêve. Il tenait un asson dans sa main droite et son sexe dans la main gauche. Un sexe énorme, énorme, Voisine. Un membre dont je n'avais jamais vu de pareil dans toute ma carrière de bouzen. Déméplè est monté comme un âne. Il m'a ordonné de m'agenouiller devant lui, de poser le front sur son énormité, ma main droite sur l'asson et de réciter sept fois le Notre-Père. J'ai eu peur, pas du sexe, c'est mon affaire, mais de l'asson. Je comprenais vaguement qu'il cherchait à me faire prendre l'asson, à m'initier dans mon sommeil. Il m'offrait de servir les esprits. J'ai refusé de m'exécuter. Devenir manbo, moi ? Je ne savais rien, ou presque rien, de ces histoires. J'avais d'autres ambitions dans la vie. Mais je ne comprenais pas encore que c'était ça ou mourir. »

Je n'en croyais pas mes oreilles, je n'en revenais de me voir assise sur le perron de Solange qui fumait cigarette après cigarette et me racontait une histoire grotesque. Mais elle avait vu Daniel emmené au crépuscule par des hommes armés. Elle gardait dans sa mémoire une image de Daniel vivant. Je suis restée à l'écouter.

« Déméplè m'a poursuivie sans relâche… il revenait régulièrement dans mon sommeil, comme un madichon, un pichon, une persécution. J'en devenais obsédée. Et puis, hop, il a disparu de mes nuits, il a cessé ses demandes. J'étais soulagée mais j'allais de plus en plus mal. Alors, un soir, sentant ma dernière heure arriver, j'ai parlé à Déméplè, je lui ai promis solennellement que s'il revenait je lui obéirais, que je prendrais et l'asson, et le sexe, que je serais sa servante. Et il m'a redonné la vie. Je suis devenue manbo dans mon sommeil. Et depuis lors mes affaires marchent bien. Tu ne me crois pas, Voisine. Mais c'est la vérité vraie. »

8

« 7 octobre 1962 — Je suis bien conscient que ce cahier peut signer ma condamnation sans appel. Je n'y consignerai aucune information pouvant mettre en danger la vie de mes camarades. S'il tombe d'ailleurs entre des mains ennemies c'est que j'aurai échoué dans mes projets. Moi je suis prêt à mourir pour la cause de la liberté, de la dignité et du progrès tout en étant possédé d'une immense rage de vivre. Mais vivre comme nous le faisons aujourd'hui ne vaut pas la peine. Avec le recul, je comprends maintenant ce feu précoce dont brûlait mon ami Jacques Stephen Alexis. Ce feu heureusement transmis aux générations futures dans les pages de ses romans. Il aimait son pays avec passion et orgueil, un orgueil qui le rendait parfois arrogant. On lui reprochait souvent son arrogance. Juste avant de rentrer définitivement en Haïti, je l'ai rencontré à Paris à quelques réunions de jeunes du parti communiste français. De petite corpulence, il trouvait moyen d'occuper tout l'espace de sa présence. Quand il se déplaçait, ses pieds ne semblaient pas toucher terre. Je n'oublierai jamais sa fougue et sa sincérité même si je n'ai jamais compris comment il a pu se perdre en 1958 dans cette querelle de clocher avec René Dépestre. Une polémique qui a brûlé dans les colonnes du *Nouvelliste* pendant plus d'un mois et a causé un grand tort à la gauche. Au cours de cette cabale autour d'une soi-disant légitimité d'Alexis ou de Dépestre pour diriger la nouvelle branche haïtienne de la SAC*, les rancœurs politiques sont sorties de l'ombre, âpres et tenaces. Où était le pouvoir de dépassement de soi de ces deux meneurs de conscience ? Se rendaient-ils compte qu'ils ne faisaient que la part belle à Duvalier installant son entreprise de démolition nationale ? Mais c'est peut-être plus facile à dire… La mort atroce de Jacques l'an dernier m'a ravagé. »

« 9 octobre 1962 — Nirvah, ma femme aimée, ne sait rien de mes actions souterraines. Elle trouve absurde ma militance. J'ai surpris parfois dans ses regards un étonnement mêlé d'une ironique condescendance. Mon refus du statu quo l'indispose. Nirvah a grandi dans la gêne. La faillite financière et le suicide de son père ont laissé sa famille dans le désarroi. Elle a connu une sorte de misère dissimulée, elle a vécu de faux-semblants, s'identifiant à une classe dont elle n'avait que les attributs extérieurs. Une mulâ-

* SAC : Société africaine de culture.

tresse n'ayant pour toute lettre de noblesse que sa grande beauté. Par réaction, elle s'est portée en faux contre la bourgeoisie traditionnelle qui l'a rejetée. Et c'est cela qui m'a tout de suite plu en elle. Elle n'avait pas l'arrogance et la dureté que donne l'argent. J'étais amoureux fou d'elle. Mais j'ai compris bien vite que Nirvah m'a épousé à dix-sept ans pour se mettre définitivement à l'abri du besoin et retrouver sa place dans une société dont elle se voulait à part entière tout en la méprisant. Nirvah est un être hybride, bourgeoise quand elle veut, peuple quand elle en a envie. Un mélange qui sait être délicieux. Je ne doute pas de son amour pour moi mais ce que j'ai pris pour de la révolte et de l'empathie pour la réalité haïtienne n'était en fait que le masque couvrant son malaise existentiel. Nirvah ne se retrouvait pas dans mon combat et dans mes ambitions. Blessé au début, j'ai appris à l'aimer pour ce qu'elle est, une femme extrêmement intelligente, d'une intelligence pratique, terre à terre, réaliste. Elle élève nos enfants avec une certaine sévérité qu'elle a héritée de son enfance. Une femme charnelle. Elle est arrivée vierge au mariage et malgré la découverte des plaisirs sensuels avec moi je sens encore dans sa chair une curiosité inassouvie, l'intuition de plus sublimes éblouissements. Je donnerais tant pour toucher avec elle à ce ciel dont elle languit sans le savoir elle-même. Marie et Nicolas nous sauvent en reconstruisant pour nous chaque jour le lieu de l'amour.

Discuter avec mes camarades, élaborer des plans, des codes secrets, monter des réseaux et des cellules, partager notre exaltation et nos rêves, c'est bien. Mais à qui confier mes doutes, mes insomnies ? Nirvah est une survivante, elle sait se protéger de la peur en niant l'existence de ce qui l'effraie. Tout cela se passe dans son inconscient. Et c'est peut-être mieux ainsi, je trouve dans son corps d'eau calme le havre qui me sauve. Avec elle je peux rire et être l'époux et le père dont ma famille a besoin. Avec les autres, je dois toujours mesurer mes paroles et mes opinions. Michel-Ange Lefèvre, secrétaire général de l'UCH, mon ami, ne sait rien non plus de mon travail avec les camarades de l'intérieur. Je le laisse dans l'ignorance pour garantir le plus de crédit à ma couverture. Il y a toutefois une exception à la règle, Dominique, avec laquelle j'arrive parfois à trouver une harmonie de langage, une communauté de pensée. Même si elle est viscéralement anti-communiste et ne veut en rien s'impliquer dans mes activités secrètes, elle me conseille et arrive parfois à me faire appréhender les problèmes haïtiens sous des angles inattendus. J'ai arrêté depuis longtemps de voir en elle une femme qui pourrait être désirable parce que Dominique… est Dominique. »

« 17 octobre 1962 — Commémoration du cent cinquante sixième anniversaire de la mort de l'empereur Jacques Ier. Le crime fondateur de la nation haïtienne. Le parricide originel. Une date à enlever plutôt de nos annales. Un jour de deuil. Ce crime et son contexte devraient être étudiés objectivement dans les écoles et les universités et non pas célébrés. Il y a tant de choses à faire ici, tout est à reconstruire. Les têtes d'abord. Notre salut demeure l'éducation, encore et toujours. Le gouvernement a mis en scène une grande démagogie au Pont-Rouge ce matin. Duvalier ne rate pas une occasion de frapper l'imagination du peuple. Le houngan Cyprien Bonaparte a célébré un service religieux sur l'emplacement du mausolée du Pont-Rouge au cours duquel il a invoqué l'esprit de Dessalines devant tout le gouvernement, le corps diplomatique et d'autres personnalités militaires, religieuses et civiles réunis. Trois tambours asòtò ont accompagné ses invocations dans l'éther. Dessalines parlant alors par la voix du prêtre en transes a prédit à François Duvalier une présidence tumultueuse mais pérenne. Il lui a ensuite rappelé que son assassinat avait été fomenté en 1806 par des généraux autant noirs que mulâtres insatisfaits de sa politique agraire et de la distribution des habitations encore viables après le massacre des colons français. Question de lui recommander de n'avoir confiance en personne. L'empereur est enfin parti dans un souffle sulfureux en enjoignant au médecin-président d'être aussi rusé que la pintade, aussi cruel que le chacal et aussi insaisissable que l'ombre. »

« 25 octobre 1962 — Depuis l'arrivée au pouvoir de Duvalier, l'être haïtien conscient, je veux dire l'homme sensé qui peut réfléchir et analyser en prenant du recul, devient méfiant. Il se passe ici quelque chose de nouveau et de mauvais. Des forces ou des esprits rétrogrades et sauvages occupent les espaces du pouvoir. En réaction, nous retournons au stade de marronnage primitif. »

Je lis les mots de Daniel, enfermée dans son bureau, avec le sentiment de commettre une faute, une grave indiscrétion. Même si ces mots racontent notre vie, nos grands malaises accolés à nos petits bonheurs et l'attente de lendemains que nous colorions chacun de teintes différentes. La Nirvah que je lis dans les mots de Daniel ne me ressemble pas, ou si peu. Je l'ai épousé par amour et je ne suis pas insensible à la misère de mon pays. Mais peut-on me reprocher de vouloir vivre paisiblement, d'élever mes enfants et de goûter aux plaisirs simples de la vie ? Marie et Nicolas dorment déjà dans mon lit, je ne vais pas leur révéler l'existence de ce journal. Le principe du silence s'applique entre conjoints, entre parents et enfants, entre patrons et domestiques, entre employeurs et employés et ce jusqu'au plus bas échelon de la société. Une façon de se protéger l'un l'autre. Mon esprit revient sans cesse au journal, pourtant je redoute ces confidences qui ne m'étaient pas destinées.

« 29 octobre 1962 — La violence d'état est omniprésente, mouvante et multiforme. Elle repose sur la milice armée qui ne connaît qu'un seul principe, la terreur. Une terreur sans précédent dans notre culture politique, établie dès la genèse de la présidence de Duvalier. Yvonne Hakime-Rimpel a payé de son corps cette nouvelle violence. Une femme brisée qui se terre aujourd'hui dans le silence pour protéger sa vie et celle de ses proches. Tous ceux dont la tête émerge seront décapités. Déjoiste convaincue lors des élections de 1957, cette femme n'avait pas peur des mots et est allée jusqu'à invectiver dans son journal *L'Escale* le généralissime Antonio Thompson pour ses manipulations cousues de fil blanc des élections en faveur du médecin de campagne. L'erreur de Mme Hakime fut de sous-estimer l'être infernal qui se trouvait sous le masque bonhomme et fragile de Duvalier. Après lui avoir fait subir des sévices innommables, les sbires du Président lui ont tiré une balle dans la tête et l'ont laissée pour morte. Comment elle a survécu, nul ne sait, mais on prétend que le chef macoute qui devait l'achever a eu pitié d'elle et a fait semblant de lui éclater la cervelle en tirant au-dessus de sa tête. Simone Hakime a payé parce qu'elle n'acceptait ni la dictature ni ses exactions et qu'elle le criait avec les moyens dont elle disposait. On m'a même rapporté que des gamins sont torturés aujourd'hui, des vieillards aussi. Quand je pense à Nirvah et aux enfants je frémis. Je dois trouver le moyen de leur faire quitter le pays pour quelque temps. »

9

La nuit tombait. Il m'attendait dans ma maison, dans mon salon, assis dans un fauteuil, juste à côté d'une table sur laquelle trône un vase à fleurs vide et une photo de Daniel et moi entourés des enfants. On était vendredi. Huit jours après ma visite au ministère. J'espérais et redoutais à la fois de le revoir. J'aurais préféré ne plus croiser son chemin de toute ma vie tout en sachant qu'il était le seul lien ténu entre Daniel et moi. Je revenais de visiter la mère de Daniel, mon moral au plus bas. S'il ne revient pas, elle va crever, la vieille. Les sœurs et le frère de Daniel visitaient aussi leur mère. Ils vivent entre eux comme chiens et chats, s'aiment et se détestent avec la même passion. Chacun suggérait une démarche, sans trop y croire. Je percevais un certain sentiment de rancœur envers Daniel qui me mettait mal à l'aise. Mais je les comprenais, qu'ils l'admettent ou non, le fait qu'il soit en prison venait perturber profondément la routine de leurs vies. Nous étions devenus une famille à l'index. Je n'ai évidemment rien dit du journal de Daniel et de ses projets à cette famille désemparée. Cet après-midi-là, nous avons fait le tour de l'actualité, le couvre-feu de dix heures du soir jusqu'à quatre heures du matin, la censure de la presse ne pouvant diffuser que les communiqués du gouvernement, les tracts qui circulent, la hausse démesurée des taxes. Et Daniel, dans tout ce merdier politique ? Que vont devenir ces hommes et ces femmes oubliés dans les mouroirs du gouvernement ? Bon… on fait ce qu'on peut… Il n'y a qu'à attendre, espérer. Certains en sont revenus. Comme untel… ou unetelle… Et tous ceux qui ne sont pas revenus ? Pour eux, qui blâmer, la malchance, la déveine ? Sur le chemin du retour, au Pont-Morin, je suis entrée à la chapelle Saint-Louis-Roi-de-France, ma tête lourde comme un melon d'eau de la vallée de l'Artibonite. Aucune prière ne m'est venue mais pendant quelques minutes j'ai attendu que Daniel sorte des murs de l'église, de l'autel ou de la chapelle ardente.

Je me suis doutée de sa présence quand j'ai vu les deux hommes postés devant la maison. J'ai aussi reconnu la grande voiture noire, une américaine. C'est fou ce que mon cœur a battu fort, fort à me faire mal. Le véhicule stationnait de l'autre côté de la rue, Jocelyn et ses yeux enfumés au volant. Mais qui l'a laissé entrer ? Probablement Auguste, mon garçon de cour. Pourquoi a-t-il fait pénétrer un étranger dans ma maison ? Alors que mes enfants sont là ? Mes ordres sont pourtant formels, nul ne pénètre ici sans mon autorisation préalable. Nirvah chérie… honnête-ment, Auguste aurait-il pu empêcher le secrétaire d'État de s'installer dans la maison ? Ce secrétaire d'État macoute entouré d'une armée d'ombres ? Je suis entrée par la porte de derrière. À l'office, les enfants regardaient les dessins animés à la télé. Betty Boop égarée dans la forêt, robe moulante et talon aiguille, courait éperdue et était sur le point de se faire dévorer par la tête monstrueuse de Louis Armstrong roulant deux globes oculaires énormes dans un coin de l'écran en chantant un blues angoissant. Mais de quelles cruautés ne nourrit-on pas les enfants à la télévision ? Nicolas, sans détourner son regard de l'image, m'annonça qu'un monsieur m'attendait au salon. Marie a fait les yeux ronds. « Qui c'est ? » Je les rassure d'un signe de la main. Tout va bien. Ils retournent bien vite au petit écran. Aujourd'hui Auguste a cueilli un plein panier de mangues du jardin. En entrant à l'office l'arôme envahissant des fruits mûrs m'a soûlée. J'ai l'impression de vivre un rêve éveillé. L'odeur douce et lourde des mangues mûres dans la chaleur de la cuisine et le parfum froid de la mort qui rôde dans mon salon.

« Bonsoir, Excellence… quelle surprise vous me faites ! Vous auriez dû me prévenir… » Je m'approche et lui tends la main.

« Madame Leroy, répond-il en se levant. Par-donnez mon intrusion dans votre foyer. Vos enfants m'ont dit que vous n'alliez par tarder à rentrer. Des gosses charmants… J'ai préféré attendre pour vous apporter la nouvelle moi-même. Votre époux va bien. Je lui ai parlé il y a quelques jours. »

Le secrétaire d'État s'adresse à moi mais ses yeux ne quittent pas mon cou, le creux à la base de mon cou. Il semble fasciné par ce point.

« Mais, asseyez-vous, Excellence… Il va bien, vous dites ? »

Je me sens déséquilibrée, comme délestée brusquement d'un poids très lourd sur ma tête.

« Hmmm… assez bien. J'ai passé des ordres pour qu'il ne soit plus… rudoyé. » La voix du secrétaire d'État ne laisse passer aucune émotion. Il fait maintenant des yeux le tour de la pièce.

Ai-je bien compris ? Le secrétaire d'État est-il en train de me parler de sévices, des ordres qu'il a donnés pour que Daniel ne soit pas torturé ? Pourquoi cette nouvelle me surprend-elle ? Je sais que les prisonniers subissent la torture, que la plupart n'en survivent pas. Mais de me l'entendre dire avec cette froideur, ce détachement, me fait prendre conscience de la réalité, de ma réalité. Que sait le secrétaire d'État des véritables menées de Daniel ? Jusqu'à la découverte du journal l'autre jour, j'avais toujours cru moi-même que son action s'arrêtait à ses prises de position sur son hebdomadaire et aux actions publiques posées dans le cadre de son parti. Si les services concernés ont jugé bon de l'arrêter alors qu'il était relativement toléré jusqu'ici, je dois conclure qu'il a été trahi.

« Merci… », je réponds.

Le secrétaire d'État n'ajoute plus rien. Il a chaud, de la sueur perle à son front. Ses yeux sont encore plus globuleux que dans mon souvenir. Il respire fort. J'allume le ventilateur au plafond.

« Désolée… il fait vraiment chaud dans cette pièce.

— Non… ça va… » Mais je le sens soulagé. « Vous habitez depuis longtemps cette rue ? me demande-t-il.

— Oui… depuis notre mariage. Nous sommes parmi les premiers riverains…

— Vos enfants… ils sont déjà bien grands. Vous vous êtes mariée jeune. » Il me regarde, essayant de deviner mon âge.

« Oui… j'avais dix-sept ans.

— Et vos enfants, quel âge ont-ils ?

— Marie, l'aînée, court sur ses quinze ans. Nicolas a onze ans.

— Hmmm… »

Après ces quelques mots, le secrétaire d'État satisfait s'installe dans un mutisme confortable. Son regard s'attarde à présent sur mes pieds nus dans mes sandales, comme si toute ma vie tenait dans mes pieds. Il y a de la poussière sur mes orteils, j'aurais dû les laver avant d'entrer au salon.

« Comme ils sont blancs…

— Pardon ?

— Vos pieds… »

Je comprends à peine les mots chuchotés par le secrétaire d'État qui observe attentivement mes pieds. A-t-il parlé de la blancheur de mes pieds ? Et pourquoi de mes pieds ?

« Je ne…

— Non… rien », il me répond en détachant à contrecœur son regard du bas de mon corps.

Les sons de la télévision nous parviennent depuis l'office. Le parfum sucré des mangues mûres glisse jusqu'à nous. La vie coule emportant les bruits et les odeurs du quotidien, mes enfants attendent le retour de leur père et il y a une bulle de silence dans laquelle je me trouve avec le secrétaire d'État, une bulle qui flotte et m'aspire au passage.

Les mots me démangent pourtant les lèvres, je voudrais lui demander plus d'informations sur Daniel, sur sa détention, sur sa santé, son alimentation, ses rêves. Je voudrais savoir quand il sera libéré. Mais devant le silence du secrétaire d'État, ces questions me paraissent incongrues, presque indécentes. Sa présence sous mon toit devrait être un gage de la sécurité de Daniel.

« Savez-vous si… quand Daniel sortira de prison, Excellence ? »

Je n'ai pas pu retenir les mots. Je ne vis que pour ce jour, ce moment où Daniel franchira encore le seuil de notre maison. Sinon, tout va rester en suspens, la poussière, nos rires, le soleil et le goût de vivre. Cette épreuve est au-dessus de mes forces. Le secrétaire d'État sort de sa béatitude. Il me regarde avec l'air d'un parent à la fois excédé et touché par l'innocence d'un enfant.

Une expression fugace. Les mots qu'il dit ensuite sont presque méprisants.

« Il ne sortira pas de sitôt, madame, je ne vous mentirai pas. Il doit répondre à des questions… beaucoup de questions. Votre mari a fait distribuer des tracts par des écoliers… il sème le virus du communisme chez les plus jeunes… dans la paysannerie… il leur pollue le cerveau avec des idées marxistes… il est en train de saboter l'avenir du pays… Mais le pire, l'impardonnable est qu'il a cru pouvoir jouer double jeu avec nous. Se servant de son parti comme paravent pour mener librement des activités criminelles. Ignoriez-vous cela, madame ? »

Je ne réponds pas à cette question qui ressemble plutôt à un piège. Je pense au journal caché sous mon matelas. Mon cœur bat la chamade. Daniel a-t-il avoué sous la torture ? A-t-il dénoncé ses camarades ? Je crois qu'il se laissera mourir plutôt que de trahir ses compagnons. Je fais celle qui ne comprend rien. Je persiste dans mon questionnement et m'étonne de mon audace.

« Hmmm… mais quelles sont ses chances, Excellence ? Sera-t-il jugé ?

— Cela ne dépend pas de moi, madame. Mon pouvoir a des limites. Je peux seulement vous assurer d'un traitement favorable. Pour le moment. Il y a des hautes autorités qui lui en veulent… beaucoup. L'instruction et la gestion de son dossier prendront du temps, beaucoup de temps. » Il me répond en regardant encore mes pieds.

Je réfléchis à grande vitesse. Les choses sont quand même un peu plus claires à présent. Daniel est vivant et grâce au secrétaire d'État il sera épargné de sévices corporels. Jusqu'à nouvel ordre. Je l'espère. Une voiture passe dans la rue et quelques secondes plus tard, imperceptiblement, la poussière soulevée par les pneus s'infiltre par les fenêtres du salon qui donne sur la façade principale de la maison. Le secrétaire d'État éternue par deux fois. Je souris, gênée.

« Ah… cette poussière. Je lui fais sans arrêt la guerre mais elle a toujours raison de moi. »

Les meubles, les fleurs séchées dans leurs pots, les miroirs sont nimbés de poussière. Épousseter les pièces sur l'avant de la maison c'est comme transporter de l'eau dans une passoire.

« Je vois… », dit sombrement le secrétaire d'État en tirant un mouchoir de la poche intérieure de son veston. Il a l'air malade tout d'un coup.

« Puis-je vous offrir un rafraîchissement, Excellence ? je lui demande, retrouvant mes réflexes d'hôtesse.

— Non, merci. Je vais partir. Je vous remercie de votre accueil… N'avez-vous besoin de rien, madame ?

— Si je n'ai besoin de rien ? » Je reprends machinalement la question en regardant le secrétaire d'État. J'ai mis une bonne seconde pour comprendre qu'il m'offrait quelque chose, mais quoi ? De l'argent ? Sans doute. « Non… merci. Vous faites déjà beaucoup pour moi et ma famille… »

Il a recommencé à transpirer, malgré le ventilateur. Il se lève sans dire un mot de plus, sans un au revoir, sans que je sache s'il me donnera encore signe de vie.

Je raccompagne le visiteur jusqu'à la barrière. J'ai encore plein de choses à lui dire. Je voudrais écrire un mot à Daniel et demander au secrétaire d'État de le lui faire parvenir. Je voudrais obtenir un permis spécial de visite à Fort-Dimanche, ces autorisations qu'on ne donne qu'au compte-gouttes, à ceux qui ont des relations très haut placées. Mais je n'ose pas. Pas encore. Je le regarde entrer dans sa voiture. Il se met à l'avant, à côté de son chauffeur et ses deux gardes du corps s'installent sur la banquette arrière. Il reviendra.

10

Le secrétaire d'État avait décidé de la surprendre en la visitant chez elle, dans la maison de
Daniel Leroy. Il tomberait dans son univers sans
prévenir, comme une pluie du milieu du jour
sous un soleil éclatant. Elle serait sûrement désarçonnée par cette entrée en matière abrupte, elle
devait plutôt s'attendre à ce qu'il la convoque à
son bureau. Pensait-elle, depuis son passage au
ministère, que sa démarche avait été vaine et
qu'il ne lui donnerait plus signe ? Se doutait-elle
de cette tornade qu'elle avait soulevée sous sa
peau ? Depuis une semaine il rongeait son frein,
calculant le meilleur délai pour la revoir sans
lui laisser deviner son impatience. Depuis une
semaine, le secrétaire d'État avait envahi par
son imagination obsédée l'univers virtuel de la
femme et ce soir-là il prenait d'assaut son quotidien, les quatre murs qui la gardaient. Il était
entré dans la demeure, habité d'une sorte de fer-
veur profanatrice. Un sentiment exaltant de pouvoir total qui ne le quitta pas tout le temps de sa

visite. Il contrôlait parfaitement la situation. Il avait pénétré dans l'intimité d'un dissident nommé Daniel Leroy et le destin de sa femme, de ses enfants, de ses domestiques et de son chat dépendait de ses appétits à lui. Les jours à venir s'annonçaient gratifiants à bien des niveaux de sa vie. Aucune barrière ne l'arrêterait pour atteindre cette femme, pour devenir maître de ses mystères.

Ses enfants étaient beaux, comme il s'y attendait. Des petits-bourgeois mulâtres grandissant dans un cocon qui venait de se fissurer. Ils l'avaient regardé avec une certaine méfiance mais sans grand intérêt. L'adolescente ressemblait de façon frappante à sa mère sauf qu'elle devait déjà la dépasser d'une tête. Une merveille de femme en herbe. Le garçon avec ses lunettes aux verres épais lui sembla l'héritier intellectuel de la maison, il serait probablement un rat de bibliothèque, un dévoreur de livres et d'idées, comme son père. Le secrétaire d'État pensa à sa femme et ses deux filles, occupées à changer de classe, à prendre conscience des nouveaux et abondants privilèges qu'il leur apportait. Leurs rapports intimes se résumaient depuis bien longtemps à la gestion de leur confort matériel. Il méprisait son épouse qui sous son apparente humilité de dévote couvait un appétit vorace des biens de la terre. Voilà longtemps qu'elles ne lui ouvraient plus aucun monde, qu'elles n'étaient que des bouches assoiffées de toujours plus de luxe et de confort. Il aima l'atmosphère de la maison de Daniel Leroy, la lumière atténuée par les rideaux qui gardaient toutes les fenêtres, la patine de la mosaïque du parquet et ce parfum flottant de mangue mûre qui montait du plus profond de l'été.

Des ombres hostiles habitant l'espace avaient essayé de le repousser, une oppression sur sa poitrine l'avait un instant inquiété. Sa vieille maladie allait-elle ressurgir en cet instant crucial et l'humilier sous les yeux de la femme ? Rien n'était arrivé, heureusement. Il avait l'habitude de combattre son mal, de résister à ses assauts. Il avait bousculé le spectre de Daniel Leroy déambulant dans les couloirs de la maison et qui tentait de le débouter. Sa victoire se confirmait sur les plans visibles et invisibles. Mais quelle chaleur dans ce salon où elle l'avait reçu ! Un véritable avant-goût de l'enfer dont il avait souffert et joui en même temps. Pour la posséder, il franchirait volontiers les portes de la damnation. Mais comment pouvaient-ils vivre enveloppés de cette poussière ? Une petite demeure cossue et coquette, exquisement meublée, perdue dans un paysage lunaire. Cette rue des Cigales avait un quelque chose d'irréel avec toute cette poudre de misère grise accrochée aux arbres, aux feuillages, aux façades des maisons, jusqu'aux pylônes et aux fils électriques. Quel piètre bourgeois il faisait, ce Daniel Leroy ! Laisser sa famille vivre dans ces conditions, laisser une femme comme Nirvah supporter cet environnement... S'il avait vraiment voulu, il aurait trouvé le moyen de soudoyer une autorité quelconque au ministère des Travaux publics pour que sa rue soit asphaltée. On finit toujours par trouver satisfaction ici, il faut les bons contacts, la bonne intelligence. Un intellectuel, voilà ce qu'il était Leroy, un bretteur de duels philosophiques, un scribouillard d'articles subversifs qui ne se souciait pas du bien-être de sa famille. Un mulâtre sans ambition, finalement. Les pires. Ils croient avoir les mains pures. Les vrais mulâtres s'occupent de faire fructifier leur fortune. Depuis qu'il était en poste, le secrétaire d'État avait eu à contracter des affaires marginales avec des bourgeois mulâtres argentés dont le souci était d'augmenter leurs avoirs et, ceux-là, ils savaient reconnaître l'autorité, ils maniaient bien le compromis, ne reculaient pas devant la compromission même pour arriver à leurs fins. Tandis que les soi-disant intellectuels se voulant incorruptibles comme Daniel Leroy lui paraissaient pitoyables. Ils ne lui inspiraient aucune estime. Il les méprisait.

Ses pieds. Il avait gravé dans sa mémoire la vie des pieds de Nirvah Leroy, la délicatesse de ses talons et de ses chevilles, le léger duvet ombrant ses mollets. La poussière salissant ses orteils l'avait touché au plus profond de lui-même, il l'aurait léchée avec dévotion. Elle portait des ongles de pieds carrés, sans vernis, des pieds indécents de nudité. Il avait sombré dans leur univers, se retenant difficilement de les toucher. Et puis il y avait tout d'elle-même, ce grain de beauté à la base de son cou, tout près de sa jugulaire qui palpitait et lui rappelait d'autres pulsions intimes de cet être qu'il voulait posséder comme une chose, un objet de grand luxe, une lune inaccessible. Il y mettrait le prix qu'il faudrait, rien ne serait négligé pour son bien-être. Il y mettrait aussi la force qu'il faudrait. Il serait une brute, un cynique puisqu'elle ne céderait que par la force, puisque lui ne jouissait que par la force. Il lui mentirait sans vergogne à propos de la situation de son mari pourrissant au Fort-Dimanche, pour qu'elle ait besoin de lui totalement, désespérément.

11

« Qu'est-ce qui se passe à la rue des Cigales ?
C'est quoi ce bordel ? »

Arlette souffle un nuage épais de fumée et
secoue rageusement sa queue-de-cheval. Elle
vient d'arriver chez moi et déjà elle laisse couler
son venin. Arlette est une femme dont la proximité intoxique et épuise. Ça se voit qu'elle ne
dort pas. L'insomnie la rend acariâtre et lui
laisse des cernes autour des yeux. Une semaine
après l'arrestation de son frère, elle s'est vue
mettre à pied à la direction générale du ministère des Affaires étrangères où elle occupait
depuis quelques années le poste de directeur
adjoint du protocole. Sans préavis ni explication. Le major de l'armée dont elle est la maîtresse figure sur la liste des militaires qui tomberont bientôt en disgrâce. Maggy m'a fait cette
confidence mais, pour éviter tout échange
fâcheux, je prétends l'ignorer. Arlette ne m'a
jamais aimée. Elle trouve que Daniel mérite
mieux que moi.

« Il est évident que la rue va être asphaltée, répond Sylvie agacée. On construit des trottoirs… »

Les deux sœurs sont aux antipodes des bonnes manières. Sylvie est douce, une femme sensible, qui possède tout le tact faisant défaut à Arlette.

« Je ne sais pas comment tu as pu vivre tant d'années dans cette foutue rue. Nous allons enfin arrêter de nous taper des allergies quand nous venons en visite chez toi…

— Tu m'en vois ravie, Arlette, je lui réponds.

— Tu n'as pas perdu tes bonnes manières, remarque Sylvie.

— Je dis ce que je pense, Sylvie, tu le sais depuis longtemps, puisque tu es mon aînée. Mais dis-moi, ajoute Arlette s'adressant à moi, qui fait asphalter la rue ?

— Le ministère des Travaux publics…

Je sais que ma belle-sœur ne va pas se satisfaire de cette explication.

— Ça, je l'ai compris, chérie. Je veux plutôt savoir qui est le gros zouzoune qui vient d'emménager dans ta rue. Depuis le temps que Daniel se bat pour vivre dans un environnement plus sain… perdant son temps à écrire des lettres au secrétaire d'État machin et à faire signer des pétitions dans le quartier… quelle ironie que cela arrive alors qu'il est en prison. À croire qu'on attendait de le foutre en taule pour couvrir de bitume cette foutue rue ! Alors c'est qui, Nirvah ?

— Daniel trouvera la rue asphaltée quand il reviendra, commente Sylvie avec philosophie ».

Le soupir qui ponctue sa phrase trahit toutefois son doute et son angoisse.

« Le retour de Daniel, hmmm… c'est une autre histoire, Sylvie. » Arlette se penche pour écraser sa cigarette dans le cendrier. L'ongle de son index droit taché de nicotine brille comme de l'ambre. « Nirvah, tu ne m'as toujours pas dit pour qui on asphalte la rue.

— Je l'ignore, Arlette. Je ne suis pas tout à fait sûre, mais apparemment il n'y a pas de nouveaux résidents dans le quartier. Peut-être qu'un personnage important a fait l'acquisition des deux terrains vides qui restent, avant le carrefour. Mais, quel que soit le motif qui a fait ouvrir ce chantier, je ne vais pas m'en plaindre, crois-moi. Cette poussière allait finir par me rendre folle.

— Même si on le fait pour un chef macoute, un de ces gros porcs noirs avec des lunettes noires ? Cela ne te dérangerait-il pas d'avoir un VSN* comme voisin ? Dis, tu t'en foutrais, Nirvah ? »

Le sourire d'Arlette est aussi vicieux que ses mots. Je regarde alentour pour vérifier si Auguste ne nous écoute pas. Est-ce qu'elle sait que le secrétaire d'État m'a visitée ? La nouvelle est-elle arrivée si vite jusqu'à la famille Leroy ? Non… non, probablement pas, je crois plutôt qu'Arlette se contente d'être elle-même.

« Des macoutes, il y en a de tous épidermes, Arlette. Mulâtres, grimauds, griffes, marabouts,

---

* VSN : Volontaires de la sécurité nationale.

noirs, très noirs… Le pouvoir n'a pas de couleur ni de tour de taille.

— Tiens, tiens ! Tu les connais donc si bien ? Compliments, ma chère. Moi, je n'ai malheureusement pas le privilège de fréquenter des macoutes. Mais… je ne comprends pas qu'avec de telles relations de sa femme Daniel soit encore en prison… »

Arlette persifle et j'ai envie de la gifler. Je ne sais que penser. A-t-elle eu vent de ma visite chez le secrétaire d'État ou de sa venue ici ? J'ai peur, mais je ne vais pas me laisser démonter par ma belle-sœur.

« Arlette ! Il y a des moments où tu dois apprendre à fermer ta grande gueule ! » Sylvie, excédée, me devance. « Tu n'as aucun respect pour la maison de Daniel, pour sa femme et ses enfants… Tu ne penses qu'à toi, à tes propres malheurs. Tu… tu… tu es fielleuse !

— Laisse-la dire, Sylvie. Si cela peut lui faire du bien. Arlette est pareille à elle-même, elle en veut au monde entier, aux femmes, aux macoutes, à Daniel…

Je n'ai pas pu me retenir de lui lancer cette pique, je respire mieux. L'effet est immédiat.

« Alors là, ç'en est trop ! Je ne te permets pas d'avoir des opinions sur mes sentiments pour Daniel, Nirvah. Je suis sa sœur, tu comprends ? Sa sœur ! Toi tu ne seras jamais que sa femme, il peut te quitter quand il veut, il peut changer de femme quand il en a envie… tu n'es pas de son sang. Après toutes ces années, je ne vois toujours pas

78

ce que Daniel peut bien te trouver d'intéressant...
à part d'être une mulâtresse. Tu refuses de travailler, Madame est une femme au foyer ! Un
homme qui a fait des études supérieures en
France, qui a côtoyé de grands hommes ! Tu n'es
qu'un beau petit cul, sans aucune cervelle et sans
le sou. Finalement, tu ne lui as apporté que de la
déveine, à Daniel ! Viens Sylvie, je te ramène chez
toi ! » Arlette se lève, cherche rageusement dans
son sac les clés de sa voiture et fait signe à Sylvie
avec son trousseau de la suivre. Elles s'en vont.
Sylvie n'a pas de voiture, le visage désolé elle
m'embrasse à la hâte et suit sa sœur.

12

Je sais qui fait asphalter la rue. Je l'ai compris tout de suite sans vouloir le croire de prime abord. L'énormité de la chose m'a désarçonnée un bon moment. Mais je n'ose traduire en idées précises la signification de ce fait qui n'est pas un acte posé à la légère. Le secrétaire d'État Raoul Vincent ne pose pas d'actes à la légère. Ma santé et mon bien-être ne sauraient l'intéresser rien que par amour du prochain. Je commence à comprendre le sens et la profondeur du mot pouvoir dans mon pays. Le pouvoir au service des pulsions, de l'instinct et de la luxure. Mon avenir proche s'amasse comme les nuages noirs d'un orage. Il n'est pas revenu chez moi depuis plus d'un mois. Peut-être est-il en voyage ? En général, un secrétaire d'État ne s'absente pas aussi longtemps. Je n'ai donc pas de nouvelles sûres de Daniel. Le temps passe et l'espoir tel un fil d'or s'étire à l'infini, précieux et tellement fragile. J'ai demandé au docteur Xavier d'aller le voir, de lui parler, sans mentionner mon nom, juste pour savoir les nouvelles de Daniel. Quand je l'ai revu, le docteur n'avait pas grand-chose à me dire. Le secrétaire d'État ne l'avait point reçu.

Marie et Nicolas ont réussi leur année scolaire, Nicolas avec la moyenne juste, pour la première fois de sa vie d'écolier. Que pouvais-je lui demander de plus dans une telle situation ? Ils vont partir à Paillant passer près de trois mois de vacances avec ma mère. Leurs copains du quartier viennent chez nous moins souvent. Cela leur fera du bien de laisser la maison, d'oublier l'attente, de ne pas sursauter à chaque fois que s'ouvre le portail de la maison. J'ai l'impression que ce sont eux qui me protègent. Ils sont moins exigeants, plus serviables. Ils se chamaillent moins souvent, mais le questionnement au fond de leurs yeux m'est insupportable. Je sais qu'ils se font aussi du souci pour l'argent dont nous avons besoin pour vivre. Marie m'a demandé l'autre soir si Daniel et moi avions des économies. L'énergie que je dépense à essayer de leur faire une vie normale m'épuise.

13

« 1er novembre 1962 — La Toussaint. Grand-
messe à la cathédrale assistée par la première
dame de la République, Manman Simone,
femme au visage hermétique. Le sphinx du palais
national. On dit que sa famille descend des
Indiens de l'époque précolombienne qui habi-
taient à Yaguana, dans le caciquat du Xaragua,
aujourd'hui la région de Léôgane. Sa peau claire,
son faciès plat et ses yeux un peu bridés porte-
raient à le croire. Quand cette infirmière épousa
un petit médecin de campagne dans la chapelle
Saint-Pierre de Pétion-Ville, en 1939, elle ne se
doutait sûrement pas qu'elle liait son destin à
celui d'un homme qui allait donner un cours
sinistre à l'histoire de ce pays. Manman Simone
sait être généreuse avec les pauvres. Des men-
diants, des handicapés, des sans-abri, toute cette
humanité qui habite la boue de la Croix-des-
Bossales et de La Saline a reflué vers la cathédrale
pour l'occasion. Même la Cité de l'Exposition,
cet espace de rêve dont le Président Estimé dota

la capitale pour son cent cinquantenaire, perd de ses attraits et se couvre de boue après chaque pluie. La messe fut concélébrée par deux prêtres qui sympathisent encore avec le pouvoir. L'Église a commis l'erreur de croire que François Duvalier ne pourrait pas se maintenir au pouvoir. Certains prêtres ont lancé des piques du haut de leurs chaires, ils ont provoqué même. Il n'en fallait pas plus au docteur président pour exercer sa vindicte contre les hommes en robe, haïtiens comme étrangers. Il les intimide, les persécute, les fout à la porte du pays, soutane sur le corps. Il rêve à son clergé indigène et menace par ambassadeur interposé de faire du vaudou la religion officielle d'Haïti. Mais le Concordat lui lie les mains. Le Vatican ne bronche pas. Pendant ce temps catholiques et vaudouisants se livrent une guerre larvée tandis que le mouvement protestant s'insinue sournoisement dans l'arrière-pays. Le fanatisme religieux doit être vivement combattu en Haïti comme n'importe quel fléau. Entre messianisme débilitant et populisme mystificateur le peuple est pris au piège. L'avenir se joue maintenant, il faut sortir la masse de l'ignorance et de la misère sinon nos enfants et nos petits-enfants en paieront le prix. Nirvah qui me sait un athée convaincu serait bien étonnée de savoir que je collabore activement avec des amis prêtres pour faciliter l'accueil et la couverture de jeunes activistes. Ils reviennent un par un d'Europe de l'Est, de Moscou, pour transmettre aux jeunes de l'intérieur leur savoir en activités de guérilla, de subversion et de déstabilisation. Ces religieux m'ont étonné et ont gagné mon estime en me prouvant leur capacité de mener des actions clandestines avec des citoyens ne professant pas leur foi. »

« 5 novembre 1962 — Dominique est mon amie et ma confidente. Une petite-bourgeoise réactionnaire, érudite et scientifique. Il n'y a rien de plus exaspérant qu'une femme qui se sait intelligente. Dominique souffre d'une immodestie irritante mais le regard froid qu'elle peut jeter sur les choses, ses analyses et ses déductions m'imposent le respect. Nous passons souvent des heures à discuter sur la réalité du pays, sur la gauche haïtienne dont elle connaît bien l'histoire. Nous n'avons jamais fait l'amour. Il y a eu tout au long de nos années d'amitié quelques moments de trouble qui auraient pu passer pour l'appel de la chair. Mais de savoir ce potentiel inexploré de plaisir entre nous renforce notre complicité. Dominique compense sa réserve hautaine par un intellectualisme forcené. Nirvah, par contre, sait se donner à l'amour avec ce qu'elle a de plus profond et de plus secret. Mais je l'aime bien, Dominique. Elle m'a mise en garde contre Michel-Ange Lefèvre. « C'est un vendu », m'a-t-elle dit péremptoirement. J'ai du mal à le croire, cet homme a connu à deux reprises les geôles de Duvalier. L'UCH est le paravent idéal pour mon action. En dehors de mes occupations évidentes, j'ai pu monter et former des micro-réseaux de jeunes en province, leur inculquer des connaissances et des méthodes de vulgarisation des principes du communisme. L'avenir appartient aux jeunes. Il est vrai que Michel-Ange me questionne ces temps-ci avec insistance sur mes activités extra UCH. »

« 11 novembre 1962 — S'il n'est pas arrêté, Duvalier établira sur Haïti une tyrannie aussi féroce et aussi longue que celle de Rafael Trujillo. Armée et police politique, les deux hommes utilisent les mêmes principes pour terroriser. Trujillo, à la différence de Duvalier, a maintenu une stricte politique d'alignement sur les États-Unis dont les méthodes gênèrent même parfois certains responsables. Un secrétaire d'État américain a dit de lui : " C'est peut-être un fils de pute, mais c'est notre fils de pute." Ils l'ont quand même écrasé en mai dernier, leur fils de pute, après trente ans de pouvoir absolu. Il était devenu plus dans leur intérêt de l'éliminer que de le garder à la tête de la République dominicaine. Le médecin-président a dû prendre un coup à l'annonce de l'assassinat de son compère. Plus méfiant, il joue avec les Américains et aussi avec les Haïtiens à un petit jeu de marronnage. Il poursuit impitoyablement les communistes et on lui fout la paix, on fait le sourd aux cris qui montent de l'île. Dans le contexte de la guerre froide, les Américains ne pouvaient pas souhaiter mieux. Cependant, pour jeter le trouble dans les esprits, Duvalier couve une aile marxiste dans son gouvernement, la gauche du Président. »

« 17 novembre 1962 — J'ai longuement dis-
cuté avec Michel-Ange à propos du prochain
édito. Je dois réagir, alerter l'opinion nationale
et internationale. C'est aussi un aspect de ma
stratégie de lutte, crier haut et fort, gueuler
même, pour garder mon statut d'opposant-
journaliste-intellectuel-inoffensif. Aux yeux de
certains nous passons pour un parti communiste de salon, un club d'excentriques. Je suis
en quelque sorte la preuve qu'il existe encore
une soi-disant liberté d'expression en Haïti.
L'administration Kennedy ne s'embarrasse pas
de carotte dans ses relations avec Duvalier. De
temps en temps elle brandit son bâton et le
dictateur doit mettre un frein à ses pulsions san-
guinaires. Toutefois cette politique d'intolé-
rance apparente et de compromission dans les
faits me trouble au plus haut point. Nous avons
fait distribuer quelques tracts pour tenter une
énième fois de réveiller les esprits endormis.
L'apathie générale est lourde et démoralisante.
La propagande duvaliériste est une insulte à
l'intelligence. Des dizaines d'hommes et de
femmes disparaissent chaque semaine dans
toutes les classes sociales de la république. La
semaine dernière Duvalier s'est rendu au Fort-
Dimanche et sur sa demande plusieurs prisonniers ont été tirés de leurs cellules, ligotés à des
poteaux et fusillés sans autre forme de procès.
Certains furent ses amis. Avant leur exécution,
le Président a tenu à faire un brin de conversa-

tion avec eux. Michel-Ange a trouvé le ton de mon article trop véhément. Il m'a recommandé la prudence. »

« 3 décembre 1962 — Anniversaire de Marie, la prunelle de mes yeux. Elle a quatorze ans aujourd'hui. Je suis tellement fier d'elle, si belle et si intelligente. Nirvah prend parfois ombrage de ma relation avec Marie. Peut-elle me faire un tort d'aimer ma fille et de le lui dire dès que j'en ai l'occasion ? J'aime autant Nicolas, une sorte de complicité mâle grandit entre nous au fur et à mesure qu'il sort de la petite enfance. Mais une fille donne un autre genre d'amour à son père. Elle est déjà une petite femme qui sait me faire marcher. Marie est jalouse de la présence de Dominique dans ma vie alors que Nirvah s'en accommode. Dominique… même son prénom en dit long sur sa personne. Ni homme ni femme. Un être étrange, fidèle, orgueilleux au superlatif. Nous avons grandi ensemble, nos parents avaient prévu nos fiançailles depuis le berceau. Il était logique que j'épouse Dominique, tout nous prédestinait. Même parcours, études de sociologie et d'anthropologie en France pour elle, de droit et d'économie pour moi. Dominique ne prenait pas ombrage de mes amours de jeunesse, elle savait que je lui reviendrais toujours. J'ai dévié de la voie tracée pour moi. Je ne voulais pas d'une vie petite-bourgeoise programmée vingt ans à l'avance alors que je venais d'un pays où la faim et l'ignorance poussaient des hommes et des femmes à se renier. Dominique, désabusée, épousa un professeur de musique français dont elle divorça huit mois plus tard. Nous voilà tous les deux vivant en Haïti. Elle considère Marie, sa filleule, comme la fille qu'elle n'a pas eue. »

« 7 décembre 1962 — Nirvah est partie à Paillant au chevet de sa mère malade. En son absence Marie et Nicolas sont plus ouverts, plus libres d'être eux-mêmes. Nous sommes trois complices dans la maison et nous trouvons dans les petites tâches quotidiennes des occasions de rire et de nous toucher, au-delà des mots. Nirvah se soucie peut-être trop de la bonne éducation de nos enfants, elle ne prend pas suffisamment le temps de les aimer, de les aimer sans rime ni raison. »

14

Posséder Nirvah hantait le secrétaire d'État. Il voulait retourner dans la maison de la rue des Cigales pour ressentir le même émoi qui lui avait donné froid aux extrémités. Quelque chose l'avait remué dont il ne comprenait pas la raison. Rien à voir avec les frissons ambigus d'horreur et de plaisir qui le traversaient aux cris des torturés, ni la joie sombre qu'il trouvait dans la possession de corps inconnus qu'il violait souvent. Une dimension neuve s'ouvrait pour lui, comme un havre de pureté où il connaîtrait la vraie paix. Il languissait déjà de cette femme et de ses deux beaux enfants. Pourtant il savait que la famille Leroy pourrait lui coûter son pouvoir, sa puissance et son argent. Cette folie germant en lui le rendrait vulnérable, ce serait enfin livrer la faille de sa carapace que ses ennemis cherchaient. Il se connaissait des rivaux acharnés qui avaient déjà fait rouler plus d'une tête. Les amis tombés en disgrâce avant lui avaient connu des sorts plus ou moins graves. Certains gonflaient la feuille de paie du Grand Conseil

Technique, entité administrative où étaient mis en dépôt les vieux gêneurs qui devaient s'estimer heureux d'un traitement humain quoique assez humiliant. D'autres vivaient l'exil. Quelques-uns connaissaient le pire, l'emprisonnement. Il ne tiendrait pas longtemps enfermé dans les geôles de la dictature, de cela le secrétaire d'État était sûr.

Raoul Vincent était l'un des rares secrétaires d'État du gouvernement capable de demander directement au président de la République de gracier un prisonnier politique. Un privilège suprême. Ses rares interventions dans ce sens lui avaient valu des reconnaissances éternelles ainsi que des inimitiés et des rancunes. Le pouvoir était divisé en clans qui se livraient une guerre terrible et sans trêve, où tous les coups étaient permis. Même la famille présidentielle ne faisait pas exception, scindée en deux camps réfugiés sous l'aile du chef de l'État ou de la Première dame. Le sang des représailles après la tentative d'enlèvement des enfants du dictateur n'avait pas encore tout à fait séché dans les rues de Port-au-Prince et même si la révolution avait triomphé encore une fois, elle laissait dans les rangs de ses fils des brèches de chair, d'os et de sang, des tas de morts, des échos de tortures, le froid de la violence, des haines tues et ruminées.

Le secrétaire d'État mulâtre Maxime Douville siégeait depuis six mois au conseil des secrétaires d'État. Quelques semaines auparavant, le jour du rapt avorté, son oncle maternel, général retraité de l'armée, avait été arraché de la véranda de sa maison du quartier Tête-de-l'Eau, à Pétion-Ville, et abattu comme un chien dans la rue, sans autre forme de procès. Sous le prétexte que la machination devait sûrement provenir d'hommes ayant une formation militaire. Une bonne dizaine d'officiers à la retraite avaient ainsi perdu la vie. Douville demeurait pourtant plus que jamais membre du gouvernement, sacrifiant au duvaliérisme sa douleur et ses convictions. Sa condition de mulâtre lui conférait au sein du cabinet ministériel un atout particulier. Lui et quelques autres de sa couleur occupant des postes importants au gouvernement ou au Parlement étaient la preuve vivante que le maître mot du pouvoir était fidélité. Peu importaient l'épiderme et la condition sociale, l'homme ou la femme qui défendait les intérêts de la révolution avec le plus d'acharnement, d'ingéniosité dans la corruption ou de cruauté dans l'anéantissement des ennemis se voyait bien vite propulsé dans le cercle des fidèles généreusement gâtés par le pouvoir. Fidélité qui faisait qu'on acceptait tout pour faire marcher la cause, même l'assassinat de proches parents. Maxime Douville nourrissait envers Raoul Vincent une haine pure comme un diamant. La vision du pouvoir était une chose et le secrétaire d'État Raoul Vincent une autre. Un nègre hautain et vicieux dont tant de collaborateurs du Président se méfiaient. Un être sombre, imprévisible, superstitieux, insondable qui gardait encore la confiance de Papa Doc. Il était parmi ceux de la première heure, les purs et durs, les intouchables. Raoul Vincent avait résisté à plusieurs vagues de renvoi des anciens partisans de Duvalier. Il connaissait bien les antichambres du pouvoir. Mais son heure viendrait, il finirait par tomber, par commettre une erreur fatale. Maxime Douville en était persuadé puisqu'il se faisait fort de trouver l'élément qui serait à l'origine de sa chute. Lui, il appartenait à la nouvelle vague des hommes du pouvoir, les intrépides qui inoculaient du sang neuf au duvaliérisme. Un mariage dans la parentèle de la Première dame de la République lui avait ouvert la route dans le dédale des intrigues du Palais pour se retrouver à la tête du ministère des Finances et des Affaires économiques. Il engraissait les comptes en banque des membres de la famille présidentielle, plaçait leur fortune, leur servait de prête-nom. Il rançonnait sans vergogne les commerçants du centre-ville et du bord de mer pour des projets de développement bidon, jonglait avec les taxes, accordait faveurs et contre-faveurs pour plaire à ses maîtres. La Première dame de la République ne jurait que par ses yeux. Sa position se renforçait de jour en jour, la révolution ayant besoin tout de même de se prémunir devant l'incertitude de l'avenir. Car la clique au pouvoir n'oubliait pas la fragilité de Papa Doc qui avait failli passer l'arme à gauche lors d'une crise cardiaque, moins de deux ans après sa prise de pouvoir.

Raoul Vincent savait qu'il ne pourrait faire sortir Daniel Leroy de prison. Plus que les kamoken empêtrés dans leur soif de conquête et de pouvoir et qui se faisaient attraper sans trop de problème, Leroy était l'ennemi véritable de la révolution duvaliériste. Un homme éminemment intelligent, bien formé, charismatique, qui savait travailler dans l'ombre en prenant son temps. Si le communisme avait une chance de triompher par les armes sur la terre d'Haïti comme à Cuba, Daniel Leroy était l'un de ceux à pouvoir réaliser cette prouesse en admettant que le temps lui soit donné. Il y avait aussi trop de choses personnelles s'élevant entre lui et cet homme. Libérer un opposant mulâtre serait l'occasion pour ses adversaires de le prendre en défaut. Il aimait déjà la femme du dissident. Il voulait la protéger, la gâter, contrôler sa vie, connaître le parfum de sa bouche, jouir de son corps. Daniel se tenait entre lui et son bonheur. Il n'y avait pas de place pour eux deux dans la vie de Nirvah. Qu'il demeure là où il se trouvait. Le secrétaire d'État avait la conscience tranquille puisque Daniel était l'auteur de son propre malheur. Le prisonnier devait connaître les conséquences presque inévitables des activités qu'il menait. Il s'était fait piéger sans le savoir. L'arroseur arrosé. Alors Raoul Vincent allait jouer serré, se surveiller encore plus, défaire les filets autour de ses pieds pour continuer à jouir du pouvoir et pour connaître le goût de la bouche de Nirvah Leroy.

15

On frappait à la barrière. Je lisais dans mon
lit à la lumière d'une lampe à gaz quand j'ai
entendu le choc répété d'un objet métallique
contre le fer du portail. Le cahier couvert de
toile grise m'a brûlé les mains comme du feu, je
l'ai vite retourné sous le matelas. Lire le journal
de Daniel me déstabilise. Je crains les mots qui
viennent, je ne peux jamais prévoir ma prochaine découverte. Et pourtant j'ai soif d'en
savoir plus. Des fois, je saute les pages pour en
finir, pour me défaire au plus vite de cet objet
qui m'attire et m'effraie à la fois. D'autres fois,
je relis certains passages jusqu'à les connaître
par cœur. Dans ces moments, j'ai l'impression
d'arrêter le temps, de sauver une heure, une
nuit des mâchoires de la bête venue dévorer
nos vies. J'ai envoyé Auguste voir qui c'était. Il
est revenu me dire que le secrétaire d'État me
demandait, qu'il attendait dans sa voiture, dans
la rue. Le secrétaire d'État est revenu un mois
et dix jours après sa première visite. Autour de

huit heures du soir, après une violente averse qui avait provoqué le black-out dans une partie de Port-au-Prince. Je suis restée deux minutes la tête vide, debout au milieu de ma chambre, ne pouvant rattacher mes pensées l'une à l'autre. Je pouvais choisir de ne pas le recevoir. Je pouvais arrêter une bonne fois pour toutes cette relation ambiguë et périlleuse pour moi. Mais le pouvais-je vraiment ? De temps en temps le pouvoir s'acharnait sur les parents d'opposants emprisonnés, les persécutait, le secrétaire d'État serait un gage de sécurité. Je savais aussi que je ne devais pas le recevoir. Mais... Daniel. La répression du régime a augmenté d'un cran depuis quelques semaines. Des écoliers, des étudiants disparaissent chaque jour. La rumeur se fait de plus en plus insistante. Le médecin-président, le Papa Doc à l'air souffreteux va se faire élire président à vie l'année prochaine. Il nettoie le terrain à coups de rafale d'armes automatiques. Daniel avait donc vu juste. La propagande est à son paroxysme. Les macoutes sanctionnent dans le sang la moindre velléité de contestation, la moindre phrase suspecte. C'est le délire. Deux parlementaires ont eu le courage ou la folie de s'opposer au projet, ils ont été physiquement éliminés. Personne ne s'élève pour condamner cet acte odieux. La répression contre le clergé se durcit, parfois les hommes de robe sont enlevés de leurs résidences et conduits directement à l'aéroport. Hmmm... je n'aurais jamais cru que Daniel collaborait avec des gens d'Église, lui qui ne croit ni en Dieu ni au diable et qui souvent les accusait publiquement d'être des antennes de gouvernements étrangers. Daniel a joué le double jeu sur toute la ligne. Finalement, connaissais-je vraiment cet homme qui dormait dans mon lit depuis quinze années? Communiste est le mot de passe, qui explique tout, justifie tout. Nous sommes déjà devenus des zombies. Pour vivre une vie en apparence normale, il ne faut pas avoir d'opinion, il ne faut pas se révolter contre l'arbitraire, contre le terrorisme d'État. Il ne faut même pas chercher à savoir ce qui se passe. C'est la paix macoute, la paix sauvage. Cette situation condamne les personnes déjà emprisonnées. On les oublie, il y a d'autres dissidents à maîtriser, d'autres kamoken à traquer dans les mornes du pays profond.

La poignée de main du secrétaire d'État est glacée, il m'attendait dans l'air climatisé de la cabine de son véhicule. Il n'a pas voulu s'asseoir dehors sous la véranda, pourtant il y fait bien meilleur qu'au salon qui est la pièce la plus chaude de la maison. Je crois qu'il veut éviter les indiscrétions ou bien il pense à sa sécurité. Il a peut-être raison mais sa voiture dehors ne passera sûrement pas inaperçue. Et d'ailleurs, ce serait plutôt à moi de m'inquiéter des indiscrétions et des ragots. C'est moi la femme, celle par qui le scandale arrive. La rue des Cigales étrenne une peau neuve depuis avant-hier. Il ne reste que quelques piles de gravier et un rouleau compresseur à emporter. La pluie telle une bénédiction a lavé les kénépiers, les manguiers, les touffes de bougainvillées et leurs charges de fleurs qui se mouraient sous la poussière. Les feuillages exhalent un parfum vert et neuf comme l'enfance. Les façades des maisons respirent un souffle heureux. Le secrétaire d'État installé au salon ressemble à un familier passé faire une visite de quartier. Nous bavardons un moment de choses et d'autres. Pas un mot sur sa longue absence. Aucun commentaire de ma part à propos des travaux de la rue. À la fois si peu et déjà tellement de choses nous fabriquent une étrange complicité. La chaleur épaisse nous colle à la peau, la pluie a saturé l'air d'humidité.

« Je suis passé vous demander, madame, d'arrêter de poser des questions sur la situation de votre époux. »

Je crois avoir mal entendu. J'en oublie le protocole ridicule et guindé de nos échanges.

« Quoi ? Quoi ?

— Oui… je vous demande d'arrêter de chercher à vous informer sur Daniel Leroy. Vous vous compromettez, vous et ceux à qui vous posez ces questions. Cela peut aussi… irriter certaines personnes. Et cela ne changera rien à la situation du détenu. »

J'ai du mal à contenir ma colère.

« Monsieur le secrétaire d'État, mon mari, le père de mes enfants, est emprisonné depuis bientôt quatre mois, je n'ai pas un mot de lui, pas une ligne, et je ne devrais pas frapper à toutes les portes pour avoir de ses nouvelles ? Pour essayer de savoir s'il est vivant ? Parce que cela peut irriter certaines personnes ? Mais quelles sortes de monstres dirigent donc ce pays ? »

Le secrétaire d'État transpire à grosse gouttes, il étouffe, pourtant il n'enlève pas son veston bleu qu'il porte sur sa chemise blanche avec sa cravate rouge. De temps en temps il ferme les yeux et cherche de l'air. Je ne lui offre pas de le débarrasser du vêtement. Je ne peux pas le soulager avec le ventilateur du plafond, il n'y a pas d'électricité en ce moment. La mèche de la lampe à kérosène posée sur une table de coin du salon est défectueuse et tousse d'infimes étincelles de temps à autre. Qu'il s'en aille si la chaleur l'incommode tellement.

« Je n'ai pas à partager d'opinion avec vous sur les motivations politiques du gouvernement, madame, dit-il finalement, mais je vous réitère mon conseil. Cessez ce que vous faites. N'importunez pas les gens avec vos questions. Des rapports sont envoyés sur vos démarches. Pensez à vos enfants.

— Et à qui dois-je m'adresser, alors ? je lui lance la question comme une gifle.

— À moi, rien qu'à moi…, fait-il avec un vague sourire qui augmente mon irritation.

— Alors dites-moi pourquoi la voiture de Daniel a-t-elle été vue dans les rues de Port-au-Prince conduite par un macoute notoire ?

— Parce que, madame, ce fait rentre dans le cours normal des choses… cette voiture est considérée comme un butin de guerre, la récompense légitime du dévouement d'un partisan fidèle à la cause de la révolution… Savez-vous conduire, madame ? »

Je ne réponds pas à la question du secrétaire d'État. Il doit sûrement savoir que je conduis. La rage m'étouffe mais je dois l'avaler. Je suis prise au piège dans ma propre maison. Les deux énormes yeux du secrétaire d'État dans la pénombre, ses lèvres épaisses, ses narines et leurs poils qui semblent m'aspirer, la peau noire du secrétaire d'État qui transpire, son souffle dans mon salon. Mon Dieu !… Si Arlette pouvait nous voir. Non, je dois… je vais me réveiller de ce mauvais rêve. Je porte des escarpins aux pieds pour le recevoir, il ne se repaîtra pas ce soir de leur nudité. Que me veut-il ? Pense-t-il vraiment m'aider ? Où tout cela va-t-il me mener ? Cet homme est en train de compromettre ma réputation en me visitant. Il le sait. Toute la rue des Cigales doit le savoir maintenant. Il trace autour de moi des cercles de plus en plus fermés. Il ne m'a donné aucune nouvelle de Daniel.

— Avez-vous des nouvelles récentes de mon mari ? Je… je voudrais lui écrire un mot. Pourrez-vous… ?

— Non… je ne pourrai rien lui transmettre de votre part, ni à vous du sien. Il est placé en isolement. Je sais seulement que votre époux est encore en vie. Vos enfants aiment-ils la campagne, madame ? »

L'alarme dans mon ventre. Il sait que Marie et Nicolas sont partis à Paillant chez ma mère. Sa question anodine n'est qu'un rappel de son omniprésence dans ma vie, de son pouvoir sur nos vies. J'ai soudain peur, il sait aussi que je suis seule dans la maison, à sa merci. Le secrétaire d'État fait le geste de s'en aller, je respire. Il se met debout et moi aussi. Mais il ne bouge pas vers la porte, il me fait face, sa main droite se soulève pour me dire au revoir mais va plutôt se poser sur ma nuque, je sens ses doigts glisser sur mon cuir chevelu. Tout mon corps se contracte dans un refus absolu du toucher de cet homme, de sa sueur, de son odeur. Il rapproche son visage du mien. J'essaie de reculer. Sa poigne sur mon cou est ferme, je sens déjà son souffle sur ma joue. Une grimace lui tord alors soudainement la bouche, il ferme les yeux puis il s'écroule tout d'un coup à mes pieds. La foudre tombant sur la maison ne m'aurait pas plus choquée.

Je regarde hébétée le secrétaire d'État se convulser sur les carreaux du salon, comme un poulet dont Yva vient de trancher le cou. Dans sa chute, sa jambe gauche s'est repliée sous sa fesse. Sa tête est coincée entre le fauteuil et la table à côté. Sous le pan ouvert de sa veste paraît un énorme pistolet dont je n'avais jamais deviné la présence. Son corps est traversé de spasmes de plus en plus violents pendant que l'écume lui monte à la bouche, glisse à la commissure de ses lèvres. Mon cœur va arrêter de battre, je vais avoir une congestion cérébrale, un infarctus, je meurs de peur. Je dois réagir. Appeler de l'aide. Mais je ne veux pas des hommes du secrétaire d'État dans ma maison ni de la curiosité d'Auguste et d'Yva autour de moi. Je tente de libérer sa jambe coincée. Le membre est lourd et raide, il ne se dégage pas. Les pupilles voilées du secrétaire d'État me regardent sans me voir. À chaque mouvement du corps, le canon de son arme frappe le sol, cop cop cop. Et si le pistolet partait ? De l'eau, je dois l'arroser d'eau, je l'ai vu faire dans mon jeune âge pour ma cousine Alberte qui souffrait d'épilepsie. Je cours à l'office et ramène une grande carafe d'eau fraîche dont j'asperge avec force le visage et la poitrine du secrétaire d'État. Un spasme plus violent que les autres et il se calme peu à peu.

Il est parti, encore confus. Tout cela n'a duré qu'une vingtaine de minutes. Un moment irréel. Je lui ai prêté un maillot de corps de Daniel pour remplacer sa chemise trempée parce qu'il tremblait de froid. Le secrétaire d'État fuyait mon regard et j'ai détourné la tête pendant qu'il s'habillait. Nous n'avons pas échangé un mot jusqu'à ce qu'il s'en aille.

16

Elle devait être protégée. Elle portait sûrement une garde invisible ou un talisman, sinon il ne comprenait pas la raison de cette décharge électrique quand il avait posé la main sur elle. Un croisement d'énergies l'avait terrassé. Une expérience qui relevait forcément du mystique. Personne ne lui ferait croire qu'il avait seulement succombé à un coup de chaleur. Il n'avait jamais rien ressenti de pareil, de toute sa vie. Le contact de la peau de Nirvah Leroy lui ouvrait le monde des morts et celui des vivants. Durant tout le temps passé dans la maison, une lourdeur de son être entier avait tenté d'engluer ses pensées, de maîtriser sa volonté. Il avait livré un combat silencieux contre des forces qui lui compressaient la tête. Il ne saurait dire si ces forces venaient de la femme elle-même ou bien des rémanences de Daniel Leroy lui lançant un ultime assaut. Mais lui ou elle, quelque chose opposait une farouche résistance à sa présence. Le combat avait été mortel, il croyait que son cœur allait flancher à tout moment. Mais le besoin de Nirvah le retenait dans la maison, au-delà même de l'instinct de survie. Il acceptait d'affronter la mort pour la posséder. Quel esprit servait-elle ? Bossou, le terrible lwa à la fulgurance de l'éclair ? Marinette, la puissante et violente femme de Ti Jean Petro ? Plus probablement Baron… ou les Guédés, les esprits des morts, ces redoutables lwa petro, gardiens des cimetières, puisqu'il avait chuté jusqu'en leurs limbes. Nombre de ces mulâtres intellectuels, évolués et très chrétiens fréquentaient aussi les houngans et les manbos. Le secrétaire d'État était bien placé pour le savoir puisque ces prêtres et prêtresses étaient des adjoints précieux des services d'intelligence. Aussitôt qu'un individu, un groupe, de quelque provenance sociale et politique que ce soit, faisait appel à leurs services pour obtenir des pwens, pouvoirs ou protection pour une entreprise même non spécifiée, cette information était rapportée en haut lieu. Les agents du bureau de sécurité s'intéressaient alors de très près à ces personnes et en cas de suspicion d'activités subversives leur fondaient dessus sans qu'elles puissent comprendre ce qui leur arrivait. Le secrétaire d'État savait aussi que de rester trop longtemps dans la chaleur poisseuse de ce salon le rendrait malade même s'il prenait régulièrement ses médicaments. Mais sa soi-disant épilepsie dépassait l'entendement des médecins, il le savait, elle ne relevait pas seulement de la science médicale. Une affaire de naissance, un héritage de pouvoir qui se retournait parfois contre lui. Il n'oubliait pas que cela faisait plus d'une année qu'il aurait dû offrir une cérémonie sacrificielle à Sogbo. Il devait retourner aux Chardonnières, dans son patelin, parmi les siens, à la source de sa force. L'énormité de ses charges politiques le tenait loin de ses devoirs mystiques. Il devenait vulnérable. La combinaison de tous ces facteurs s'était traduite par un échec. Le secrétaire d'État bouillonnait de rage, de dépit, contre lui-même, contre Nirvah Leroy. Elle devait rire de lui. À présent qu'elle connaissait sa faiblesse, elle pourrait se faire l'illusion de pouvoir le dominer. Il se promit d'être plus dur avec elle, de remettre les pendules à l'heure.

Elle l'avait aspergé d'eau pourtant. Sans son geste, il ne serait pas revenu du séjour des ombres. Et cette eau le ramenant à la vie scellait entre la femme et lui un pacte de vie et de mort. Se doutait-elle des conséquences de son geste ? En rappelant son souffle vital par l'offrande de l'eau sur son corps, elle l'avait elle-même cherché et trouvé. Comme la première fois, quand elle était venue lui demander son aide à son bureau du ministère. Plus aucun doute dans son esprit. Les signes étaient clairs. Quelque chose se construisait entre eux deux, quelque chose de bizarre et de terriblement excitant. Il en était de plus en plus obsédé. Ses sentiments envers Nirvah Leroy l'effrayaient. Son sentiment de reconnaissance l'effrayait. Pour Papa Doc, le chef suprême de la république des nègres libres, toute reconnaissance est lâcheté. Il le rappelait à qui voulait l'entendre. La gratitude n'est que faiblesse parce qu'on en veut toujours à celui qui nous soulage d'une misère où nous n'aurions pas dû nous retrouver au prime abord et pour laquelle ce bon prochain devait sûrement compter une part de responsabilité. Pourquoi d'ailleurs nous aiderait-il, si ce n'était pour se soulager du sentiment de culpabilité qui lui collait à la peau ? Le principe duvaliériste de survie est de mordre la main de qui vous secourt, de lui manger tout le bras même, s'il le faut. Était-il lâche de s'émouvoir en pensant qu'il devait la vie à Nirvah Leroy ? Oui, puisqu'en lui étant reconnaissant il s'apitoyait sur lui-même, un état qui le débilitait. Il décida de lui offrir un bijou, une petite chose de très grande valeur comme les femmes les aiment. Un bijou pour parer sa beauté, de l'or pour reposer dans la chaleur et le parfum de sa peau, des pierres précieuses pour soulever des étincelles sous ses paupières et accrocher des étoiles à ses rêves.

17

« 12 décembre 1962 — Le gouvernement a mis en grande pompe au bilan de ses réalisations l'asphaltage de la grand-rue rebaptisée boulevard Jean-Jacques Dessalines. Comme si ces investissements constituaient une faveur personnelle du chef de l'État à son peuple. Quand je sais, comme beaucoup d'autres le savent, que ces travaux ont été financés par des bons d'État que l'industriel Kurt Bloomfeld a dû acheter sous forte pression. Duvalier-Ville, même scénario. L'érection de cette cité moderne sans utilité économique et stratégique fut un prétexte d'enrichissement outrancier. Géniale cette trouvaille des conseillers zélés du Président, la « contribution volontaire ». On rançonne les commerçants et les entrepreneurs du pays. L'alternative n'est pas compliquée, la menace de pillage de magasins pour les commerçants haïtiens, d'expulsion et de confiscation des biens pour les étrangers. Et ils doivent en bonus écrire des lettres ouvertes de félicitations et de remerciements dans la

presse au médecin-président pour son dévouement au peuple haïtien. Les fameuses lettres
d'allégeance. Certains s'empressent de les écrire
pour avoir la paix, tant pis pour leurs consciences que la dictature est en train de phago-
cyter ; d'autres marronnent, prétendent le
contraire de leurs sentiments, dansent avec le
diable pour ne pas se faire manger. Au final, ils
veulent tous vivre. Nous voulons tous vivre.

Chaque père ou mère de famille haïtienne en-
tretient des relations privilégiées avec son macoute, son protecteur qui n'est pas plus méchant
qu'un autre, pourvu que son pouvoir ne soit pas
mis en question. Comment les intellectuels ar-
rivent-ils à gérer leur conscience ? Qui saura dans
dix ans ou dans vingt ans qu'au-dedans de nos
cœurs nous nous consumions de rage impuissante ? Nous développons à notre insu un seuil
de tolérance qui s'adapte aux étapes de notre
descente aux enfers. L'enfer devient familier.
On apprend à le gérer. Nous essayons de le
conjurer en priant, en faisant pénitence. Nous
sommes pitoyables. Est-il impossible de venir à
bout du monstre ? Beaucoup sont tombés dans
ce combat mais il nous faudra être plus intelli-
gents, plus persévérants, avoir plus de foi que
ceux-là. Mes compatriotes s'en allant du pays
par dizaines ont-ils plus de courage ? Partir ou
rester ? Quel est le pire ou le meilleur des choix ?
Comment ne pas partir quand c'est le seul
moyen d'échapper à une mort certaine ? Je ne
m'en irai pas car partout ma conscience ira avec

moi. La doctrine et l'idéologie duvaliériste sont pourries jusqu'à l'os, elles ne sont plus que des opportunismes grossiers. Les idées n'ont pas tenu longtemps parce qu'elles n'ont pas trouvé un terreau sain où se greffer. Duvalier et ses âmes damnées entretiennent la confusion sur le vrai visage de ce pouvoir fasciste dont le but est le pouvoir pour lui-même et par lui-même. »

« 18 décembre 1962 — Nirvah croit dur comme fer que Dominique et moi avons été amants. Je suis allé voir Dominique jeudi dernier. J'avais besoin de lui parler. Je suis toujours un peu sombre aux abords de Noël. Il serait temps d'arrêter cette tradition grotesque. Fêter Noël ici est simplement scandaleux. Heureusement que Marie et Nicolas ne croient plus depuis longtemps à cette farce. Le centre-ville et le bord de mer brillent de mille feux, les vitrines des magasins regorgent d'articles alléchants, les rues bondées drainent une foule d'acheteurs enfiévrés. Mais sous cette euphorie de surface la grande masse des miséreux porte encore plus lourdement le poids de sa misère. Il fait plus mal d'être gueux à Noël.

Du sang doit couler pour que les ténèbres s'éloignent. Du sang coupable comme du sang innocent. Même si ma détermination fléchit certaines fois, je ne doute pas de ma volonté et de mon courage. Dominique sait m'écouter et certaines fois elle arrive même à faire sortir ma colère. À me remettre sur mes deux pieds. Je me demande si au final elle ne serait pas lesbienne ou carrément frigide. Depuis son divorce je ne lui ai pas connu d'amants. À moins qu'elle ne m'ait bien dissimulé certains coins de sa vie. Qui sait, peut-être entretient-elle des liaisons passagères avec quelques-uns de ses étudiants de la faculté d'ethnologie ? Elle vit de ses rentes et enseigne pour le plaisir. Dominique habite seule la grande maison de famille dont elle a hérité et peut mener la vie la plus débridée sans que personne ne le sache. Et ce serait son droit le plus entier. Ce jour-là j'ai senti chez elle une réserve inhabituelle. Elle m'a offert un martini avec des glaçons et une rondelle de citron, comme je l'aime, et ensuite elle m'a laissé faire la conversation. Elle était ailleurs. Elle ne disait rien mais me regardait beaucoup plus intensément qu'à son habitude. Son regard brillait d'un feu secret, causé peut-être par la fatigue ou le manque de sommeil. Ou le désir ? Dominique semblait vouloir lire en mon âme et cela me gêna un peu. Comme la nuit tombait, je décidai de rentrer chez moi. Je remportais avec moi la même dolence. Elle m'a raccompagné jusqu'au portail sans dire un mot. J'étais troublé. Je suis parti avec un sentiment de frustration. Si elle avait fait un geste, un seul, j'aurais épuisé dans son corps toute la frustration qui me ravageait. »

18

Vers la fin de l'année dernière, j'ai remarqué que Daniel recherchait de plus en plus souvent la solitude, il restait parfois travailler jusqu'au matin dans son bureau. Ses sorties hors de Port-au-Prince se faisaient aussi plus fréquentes. Sous le prétexte d'offrir des cours gratuits d'histoire dans des écoles en province. J'ai cru un moment qu'il courait après une nouvelle aventure. Je n'avais donc rien compris. Ses sorties en dehors concernaient ses activités révolutionnaires et la préparation d'un soulèvement contre la dictature de Duvalier alors que je les imputais à quelque liaison loin de la capitale. N'eût-il pas mieux valu qu'il s'agisse d'une histoire de femmes et de fesses ? Les conséquences en seraient certainement moins dramatiques. Et pourquoi Daniel pensait-il que je ne pouvais m'intéresser à sa vie politique ? Me croyait-il aussi vaine ? Il n'a jamais voulu comprendre et accepter mes points de vue sur ce qui se passe ici. Moi je connais une autre face de la vie, j'ai grandi à la dure, à entretenir des faux-semblants pour subsister et trouver ma place dans cette société. Tout le pays vit de faux-semblants. Je ne pouvais me payer le luxe de rêver. Je ne sais pas ce qui peut nous défaire de la mentalité d'anciens colonisés qui nous entrave encore, mais le communisme ne me semble pas la solution. Finalement, il aurait mieux valu que je ne découvre jamais ces notes de Daniel. Il y a des choses qu'il est mieux d'ignorer. Je balance entre l'envie de mettre au feu le journal ou celle de continuer sa lecture qui m'enlève depuis quelques jours le peu de sommeil qui me reste. Je suis beaucoup plus en danger que je ne le croyais. Je comprends maintenant pourquoi Dominique est partie deux jours après l'arresta-tion de Daniel, alors qu'elle ne devait s'en aller que deux mois plus tard. La maison sans Daniel devait lui paraître aussi vide que sa propre vie. Quand elle m'a suggéré de quitter le pays avec les enfants, j'ai trouvé sa réaction excessive. Daniel n'avait fait qu'écrire quelques articles dans le journal, ce ne serait qu'une incarcération pour l'intimider. Mais il y avait bien plus que cela. Pourquoi ne m'en a-t-elle rien dit ? Ignorait-elle mon ignorance des projets de Daniel ? Et moi ? Que vais-je devenir ? Dois-je accepter les avances du secrétaire d'État ?

« 20 décembre 1962 — Je dis à Dominique : "Crois-tu que j'aie raison de vouloir arracher le mal par la force ?" Je revenais encore une fois à mes doutes. J'avais tant répété aux jeunes camarades que la révolution ne pouvait se faire avec une poignée d'intellectuels et de journalistes. La révolution devait être l'œuvre du peuple qui trouve sa lumière dans les syndicats, les partis politiques, les organisations paysannes. Telles sont les armes de la lutte pacifique d'un monde qui a droit à la parole, cette parole qui nous écarte de la bête. Le problème d'Haïti n'est pas, et n'a jamais été, celui d'un homme, d'un chef d'État, aussi outrageusement dictateur qu'il soit. Et pourtant j'allais faire fi de mes convictions pour extirper le mal par le mal. Je me rappelle, Dominique m'a répondu : "As-tu peur ?" Elle m'a dit encore : "As-tu peur d'échouer ou de réussir, Daniel ? — J'ai peur du sang, Dominique. Duvalier garde le pouvoir par le sang. Son pouvoir est de sang." Après une minute de réflexion, Dominique a ajouté : "On ne peut soigner un malade de la fièvre s'il a une veine ouverte." Je l'ai regardée. Une charge de tendresse a glissé sous ma peau. Elle est plus apte à être un meneur d'hommes que moi. Son pouvoir de clairvoyance n'arrête pas de m'étonner. Elle sait transformer le doute en énergie. Dominique, bourgeoise bon teint dont la thèse de sociologie portait sur les mouvements ayant contribué à la genèse d'une gauche haïtienne, m'a toujours rappelé ce que doit être un combattant de gauche dans notre pays. Hors de la polémique et des salles de conférences. Elle m'a rappelé que pour toucher la masse qui peut tout faire changer j'avais des outils comme le créole, le vaudou, l'odeur de la terre, les quartiers de lune, les chenilles détruisant les épis de maïs, les bestioles qui bouffent la plante des pieds des paysans, les saisons de pluie. Elle me rappelait l'héritage de théoriciens de gauche comme Christian Beaulieu qui avait depuis les années trente prôné l'enseignement des masses rurales par le créole. Je pensais alors à mes années d'université. À mes discussions avec des camarades étudiants comme moi, à Paris. Le monde changeait, les peuples des anciennes colonies se réveillaient. Nous appartenions d'une certaine façon à ce changement mais des chaînes entravaient encore nos esprits. Je retrouvais mon rêve pour Haïti et une force mue par la pureté de mon amour pour ce pays. Des années avaient passé et mon rêve saignait. Le monde ne changeait pas, parce qu'il y avait plusieurs mondes. Trop de mondes.

Dominique m'a annoncé aujourd'hui sa décision de quitter le pays dans quelques mois. Elle avait envoyé des offres de service à quelques universités au Canada et attendait leurs réponses. Qui seraient sûrement positives vu ses qualifications et la politique agressive d'immigration du Québec depuis quelques années. Je ne savais que sentir, que penser. Pourquoi ne m'avait-elle pas mis au courant de cette décision majeure pour sa vie ? Je comprenais maintenant la raison de son étrange attitude la dernière fois que nous nous étions vus. Je ne pouvais pas la décourager dans son projet, ce ne serait que de l'égoïsme de ma part. J'avais une famille pour me soutenir, Dominique n'avait personne. C'était peut-être mieux ainsi. Dominique allait me manquer. Mais je me servirais de ce manque pour m'endurcir davantage, me défaire de toute sensiblerie. Je dois faire le vide autour de moi. Nirvah et les enfants partiront à la fin du premier trimestre de l'année qui vient, dès que l'envoi clandestin des armes sera effectué… »

19

Maggy contemple la parure, sort les pendentifs de leur écrin et les tient devant ses yeux.

« Merde ! C'est beau ! Il n'y a pas à dire, c'est
foutrement beau ! Il te l'a envoyée ici ?

— Oui… par Jocelyn… son chauffeur. »

Les mots se taisent un moment. Maggy et moi
sommes comme Alice découvrant le sentier
menant à un pays d'effrayantes merveilles. Le
secrétaire d'État a fait asphalter la rue des
Cigales, pour que la poussière ne l'incommode
pas quand il me visite. Je l'ai bien compris. Mais
je peux prétendre n'y être pour rien, que l'État
a exécuté un travail longtemps attendu. En fait,
nous n'avons pas échangé un mot à ce sujet, lui
et moi, la dernière fois qu'il était ici. Cet épisode
est venu constituer le premier élément d'une
série de non-dits qui se construit entre nous.
Mais aujourd'hui ces bijoux rompent le fragile
équilibre de l'innocence maintenu jusque-là. Ils
me parlent directement, m'interpellent, ils
cherchent mon cou, mes lobes d'oreilles, mon

poignet pour y prendre demeure, comme les tentacules d'une bête redoutable. Maintenant un homme parle à une femme un langage de convoitise et de possession. Le secrétaire d'État fait abstraction de tout ce qui nous éloigne, il oublie Daniel, il ignore mes enfants, la politique, les ennemis, les mulâtres. Il pose son sceau sur le dossier de Mme Leroy et se l'accapare. Des bijoux d'une telle splendeur offerts à une femme que l'on veut sienne marquent une étape décisive dans sa conquête, je devrais plutôt dire dans sa capture. Le secrétaire d'État connaît la valeur de l'argent. Il ne le dépense pas pour plaisanter, l'argent achète l'impossible, le rêve, le plaisir profond. Ces bijoux portent aussi la promesse d'autres trésors, d'une certaine largesse présageant pour moi d'un confort matériel rassurant. Le secrétaire d'État veut jouer le jeu selon les règles de l'art. Chaque maîtresse a son prix, son standing. Je suis un objet haut de gamme. Il me flatte en me le disant avec ces babioles onéreuses. La parure brûle d'un feu froid, l'éclat des diamants marié au mystère bleu des saphirs. Les pendants, le collier, le bracelet et la bague semblent occuper tout le lit, une nouvelle source de lumière absorbant celle du matin. Est-il trop tard pour reculer ? Puis-je effacer d'un coup de chiffon ces dernières semaines de ma vie ? Tout ce qui vient de cet homme porte une charge d'autorité déroutante.

Maggy se sent happée par la magie se dégageant des joyaux, je le vois. J'ai ressenti la même chose en ouvrant ce paquet emballé de papier ordinaire. Le secrétaire d'État est un maître de la discrétion. Maggy déjeune avec moi tous les dimanches, depuis l'absence de Daniel. J'avais hâte de sa présence pour lui mettre ces choses sous les yeux. L'histoire que je lui ai racontée lui a coupé le souffle, le secrétaire d'État s'écroulant à mes pieds alors qu'il voulait franchir le seuil de mes lèvres. Elle aurait cru à une blague, s'il n'y avait eu ces bijoux dont la lumière lui dévore les pupilles. Ils lui confirment plus que toute autre preuve cette histoire abracadabrante d'un prince qu'aucun baiser ne tirera de son sortilège de laideur. Un conte de fées sans coup de baguette final. Le crapaud restera crapaud, les pierres précieuses et l'or ne pourront faire disparaître par enchantement les hideurs de mon réel.

Maggy est une belle Noire, une femme qui a de la classe. Elle est ma meilleure amie, au grand dam de ma belle-sœur qui ne comprend pas notre amitié. Plus d'une fois, elle m'a reproché mes fréquentations. C'est à ces petits détails que Arlette évalue mon niveau de raffinement, mon extraction. Pour elle, je ne suis qu'une vulgaire petite mulâtresse, sans classe et sans dot, qui a ensorcelé son frère. Sans ses idées communistes, Daniel n'aurait jamais trouvé intérêt à ma personne. Je ne connais pas l'étiquette bourgeoise, les règles de savoir-vivre et d'hypocrisie de la haute. Je fais partie de cette classe déchue qui a connu des revers de fortune, des mauvaises spéculations politiques ou, pis, des mésalliances. Cette classe de bourgeois ne possédant qu'un nom, beaucoup d'orgueil, une grande villa vétuste parfois et des femmes à la recherche de mariages capables de leur assurer une stabilité économique, à défaut de leur redorer le blason. Il ne manque pas de bons partis dans la classe moyenne noire aspirant à cette étape suprême de réussite, un mariage avec une mulâtresse, même démunie. En somme, j'ai tous les défauts du peuple, hormis la couleur. Moi je sais qui je suis, je connais ma valeur même si je ne vais pas boire des cocktails avec les bourgeois des clubs fermés. Maggy sent toujours bon. Sa folle, sa touffe de faux cheveux, ne quitte jamais le haut de son crâne et saute à chaque mouvement de sa tête. Ses ongles très longs portent généralement le même carmin que ses lèvres. Elle ne restera pas longtemps veuve, Maggy, même si la mort d'Henri l'année dernière l'a dévastée. Ce n'est pas le genre de femme qui peut vivre sans homme. Elle travaille dur toute la journée à manipuler fer chaud et lisseuse dans son salon de beauté. La nuit il lui faut dans son lit la rude tendresse d'un homme et sa dureté bien calée contre la raie de ses fesses.

« Alors ? je lui demande.

— Hmmm… »

Elle prend le petit rectangle de bristol blanc qui accompagne l'envoi. Juste deux mots y sont tracés en lettres minuscules, *avec gratitude*. Pas de date, pas de signature, pas de trace. Le cadeau d'un homme de l'ombre, d'un être inconnu et puissant qui a jeté son dévolu sur moi.

« Mais pourquoi il ressent de la gratitude envers toi ? questionne Maggy.

— Je suppose que c'est pour l'eau dont je l'ai arrosé l'autre soir, pendant qu'il crevait sur mon parquet... Mais c'est aussi un prétexte. Alors ? je répète.

— Bon... tu connais ma fascination pour les bijoux, Nirvah... je donnerai beaucoup pour posséder de pareilles merveilles, mais tout cela me fait un peu peur... qu'est-ce qu'il veut vraiment ?

— On est des grandes filles, Maggy. Tu sais bien ce qu'il veut. Il veut des droits sur moi et sur ça, je fais, en lui désignant le bas de mon ventre.

— Et Daniel, dans tout ça ?

— En fait, c'est cela mon problème. Je veux bien me boucher le nez pour boire la médecine du secrétaire d'État, mais je n'ai pas pour autant de garantie que Daniel en profitera.

— Et si jamais Daniel s'en sort, dit Maggy pensive, il saura sûrement que tu as... reçu le secrétaire d'État chez toi. Daniel est-il le genre d'hommes à accepter tel... compromis ? Ne t'en voudra-t-il pas ? »

Daniel devra apprendre à faire des compromis. Coucher ou pas avec Raoul Vincent n'est pas un choix innocent pour moi. C'est une urgence et je dois décider de son opportunité pour ma survie et celle des enfants.

«Je vais lui renvoyer son cadeau», je dis à Maggy en guise de réponse à sa question.

Elle me jette l'un de ses coups d'œil à cent mille à l'heure, puis reporte son regard sur le scintillement des pierres.

«Oui… tu as peut-être raison…, soupire-t-elle. La situation commence à prendre des proportions hors de contrôle. Ce secrétaire d'État se croit tout permis. Il se pointe chez toi sans y être invité et il s'arroge des droits. Il fait asphalter ta rue, du moins nous le pensons. Mais ces bijoux, c'est un peu fort. Un homme de bien saurait qu'on ne fait pas ce genre de cadeaux à une femme mariée.

— Maggy chérie, laissons les principes de côté. Je suis dans un merdier plutôt exceptionnel, tu en conviendras. Moi je comprends bien que le secrétaire d'État Raoul Vincent est en train d'acheter mes faveurs. Et je vois aussi qu'il est disposé à payer cher pour les obtenir. La question est de savoir si je marche dans sa logique ou pas et de mesurer les conséquences dans les deux cas. Pour le moment, l'idée de baiser avec ce type m'est insupportable. Mais j'ai fait appel à lui pour sauver Daniel et d'une certaine façon je savais que j'avais frappé à la porte du diable… »

Mon amie ouvre grand les yeux, elle ne me connaissait pas ce côté si pragmatique. Je dois grandir vite, Maggy. Chaque jour qui passe éloigne Daniel de moi, de mes enfants. Chaque jour qui passe détruit un peu de ce que nous avons bâti jusqu'ici et qui était déjà assez fragile. Il me reste très peu d'armes pour lutter. Je n'ai que ma peau, mon corps, mon sexe. Mais je pourrai toujours les laver après, comme la faïence ils seront encore plus beaux.

20

Le besoin de Daniel me dévore la vie. Je n'en peux plus d'être seule. Il manque à mon corps quelque chose d'essentiel, comme le sel ou l'eau. L'angoisse et la peur ont fini par tuer les élans de ma chair alors qu'aux premiers jours de sa disparition j'étais tenaillée du désir constant de Daniel. Je n'en dormais plus la nuit. Je mange sans faim maintenant. Je n'ai plus besoin de me sentir belle. Daniel devra réapprendre mon corps, rallumer ma peau et mon sexe avec ses mains et sa bouche. Mais dans quel état va-t-il me revenir ? Je lui en veux mais je sais que je ne lui garderai pas long-temps rigueur. Il savait me faire aimer la vie. Nos moments d'harmonie profonde valaient bien ces jours où nous nous réveillions comme deux étran-gers échoués sur une île déserte. Avec lui tout était plus intense, plus vrai. Son enthousiasme mettait une sorte de profondeur aux choses les plus simples. Et nos rires complices allégeaient les jours les plus sombres. Mais je n'ai jamais pu com-prendre cette colère qui bouillonnait en lui, son refus de laisser faire, de vivre simplement avec sa femme et ses enfants sans tenter de se battre avec des armes dérisoires contre le mal absolu. Alors qu'il voyait d'autres tomber, être dévorés. Pourquoi nous faire cela, à moi et aux enfants ? Si tu reviens, Daniel, je te couverai, te cacherai, je te ligoterai s'il le faut, pour taire ces mots qui nous déchirent. La poussière est partie de la rue des Cigales mais elle demeure sur mon visage, au fond de ma gorge, dans les creux de mon corps. Je me sens grise, desséchée. L'angoisse ne me lâche pas, le temps n'est plus qu'attente, rien que de l'attente. Je me refuse tout répit, je ne réponds pas aux invitations des amis qui veulent me faire changer d'air, m'emmener à la plage à Arcachon, à Montrouis ou en balade à Kenscoff, ces lieux où il fait bon vivre. Je veux rester entière à mon malheur tant que Daniel n'est pas rentré chez lui, tant qu'il souffre et désespère.

Je pense au secrétaire d'État. Au secrétaire d'État en convulsion sur mon plancher. Quelle incongruité. Comment le regarder dans les yeux encore ? Un bourreau malade du grand mal. Un bourreau qui ne tolère pas la chaleur, ici en Haïti. Quelle ironie ! À chaque fois que je pense à lui je suis envahie d'un immense dégoût. Va-t-il m'en vouloir de connaître sa faiblesse ? Il me fait peur, il me dégoûte. Mais il est ma seule planche de salut. Va-t-il revenir chez moi ? Bien sûr qu'il va revenir. Je ne suis pas de taille à lui résister, à le manipuler, à contrer ses desseins. Je possède quelque chose dont il a besoin, je suis quelque chose qu'il convoite. Le rapport de force joue en sa faveur cependant, il est tout-puissant. Mais s'il n'y a qu'une seule chance je dois la prendre. Pour Daniel, pour Marie et Nicolas. Je ne lui ai pas retourné la parure, en cas de coup dur je pourrai toujours l'échanger contre du cash rapide chez un brocanteur.

Le rire de Solange s'est élevé dans l'air, a roulé comme un orage pour s'estomper en petits spasmes inégaux et j'ai eu l'envie de me retrouver près d'elle. Avec Solange je n'ai rien à prétendre, je n'ai pas besoin de feindre d'être forte, je n'ai même pas besoin de parler et je crois que je pourrais pleurer sans aucune honte. Auprès d'elle je ne ressens pas le besoin de comprendre, je n'ai plus de questions. Avec Solange je sais qu'il y a la vie et qu'il faut la vivre.

« Hmmm... la rue des Cigales s'est fait une nouvelle jeunesse, Voisine. En es-tu heureuse ? »

Je ne lui réponds pas. Sa question n'est qu'une introduction au reste de sa pensée. Elle tire de derrière son oreille une moitié de plume de poule n'ayant plus que quelques fibres à son extrémité. Elle se l'introduit dans la bouche pour l'humecter de salive puis se la glisse dans le tuyau de l'oreille droite et d'un mouvement giratoire rapide de l'instrument tenu entre le pouce et l'index se donne un plaisir intense. J'entends pendant une bonne minute le chant de la plume brassant le cérumen. Même manège pour l'oreille gauche. Satisfaite, Solange émet avec sa gorge quelques couinements qui la font ressembler à une dinde. La plume de poule retourne ensuite à son poste.

« Les foufounes des femmes, continue-t-elle, c'est comme la faïence. Une fois lavées, elles redeviennent neuves. Nous ne gardons pas de trace, pas de marque dans nos corps. Tu me comprends ? »

Je suis saisie de l'analogie dont fait mention Solange car j'y pensais un instant plus tôt. Je comprends tellement bien son allusion mais n'acquiesce point. Je fais des yeux le tour de la propriété. Mon regard s'attarde sur les chênes, les acajous, l'énorme mombin et ses minuscules fruits jaunes. Ils semblent avoir poussé la veille, pendant la grosse pluie, leurs feuillages délivrés de la poussière luisent sous le soleil. À ma première visite je n'avais pas remarqué toute cette volaille picorant un peu partout dans les herbes, des coqs, des poules et leurs poussins. Tout au fond de la propriété, faisant bande à part, une famille de pintades se chamaille en lâchant des cris métalliques. La vue de leurs faces blanches aux reflets bleutés, leurs barbillons rouges, leurs cous nus me fait frémir. Malgré leur belle robe grise tachetée de perles blanches, je trouve ces oiseaux bas sur pattes d'une laideur repoussante. Les macoutes portent en effigie sur leurs uniformes cet animal détestable. Comme lui, ils sont ombrageux et insaisissables. On dit qu'au temps de la colonie les pintades sauvages symbolisaient les esclaves en fuite, les marrons. Mais à quel maître nous dérobons-nous encore un siècle et demi plus tard ? Quand donc notre nation arrêtera-t-elle de se fuir ? Je me demande si Solange les garde par solidarité au régime ou si elle les apprête des fois à la sauce créole.

« La dernière fois que tu es venue chez moi la poussière nous mangeait la prunelle des yeux. Aujourd'hui tout est propre et frais. Les miracles, c'est pas fait pour les chiens mais bien pour les chrétiens vivants… N'est-ce pas vrai, Voisine ? »

Solange me débite ses phrases sibyllines en me regardant au travers de la fumée de la cigarette qu'elle vient d'allumer. Elle épie mes réactions. Sait-elle ? Bien sûr qu'elle sait pour les visites du secrétaire d'État, pour l'asphaltage de la rue aussi. C'est une femme d'instinct. Elle doit penser que je couche avec lui. Je ne crains pas son opinion. Je veux seulement qu'elle sache qu'à ce moment de ma vie je ne connais pas les limites que je peux franchir pour retrouver mon homme vivant.

« Il n'est pas mon amant, Solange. Pas encore. Il me faut plus que de l'asphalte… »

Le rire de Solange s'en va jusqu'à la lisière des nuages.

« Toi, tu es bien plus forte que tu n'en as l'air, Voisine. Les propriétaires de la rue des Cigales sont tous contents, le loyer des maisons va sûrement augmenter mais ils te traitent déjà de tous les noms. Lequel t'a offert son aide ? »

Donc ils savent. Ils me condamnent. Je ne croyais pas que mon malheur prendrait tant de formes, me poursuivrait de tant d'aiguillons, je dois à présent compter avec l'opinion des bonnes gens de la rue, de la ville bientôt. Solange comprend ma tranquille stupeur.

« Je l'ai connu… dans le temps, elle ajoute. Quand il n'était encore personne. Fais attention à toi, Voisine… il… le secrétaire d'État est un homme… particulier dans son plaisir.

— Ça veut dire quoi, Solange ? »

Je sens une alarme sonner dans ma tête.

« Il aime les femmes autant que les hommes. Je suis sûre que tu l'ignorais. »

Le sang se retire de mon corps et revient se jeter avec fracas derrière mon front. Ma descente en enfer ne fait donc que commencer.

« Oui… je l'ignorais…

— Je ne sais pas s'il a changé depuis… peut-être bien… mais tu sais, ces gens-là ne changent pas… »

Solange passe à d'autres sujets de conversation. Elle me parle de sa nuit avec Déméplè, de ce client qui avait irrité le lwa avec ses ambitions démesurées, du bal animé par l'ensemble de Webert Sicot au Palladium au cours duquel des macoutes avaient échangé des coups de feu et tué une jeune fille. Moi je suis dans un trou noir et je tends les mains pour chercher des parois à ma peur.

Un homme au corps sec, sourcils broussailleux et favoris en triangle, franchit la petite barrière de bois qui mène chez Solange. Il a l'air suspect et ne semble pas apprécier de me voir causant avec la manbo. Il porte des lunettes aux verres presque noirs et un pistolet à son côté.

« Bon, je te laisse, Voisine… je vais faire un travail… un de ces jours il faudra que je te prépare un bain de feuilles. Je le ferai quand Déméplè sera dans ma tête. »

Je la regarde, étonnée. Elle me fait un clin d'œil en s'en allant.

« Oui… un bain pour chasser la déveine, les pichons… le mauvais air. Pour toi, ce sera gratuit… »

21

Maggy m'a traînée au cinéma Paramount. Elle a fini par me convaincre de l'accompagner. Elle m'a fait croire que je lui rendais service, au lieu du contraire. C'est dimanche. Je me suis mis du rouge sur les lèvres, une petite robe de coton de soie blanc, au chic sobre, et aux oreilles les pendentifs du secrétaire d'État. L'envie m'a prise de les porter, ces pendentifs, une soudaine impulsion. J'ai relevé ma chevelure dans un chignon haut pour les mettre plus en valeur. Je me suis dit que l'éclat des pierreries me réveillerait de l'ombre où je m'enlisais. Ou était-ce que je voulais déjà m'habituer à cette autre face de moi-même, à cette femme qui allait ouvrir sa maison et son corps au secrétaire d'État Raoul Vincent ? Maggy jeta un rapide coup d'œil étonné aux joyaux scintillant de part et d'autre de mon visage et ne fit aucun commentaire. Je lui en fus reconnaissante. L'électricité du bijou pénétra sous ma peau, comme un virus. Dans la rue je me suis sentie une autre femme, m'attendant à ce que chaque personne que je croise découvre sur mon visage l'empreinte du désir du secrétaire d'État. Un sentiment qui me troubla au plus profond de mon être. Maggy et moi avons choisi la séance de cinq heures, pour ne pas rentrer trop tard. On passait *Ascenseur pour l'échafaud*, un film datant de quelques années déjà. Une histoire intense. Un crime presque parfait qui se déconstruit et tourne à l'horreur. Un suspense oppressant et bien dosé. J'adore Jeanne Moreau. J'ai erré avec elle dans les rues de Paris, attendant les nouvelles de son amant. J'ai ressenti son angoisse, ses doutes alors que les secondes, les minutes et les heures passaient et qu'il ne venait pas à leur rendez-vous. J'ai regardé sans les voir les vitrines des magasins, comme elle mes yeux ne cherchaient qu'un visage, mes oreilles n'attendaient qu'une voix pour recommencer à vivre pleinement.

Maggy n'a pas aimé le film, parce qu'il est en noir et blanc et trop cérébral. Elle préfère les histoires comiques ou les grandes aventures genre *Autant en emporte le vent*. Maggy fut la petite amie de mon frère Roger quand ils étaient au lycée. Notre amitié a traversé les épreuves du temps. Elle connaît le tout Port-au-Prince, côté chambre à coucher, grâce au bavardage des femmes qui fréquentent son studio de beauté. Son mari est mort l'année dernière d'une maladie bizarre, on prétend qu'il aurait été lentement empoisonné par son associé. Mais en Haïti, littéralement personne ne meurt de mort naturelle. Sans la jalousie ou la méchanceté de l'Autre, nous serions tous immortels. Maggy travaille dur pour élever sa fille. Elle comprend ma situation. Elle connaît bien l'épouse du secrétaire d'État qui vient régulièrement faire ses teintures à son studio. Une femme toujours couverte de bijoux en or mais d'une grande piété, m'a-t-elle dit. Elle fait souvent des dons aux pauvres. Pour la première fois depuis que je la connais, je l'ai vu désemparée devant ma situation. Elle a peur pour moi.

Quand nous sommes sorties de la salle de cinéma, il ne faisait plus jour mais pas encore nuit. J'aime ces longues journées du mitan de l'année qui n'en finissent pas de s'en aller. L'air était doux. J'ai été étonnée de voir tant de monde devant le Paramount, des femmes heureuses dans leurs robes décolletées au bras de leurs compagnons fraîchement rasés, des jeunes à leurs premiers rendez-vous, des enfants turbulents, des marchands de friandises, des taxis et leurs cordons rouges pendant aux rétroviseurs. Le hall du cinéma fleurait un mélange de parfum capiteux et de bonbon à la menthe. J'ai trouvé étrange que la vie continue, que les néons du cinéma jettent des rais jaunes et verts sur les choses et les gens venus se détendre. Alors que Daniel croupit au Fort-Dimanche. Maggy m'a proposé d'aller prendre un verre au Rex Café mais j'ai préféré rentrer.

Debout sur le trottoir, nous attendons un taxi. La brise soulève la jupe évasée de Maggy alors que deux jeunes garçons passent tout près de

131

nous. Ils sifflent. Nous éclatons de rire. Je sens le poids d'un regard sur mon visage, je le cherche ce regard, le trouve, il arrête mon rire en plein vol. Raymond, le frère de Daniel, et Marlène sa femme arrivent en face de moi, ils m'observent, des reproches plein les yeux. Je feins de ne pas les voir. Un taxi s'arrête, je m'y engouffre avec mon amie.

22

« 10 janvier 1963 — Dominique vient moins souvent à la maison et je ne suis pas retourné chez elle. J'anticipe déjà le moment où je vais entrer dans la clandestinité totale. L'inaction et la tension me tuent à petit feu. Cette année 1963 sera celle de la grande offensive duvaliériste vers le pouvoir suprême, la présidence à vie. Malgré le froid des Américains qui ont réduit de plus de moitié leur aide au pays. On n'a qu'à voir qui Duvalier a mis à côté de lui au dernier cabinet ministériel pour s'en convaincre. Des idéologues purs et durs, des as de la propagande comme Maurice-Robert Badette à l'Éducation, Jean-André Colbert aux Affaires sociales et Simon Porsenna à l'Information et à la Coordination. Raoul Vincent à la Sécurité publique, en d'autres termes à la tête de la police politique, est maintenu. Des accords commerciaux ont été signés avec la Tchécoslovaquie et la Pologne. On dit merde à l'Oncle Sam. »

« 13 janvier 1963 — Je n'ai pas voulu en croire mes yeux en lisant sur *Le Nouvelliste* la lettre dans laquelle Yvonne Hakime apporte un démenti public à un article paru une semaine plus tôt dans un numéro de *Paris Match*. Elle a nié avoir jamais été violée et battue à mort par des sbires du gouvernement. Elle a nié que son passeport ait été utilisé comme pièce de chantage pour assurer son silence. Elle a nié que sa fille ait été convoquée au grand quartier général et menacée par l'un des militaires mêmes qui l'avaient visitée ce fameux soir de janvier 1958. Yvonne Hakime a tout nié. Il n'y a pas eu de levée de boucliers ni de la droite, ni de la gauche, ni de nulle part. La corruption des esprits est totale. Le journaliste français qui avait déterré l'histoire de cette femme ne savait pas le tort qu'il lui causerait. Cette malheureuse subissait toujours, quatre ans plus tard et dans la solitude, la persécution du gouvernement. Je vais écrire un papier ce soir même, une réponse en solidarité à cette femme. »

« 21 février 1963 — Ma demande de visa de sortie pour Nirvah et les enfants n'est toujours pas agréée. Elle ne le sera probablement pas. Tant que les miens sont ici, je suis lié pieds et poings. La frontière sera la dernière ressource à envisager si avant fin avril je n'obtiens pas ces visas. »

« 3 mars 1963 — Mon informateur est formel. Michel-Ange Lefèvre travaille pour le gouvernement. Il est attaché aux services secrets que

134

dirige Raoul Vincent. La nouvelle ne m'a pas surpris, je percevais de l'homme des signaux troubles depuis quelque temps. Il a bien joué son rôle. Maintenant je dois savoir ce qu'il sait exactement. J'ai passé l'information à travers toutes les antennes. Nous mettons tout en veilleuse. Arrêt total des activités. Je vais attendre les suites qui ne devraient pas tarder. Sinon je continue ma vie de professeur et de directeur de journal d'opposition. Mes jours sont fragiles et pourtant ma force et ma conviction se raffermissent avec la perspective du danger qui me menace. »

« 8 avril 1963 — Je suis resté plus d'un mois sans consigner un mot dans ce journal, terrassé par une hépatite virale qui a failli m'emporter. Le docteur Xavier m'a soigné avec compétence et dévouement. Cet homme proche de notre famille remplace mon père dont il fut le meilleur ami. Je vais beaucoup mieux à présent, quoique encore un peu faible. Marie, ma petite infirmière, trompait parfois la vigilance de sa mère pour venir à mon chevet, malgré les ordres du médecin qui m'avait mis en quarantaine dans ma chambre. Nirvah est fatiguée, il lui faut de bonnes vacances. Je m'en veux de négliger ma vie de famille. Je ne souhaite que les savoir loin d'ici, en toute sécurité. »

« 11 avril 1963 — Encore un coup d'État raté par des militaires. Trois conjurés ont pu prendre asile dans une ambassade. Un quatrième militaire, apparemment non impliqué dans le complot, a été assassiné par un collègue zélé. J'avoue que tout ce brassage m'arrange en attirant l'attention du gouvernement sur d'autres terrains de menace. Mon contact dans l'armée est toujours en poste. Les consulats et ambassades débordent de citoyens qui se mettent à couvert volontairement, sans même avoir reçu de menaces. C'est un temps où il n'est pas bon d'être le parent éloigné ou l'ami de X ou Y. Les relations du gouvernement de Duvalier sont au plus mal avec l'administration Kennedy. La rumeur est persistante d'une prochaine destitution de Duvalier par les Américains. »

« 17 avril 1963 — Le choc. Je ne m'attendais vraiment pas à celle-là. Le chef de cabinet du secrétaire d'État de l'Information et de la Coordination est venu à mon bureau hier matin me proposer le poste de rédacteur en chef du quotidien *Le Palmiste,* organe officiel du gouvernement. Ils ne sont pas allés par quatre chemins. Un drôle de piège. Quel rôle y joue Michel-Ange ? Je ne sais toujours pas si mon réseau a été découvert. Est-ce une tentative de récupération pure et simple, comme Duvalier sait si bien le faire ? Puisque je prétends adhérer à ce parti communiste bidon et que j'ai pu m'exprimer si longtemps en toute impunité, l'heure venait pour moi de payer de reconnaissance. Le médecin-président contrôle une gauche personnelle qu'il voudrait me voir rejoindre. Une aile gauche populiste, de cette gauche corrompue par les luttes de classes et de pouvoir en 1946. Une gauche réactionnaire, devenue droite prolétarienne et prisonnière d'une idéologie de couleur mortifère. Duvalier croit-il vraiment que je vais me laisser embobiner par son discours populiste anti-bourgeois ? Non, je ne le crois pas. Il y a autre chose. Il y a bien plus que cela. Je dois réfléchir vite, consulter ma base. Je dois en parler à Dominique. »

« 23 avril 1963 — Le chef de cabinet m'a accordé huit jours de réflexion pour répondre à sa proposition. Par une étrange coïncidence, ce délai expire le 25 avril, dans deux jours. Les camarades sont formels, quelque chose se prépare contre nous. Les jours qui viennent nous enseigneront les autres décisions à prendre. Selon Dominique, je dois ou bien accepter ce poste, ou bien quitter le pays avant la fin du délai qui m'est accordé. Prendre l'exil volontaire comme les autres, dans quelques heures. Le gouvernement de François Duvalier sera illégal à partir du 25 avril de cette année. En dépit des simagrées de réélection par les députés l'an passé, sur les plans constitutionnel et légal ses six ans de mandat expirent ce jour-là. Mon prochain éditorial le rappellera au peuple haïtien et au monde et sera aussi ma réponse à l'offre du gouvernement. »

23

La génératrice déjà installée ronronnait sourde-
ment quand je suis rentrée de chez le dentiste.
Le soleil était brûlant comme il peut l'être en saison de pluie, un soleil nimbé de particules d'eau
qui m'avait collé à la peau sur tout le chemin.
L'énorme machine semblait vivre, avec du sang,
des nerfs et des crocs. Sous le hangar un techni-
cien en terminait la mise au point. À l'intérieur de
la maison, je suis tombée sur deux hommes en
bleu de travail montés sur des escabeaux qui prenaient des mesures au haut des murs avec des dé-
camètres articulés. D'un coup d'œil j'ai compris.
La fourgonnette devant la maison m'avait mise en
alerte. Quatre climatiseurs d'air encore empaque-
tés attendaient à l'ombre de l'amandier, devant
les dépendances. Voilà pourquoi il ne venait pas,
le secrétaire d'État, il préparait son plaisir, s'assurant que la chaleur ne viendrait pas encore une
fois le projeter au sol, sous mes yeux, les quatre
fers en l'air. Je prévoyais tout cela mais les formes
que prenait cette lente prise d'assaut me désar-

çonnaient. Le piège se refermait sur moi, j'ai paniqué. Un élancement m'a pris à la mâchoire car l'effet de l'anesthésie s'estompait. Auguste me regardait, une lueur d'intelligence dans l'œil. Yva surveillait mes réactions tout en vaquant à ses occupations. La rage de l'impuissance m'a soulevée comme une houle. Je me suis mise à hurler, à dire « Foutre ! Merde ! Saloperie ! Caca ! ». J'ai agoni d'injures tous ceux qui se trouvaient là. Rien ne pouvait me retenir. Ma colère m'étouffait, il fallait que je l'évacue ou bien je tombais au sol, dents serrées. J'en voulais à Auguste, pour ces étrangers dans ma maison, pour mes nuits sans sommeil, pour le secrétaire d'État, pour Daniel. Il me foutait la poisse, c'est lui qui avait laissé entrer le secrétaire d'État la première fois, comme un ver dans le fruit de ma vie. Qui sait les vraies raisons de sa présence ici ? N'était-il pas un espion dans notre sein ? Un macoute déguisé ? Je n'ai jamais aimé son air sournois. Mon Dieu, aidez-moi ! Je ne contrôle plus ma vie. Des gens décident pour moi. Et tous ces soi-disant techniciens, qui étaient-ils vraiment ? Comment pouvaient-ils envahir mon foyer, mon intimité sans ma permission ? Mais que vont penser les enfants à leur retour de Paillant ? Papa est en prison et nous dormons au frais. Papa est bouffé par la vermine mais nous ne souffrons plus du black-out. Qui va payer la consommation de carburant ? L'entretien de ces engins ? Comment expliquer à Daniel, quand il reviendra, ces transformations au-delà de nos moyens ? Qu'est-ce qu'il est en train de manigancer, le secrétaire d'État ? La rue des Cigales, d'abord, les bijoux ensuite et maintenant génératrice et climatiseurs d'air dans ma maison. Il ne me laisse même plus l'option du refus. Il envahit mon espace vital, décide de mes besoins. La rue asphaltée, passe encore, elle est à tout le monde, je n'ai aucun droit particulier sur ce bien public. Elle profite à toute une communauté. Les bijoux… pourraient représenter l'hommage d'un admirateur et un soi-disant geste de gratitude. Mais là, il va trop loin, il touche à mon environnement direct, ma maison, mon refuge, mon dernier retranchement. Le secrétaire d'État telle une araignée maléfique tisse sa toile autour de moi. Sait-il que Daniel ne reviendra plus ? C'est cela, Daniel est mort, sinon il ne prendrait pas possession de sa maison sans vergogne. J'ai besoin de pleurer, mais les larmes ne coulent pas. Depuis des semaines je sens que des larmes m'empoisonnent le corps, me dévorent la gorge, elles me refusent la grâce de me délivrer. Je dois croire que Daniel est vivant et qu'il m'est possible de le maintenir en vie en acceptant cet homme.

Je me suis calmée quand j'ai mis fin violemment aux services d'Auguste. Je ne pensais pas aux conséquences de mon geste, cet homme était comme une tumeur dont je devais me débarrasser. C'était une question de survie. Je commettais sûrement un abus en mettant au chômage un père de neuf enfants mais mon énervement ne voulait pas entendre raison. Les techniciens m'observaient d'un air circonspect

tout en continuant leur travail. Ma crise d'hystérie les avait probablement impressionnés. J'ai
demandé à celui qui semblait le chef d'équipe le
nom du commanditaire de ces services. Évidemment il le savait, le secrétaire d'État Vincent,
m'a-t-il répondu en consultant quand même son
bon de commande, se demandant à quel petit
jeu je jouais. Évidemment mon opinion lui importait peu, il ne pouvait pas ne pas installer ces
appareils. Je ne trouve pas d'issue, ni dans ma
tête ni autour de moi.

24

Arlette venait en éclaireuse. Après notre dernière altercation, je ne pensais pas qu'elle reviendrait si tôt à la maison. Elle s'amena à l'improviste, en fin d'après-midi, avec Nicole et Ghislaine, s es meilleures amies. Elle n'avait probablement pas pu convaincre Sylvie de l'accompagner dans cette reconnaissance des lieux. Que savait-elle? Avait-elle finalement eu vent des visites de Raoul Vincent ici? Dès son entrée dans la maison elle chercha des yeux d'éventuels changements, du neuf, de quoi confirmer les ragots qui circulaient sûrement déjà dans la ville. La génératrice peinte d'un vert criard ne lui échappa pas même si elle fit semblant de ne pas voir la grosse machine reposant sous le hangar. Arlette ne s'intéressait pas particulièrement à mon sort. Enfin, un peu, puisqu'il était lié à celui de Daniel. Mais elle voulait surtout trouver d'autres raisons de m'en vouloir, de justifier sa méfiance envers moi.

Pendant un moment nous avons parlé de la chaleur qu'il faisait. Ici à Port-au-Prince les mois de canicule paraissent toujours plus torrides que ceux de l'année précédente. Comment leur survivons-nous ? En allant passer les semaines les plus dures à la campagne ou en montagne. Nous avons ensuite commenté les tendances de la mode, les robes princesses qui amincissent la silhouette, le port du pantalon de plus en plus courant chez les femmes. Il y avait aussi ce magasin de chaussures à la rue du Centre, chez Vitiello, et son nouvel arrivage de modèles italiens. Il fallait voir les sandales en cuir et les escarpins vernis à talon aiguille. Le dernier cri. Yva nous a servi du jus d'orange frais. Mais il y avait d'autres mots en route, des mots impatients, rusés, cherchant le moment propice pour se faufiler entre nous.

« Je sais qui a fait asphalter la rue, Nirvah... Un ami au ministère des Travaux publics m'a confirmé qui a demandé, je devrais plutôt dire qui a ordonné, au secrétaire d'État Philibert d'exécuter ce travail. »

Finalement nous y voilà. Une attaque frontale. Arlette n'y va pas par quatre chemins. Elle tire ensuite une longue bouffée de sa cigarette qu'elle relâche en inclinant sa tête en arrière. Nicole roule nerveusement entre son pouce et son index les perles de son collier. Ghislaine croise et décroise ses jambes en tapotant son chignon. En les invitant à s'asseoir sous le patio tout à l'heure, je me suis promis de ne pas me laisser énerver ni prendre à leur jeu. Je vais être une hôtesse accueillante et patiente. Et je vais mentir, sans vergogne, sans pudeur ni remords. À partir d'aujourd'hui, je vais apprendre à dire le contraire de ma pensée, à construire autour de ma vie un écran derrière lequel je serai à l'abri des oiseaux du genre d'Arlette.

« Tu es décidément bien informée, Arlette. J'ignore toujours à qui je dois ce cadeau de Noël avant l'heure et toi tu le sais déjà. Hmmm… Dois-je penser que tu avais les moyens et les contacts pour faire asphalter la rue des Cigales depuis tout ce temps ? Et tu n'as rien fait ? En tout cas, tous les riverains de la rue des Cigales garderont une reconnaissance éternelle à ce… à cette personne…

— Tu ne souhaites pas savoir de qui il s'agit ? » Arlette feint de ne pas comprendre mes sous-entendus et m'observe avec une attention extrême.

« Je sais que tu brûles de me le dire, Arlette. Qui c'est ?

— Le secrétaire d'État Raoul Vincent. Tu le connais ?

— Oh ! » fait Nicole en sursautant, comme si elle avait entendu prononcer le nom de Belzébuth. Quelle mauvaise comédienne.

Je réponds tranquillement à Arlette :

« Je le connais de nom… comme tout le monde.

— Il est le chef de la police politique de Duvalier, en d'autres termes l'un des hommes les plus puissants du moment. Ne trouves-tu pas étrange qu'il fasse asphalter la rue des Cigales alors que Daniel est en prison ? »

Je feins de réfléchir à la question.

« Cela peut paraître étrange, en effet... mais pourquoi veux-tu lier les deux faits ? Le secrétaire d'État... Vincent... a sûrement des raisons personnelles de s'intéresser à cette rue.

— Comme... une nouvelle maîtresse ? lâche Ghislaine avec une perfide douceur.

— Pourquoi pas ? je réponds calmement en les regardant chacune à son tour. Le cul, quand on sait s'en servir, est utile parfois... »

25

Le secrétaire d'État allume lui-même le climatiseur du salon. Il vérifie l'installation, suit des
yeux le parcours du câble électrique sortant de
l'appareil jusqu'à la prise de courant et hoche la
tête avec satisfaction. Je n'y ai pas touché depuis
trois jours que cette boîte pend au mur, ni à
celle-là, ni à celles des chambres à coucher. Manipuler les manettes pour faire fonctionner ces
appareils serait comme une trahison de mon
orgueil mais j'ai quand même apprécié qu'il se
soit soucié du confort de tous les membres de la
famille. Le secrétaire d'État s'assied ensuite et
ferme les yeux, semblant jouir du ronronnement
léger du moteur de l'appareil qui est en train
d'abaisser la température de la salle. À croire
qu'il oublie ma présence dans la pièce. Sa respi-
ration devient plus lente, plus régulière. Il n'a
fait aucune allusion à son malaise de la dernière
visite, c'est comme si rien n'était arrivé. S'il pense
que je vais lui demander des nouvelles de sa
santé, il peut toujours attendre. L'air frais du

salon augure d'une nouvelle étape dans ma relation avec cet homme. J'ai passé la semaine redou-
tant sa venue prochaine et l'espérant à la fois. Il
n'y avait plus aucun doute qu'il reviendrait dans
cette maison, je me demandais seulement quelle
serait sa nouvelle victoire. On est samedi aujour-
d'hui. Pour la première fois je vois le secrétaire
d'État en manches de chemise et pantalon de
toile. Il est encore plus mal foutu sans le camou-
flage du veston. Un pistolet de petite dimension
est glissé dans sa ceinture. La disproportion entre
le haut et le bas de son corps est grotesque. Son
estomac tire un peu sur les boutons de la chemise, ses genoux se touchent, il est kounan.

« Et si on devenait amis, vous et moi, madame
Leroy ? »

Le secrétaire d'État me parle alors qu'il a
encore les yeux fermés, il semble renaître avec le
froid qui augmente. Je suis irritée qu'il me parle
comme si je ne me trouvais pas dans la pièce,
comme si ses paroles n'étaient que pure formalité. Ces mots déclenchent aussi une panique
sourde dans mon estomac. Ils me mènent inexo-
rablement vers un point de non-retour. Quelle
sorte d'amitié me propose-t-il là ? N'a-t-il pas le
courage d'appeler les choses par leur nom ? Je
refuse de jouer aux petits jeux de l'amour et du
hasard avec lui. Il faut qu'il me dise clairement le
fond de sa pensée. Je ne vais pas accepter une
relation dont les conditions ne sont pas clairement exprimées. Je me dois au moins cela. Cet
homme devra me dire qu'il veut me posséder,

dans ma maison qui est celle de Daniel, alors que mon mari emprisonné au Fort-Dimanche est à sa merci. Il doit être clair entre nous que je me soumets à son désir, que j'accepte la profanation de mon foyer sachant que c'est le prix à payer pour sauver Daniel. Je ne vais pas lui faire cadeau de l'illusion d'une conquête. Il n'aura pas besoin de me forcer, ce serait une peine perdue, je ne fais pas le poids devant lui. Mais il n'aura pas ma connivence.

« Ne le sommes-nous pas déjà, Excellence ? » La hardiesse et le ton de ma réponse tirent le secrétaire d'État de son apathie. J'enchaîne aussitôt. « Sinon, comment expliquer… certains changements dans mon environnement ? Comment expliquer ce cadeau… outrageusement précieux ? Êtes-vous aussi généreux avec les épouses de tous les opposants emprisonnés ?

— Une femme de tempérament… », fait-il en souriant. Il m'observe alors que ses paupières sont presque closes. « Détrompez-vous, madame, vous êtes, pour le moment, la seule femme de dissident à jouir du… privilège… de ma générosité.

— Vous m'en voyez flattée, Excellence. »

Le secrétaire d'État ignore mon ironie.

« Appelez-moi Raoul, madame.

— Si vous le voulez… Raoul. »

Le secrétaire d'État se lève et va lentement vers la table d'angle qui porte notre tourne-disque. Il choisit dans le lot de disques un trente-trois tours qu'il dépose sur le plateau. Il commande ensuite au bras mécanique et l'aiguille vient se déposer sur le vinyle avec un faible chuintement. Chopin. Les valses favorites de Daniel. Je voudrais m'enfuir, mais les quatre murs de cette pièce sont soudain ceux d'une prison.

« J'aime les femmes de tempérament, Nirvah. Point n'est besoin de rôder autour du pot avec elles. Je vous le dis tout de suite, je vous veux. Je vous ai voulu dès que vous avez franchi le seuil de mon bureau, au ministère. Je ne pouvais croire en ma chance. Votre mari est un imbécile qui se fait enfermer à Fort-Dimanche alors qu'il possède une femme comme vous. Un imbécile qui se bat contre des moulins à vent. Il a des idées… hmmm… le pauvre fou. »

Le secrétaire d'État réfléchit un instant, et quand il continue sa voix a la dureté du métal.

« François Duvalier va être nommé président à vie dans quelques mois. 1964 sera l'année de la victoire totale. Les spécialistes de la loi au Parlement travaillent à modifier la Constitution du pays à cette fin et tant pis pour les mécontents. Il sera plébiscité par référendum… une formalité… et plume ne grouillera dans ce pays, pardonnez-moi l'expression, madame. Ils ne font pas le poids, ces communistes infiltrés. Tenez… l'UCH, cette Union des communistes haïtiens à laquelle adhère votre mari… un montage, un laboratoire de contrôle de l'opposition, du théâtre. Son secrétaire général, Michel-Ange Lefèvre, est notre homme, nous l'avons récupéré. Ce parti communiste a été fabriqué de toutes pièces. Du beau travail. Il reçoit des subventions régulières de mon ministère. Daniel Leroy, et les autres avec lui, des jeunes, des adolescents encore, ont poursuivi leurs convictions jusqu'au sacrifice, pour rien. Ils ne jouaient qu'à un jeu dangereux d'illusions. Les naïfs, ils se sont fait baiser de belle manière. Vous êtes à présent l'une des rares personnes à le savoir et je vous saurais gré de garder secrète cette information car elle met votre vie en danger. Votre cher époux croyait se jouer de nous. Il pensait pouvoir se cacher derrière l'UCH pour comploter contre le gouvernement, armer les jeunes, soulever l'arrière-pays. Son plan était intelligent je l'avoue. Il nous a trompés longtemps. Mais son projet n'aurait pu aboutir. Nous contrôlons toutes les sources d'agitation potentielle, écoles, universités… églises… syndicats… Nos agents sont présents dans les gaguères, dans l'enceinte des stades, les lupanars. Chaque jour, plus d'hommes et de femmes de toutes les classes sociales s'enrôlent dans les rangs des VSN pour s'infiltrer dans les foyers, les alcôves, les dispensaires médicaux et j'en passe. Ils travaillent nuit et jour. Comme une volée de pintades, ils traversent en tous sens le territoire, repérant de loin tout bruit insolite, tout mouvement suspect. On aurait tort de sous-estimer leur efficacité. Comme ces oiseaux aux corps trapus qui courent pourtant si vite, ils sont les véritables sentinelles de la révolution. La résistance sera balayée aussi facilement qu'un fétu de paille. Nous n'avons peur de rien, pas même des Américains. Duvalier a foutu à la porte du pays cet ambassadeur états-unien qui avait osé lui offrir un million de dollars pour abandonner le pays avec sa famille. Il n'a eu que vingt-quatre heures pour foutre le camp. L'impertinent! John Kennedy a envoyé ses destroyers mouiller dans nos eaux, une tactique que d'autres ont utilisée avant lui, tout au long de notre histoire. Mais il en faut plus pour intimider les fils de Dessalines que nous sommes. Une femme comme vous rend les hommes fous, madame, fous de vous posséder. J'aime voir vos veines courir sous la transparence de votre peau. J'imagine le désordre de vos cheveux soyeux dans l'ardeur de l'amour. Vos lèvres sont faites pour s'enrouler autour de la jouissance d'un homme, vos yeux laissent des traces de feu sur ma peau. J'ai mal de vos mains. La cambrure de votre corps me donne froid aux reins. Vous êtes une femme dont je n'aurais même pas osé rêver, une femme qui ne regarde pas deux fois un homme comme moi. Et voilà que vous tombez dans mes mains, de votre propre gré, comme une manne du ciel. Je ne vous ferai pas de mal, Nirvah. Tant que vous ne m'y obligerez pas… »

L'émotion et le cynisme du secrétaire d'État m'ébranlent. Michel-Ange Lefèvre… Il n'est pas revenu ici depuis l'emprisonnement de Daniel. Un homme avec qui il passait souvent de longues heures à discuter sous le patio, derrière la maison. Un homme que Daniel respectait, qu'il aimait comme un père. Je l'écoutais parfois parler de ce temps, il y a une vingtaine d'années, où des hommes comme Étienne Charlier et Anthony

Lespès, poursuivant le travail commencé par Jacques Roumain, militaient au sein du premier parti socialiste en Haïti. Lors, les hommes de conviction menaient leurs combats à visière levée contre les gouvernements et les corruptions de la bourgeoisie marchande. Plus maintenant, se lamentait-il. Avant, les relations entre le pouvoir et les communistes n'étaient pas aisées, ils connaissaient parfois la prison, mais ils représentaient à l'époque une force qu'on pouvait difficilement museler. Lefèvre nous parlait d'articles de journaux publiés dans *La Nation*, véritables pièces d'anthologie. À l'occasion, il déclinait quelques vers d'Anthony Lespès. Daniel buvait ses mots. Mais pourquoi, lui avais-je une fois demandé, avait-il fondé son propre parti et ne militait-il pas avec cette gauche qui se voulait l'héritière de la première mouvance communiste en Haïti, celle des Roumains et consorts ? « Parce que je prônais l'ouverture, un dialogue avec le pouvoir, au lieu d'encourager cette tendance à la clandestinité et au marronnage dont ne peuvent se défaire nos politiciens de la gauche haïtienne », me répondit-il. Je comprends à présent de quelle ouverture il parlait. Qu'est-ce qui peut faire changer autant un homme ? Après l'arrestation, j'ai brûlé *Gouverneurs de la Rosée, Le Capital, Les Clés de la lumière, Compère Général Soleil* et tout un tas d'autres livres et de revues que Daniel gardait dans des rayons secrets de sa bibliothèque. Il n'y a donc aucun espoir, les racines de la dictature s'enfoncent chaque jour plus loin dans la terre d'Haïti. J'ai du mal à prendre la mesure de la profondeur de la situation où je me retrouve. Le désir de cet homme est d'une aveugle intensité. Avec moi il va enfin accomplir son plus profond fantasme, dominer et posséder une mulâtresse. Il va baiser la bourgeoisie, renverser avec son sexe et son pouvoir toutes les barrières du mépris et de l'exclusion. Voudra-t-il jamais que Daniel me revienne ? Quelle vie pourrai-je reprendre avec mon mari quand ce cauchemar sera terminé ?

« Et Daniel, dans tout cela, Exc… Raoul ? Est-il encore maître dans sa maison ? L'avez-vous déjà exécuté ? Pour quelle raison accepterais-je alors de vous accorder mes faveurs ? À cause de la peur brute de votre vengeance si je me refusais ? »

Le secrétaire d'État devient la proie d'une vive irritation. Son regard ne me lâche pas, dur et exaspéré. Je m'attends à un éclat de colère. Je remarque que toute allusion à Daniel suscite chez lui un état de nervosité qu'il contrôle mal. Il se met debout et m'observe, je reste assise et ne baisse pas les yeux sous le poids de son regard. Le secrétaire d'État retire son portefeuille d'une poche de son pantalon. Il cherche un peu et tire un papier plié, un billet, qu'il me tend. Je ne comprends pas, je prends la note et la déplie, mes mains tremblent un peu. Je dois regarder de près pour déchiffrer quelques mots écrits au crayon sur une feuille un peu sale de cahier d'écolier. C'est Daniel, je reconnais ses lettres, le moulé de ses mots. Daniel qui souffre, qui est vivant. Je devine plus que je ne lis, mon cœur bat trop fort « *chérie…*

pense à toi… nos enfants… tout faire pour sortir bientôt… ma santé fragilisée… espère te revoir… prends courage… » Enfin, une goulée d'air frais, enfin de l'eau pour ma soif ! Je voudrais rire et pleurer à la fois. Je voudrais être seule pour savourer cet instant. Le secrétaire d'État est debout devant moi, il se gratte la gorge. Pendant une minute j'ai oublié sa présence et jusqu'à son existence. J'entends un bruit métallique et je relève la tête. Mon visage se trouve vis-à-vis de son bas-ventre. Sa ceinture est débouclée et il défait avec peine les boutons de sa braguette distendue. Je cherche son visage, son œil est fixe, il salive abondamment, la commissure de ses lèvres en est mouillée. Le pantalon et le caleçon tombent à ses pieds, telle une sentence. Il n'y a aucune équivoque sur ce qu'il attend de moi. Avec le secrétaire d'État ce sera donnant donnant. La vie de Daniel contre la jouissance de mon corps. Son désir impatient cherche déjà le chemin de ma bouche. Son halètement me parvient, fondu dans l'*Allegro appassionato* de Chopin. Je ne reconnais pas la voix enrouée du secrétaire d'État quand il me dit : « À genoux… Nirvah. » Il n'y a plus d'issue pour moi. Je glisse sur mes genoux. À ce moment me vient à l'esprit l'image de Solange agenouillée dans son rêve devant Déméplè. Mais moi, je ne suis pas en train de rêver.

26

Il était épuisé ce matin-là, vidé de toute sa sub-stance, les jambes en coton et la tête habitée de grandes taches de lumière. Il était heureux com-me il ne l'avait jamais été de toute sa vie. Rentré chez lui au petit matin, il n'avait pas regagné sa chambre, il préférait l'atmosphère de son bureau d'où il pouvait voir poindre l'aube au coin d'une fenêtre. Son lit, son repos, la température de son corps, ses secrets les plus intimes, ses sanglots n'ap-partenaient plus à cet endroit. Ils se trouvaient à la rue des Cigales, auprès de Nirvah Leroy. Sa femme et lui faisaient chambre à part depuis quelques années. Il ferait volontiers maison ou vie à part aujourd'hui. Les soubresauts de son sexe épuisé mais têtu de désir tenaient vivaces en lui les images de sa nuit. En trois fois il l'avait aimée. Elle avait réveillé sa force, ses vertes années. Il brûlait du souvenir de ses lèvres humides de son sperme quand il avait joui dans sa bouche, quand il était mort et revenu à la vie dans sa bouche. Il sentait encore sous ses mains le grain de sa peau moite d'amour. Il entendait les plaintes qu'il avait fini par lui arracher au bout de la nuit tellement il l'avait caressée. Il avait attendu ce moment où le corps brisé de Nirvah ne résistait plus et avait cédé malgré elle à l'aiguillon du plaisir. Un éclair lui traversa la tête quand il pensa aux pieds de Nirvah. Il devait protéger ses pieds. Elle ne les abîmerait plus à marcher dans les rues poussiéreuses de Port-au-Prince, à faire ses courses dans des taxis où elle se faisait piétiner. Il allait lui offrir une voiture neuve, l'une de ces petites japonaises qui venaient d'arriver au pays. Toutes les bourgeoises en raffolaient. Une Contessa. Un écrin pour sa beauté. La révolution avait ravi son véhicule, il lui en donnerait un autre sur les fonds du ministère, ce ne serait que justice.

Pourtant une alarme résonnait de temps à autre à ses oreilles. Il tentait de l'ignorer, de la chasser. N'était-il pas Raoul Vincent, secrétaire d'État omnipotent du gouvernement tout-puissant de Duvalier ? Un homme en qui le chef de l'État avait toute confiance ? Qui avait pouvoir de vie et de mort sur chaque citoyen de ce pays ? Cette femme lui revenait de droit, puisqu'il la voulait. Il la méritait. Pour toutes les fois où il avait oublié d'être un homme. Pour le reste il s'arrangerait. Aucun obstacle ne l'avait jamais arrêté auparavant, quand il s'agissait de garantir la sécurité du pays et de son chef. Quand il devait assurer la stabilité du pouvoir, il ne connaissait ni scrupules, ni états d'âme, ni doutes. À ses yeux, une vie n'avait aucune espèce d'importance devant l'intérêt suprême de l'État.

Pourquoi les choses changeraient-elles ? Il s'agissait à présent de sa stabilité physique et mentale. Il était venu le temps de penser à lui-même. Depuis qu'il avait rencontré Nirvah Leroy, il comprenait qu'une vie, une seule, pouvait faire toute la différence. Une vie était en train de lui ravir sa force, sa méfiance, son cynisme. Cette vie venait de lui faire goûter au bonheur. Raoul Vincent savait que la vie ne faisait pas de tels cadeaux sans exiger un prix élevé, un prix de sang. Le sang de Daniel Leroy. Le sang des hommes qu'il devrait encore assassiner pour garder son pouvoir, pour inspirer la peur, pour nourrir la dictature. Pour garder Nirvah. Son sang à lui, peut-être. Le sang de Nirvah. Non ! Jamais il ne permettrait qu'on lui fasse du mal, que l'on touche à un seul de ses cheveux. Qu'un homme la regarde par deux fois et il l'étranglerait de ses propres mains. Il voulait la vie pour Nirvah, et tout ce qui était beau, pour la rendre encore plus belle. Il la voulait heureuse. Elle finirait bien par oublier Daniel Leroy. Il lui offrirait des fleurs, des parfums, de la musique et des fruits. Des livres aussi, elle lui avait dit aimer beaucoup la lecture. Il s'arrangerait pour lui devenir indispensable. Pour lui donner confiance et protection. Elle était une femme intelligente, volontaire, qui n'avait pas peur de prendre ce dont elle avait besoin pour vivre. Une survivante, voilà ce qu'elle était. Le genre de femmes qu'il aimait, qui n'avait pas le temps de faire de chichis avec l'existence. Une femme qui ne se mentait pas, qui n'avait pas peur de regarder la vie dans les yeux. Une femme dont un homme avait besoin pour ne jamais faiblir, qui pouvait susciter en lui des ressources inépuisables. Le temps était avec lui, son allié et son complice. Il s'assurerait du bien-être de ses enfants. Il ferait en sorte que tous ses besoins, du plus important au plus insignifiant, soient satisfaits. Il lui faudrait trouver de l'argent, beaucoup plus d'argent pour répondre à toutes ses exigences. Il s'arrangerait. Il n'avait jamais accordé d'importance à l'accumulation de sous, il se contentait de vivre bien et de gérer les fonds à sa disposition au mieux des intérêts de son gouvernement. Il habitait, dans le quartier Peu-de-Choses, la même maison de famille, qu'il avait fortifiée, contrairement à certains de ses collègues qui se faisaient construire des résidences princières sur les hauteurs de Port-au-Prince. Bien sûr, sa femme adorait l'argent et lui en réclamait de plus en plus souvent, des sommes de plus en plus importantes. Il devait faire des accrocs dans la gestion de son ministère pour la satisfaire, pour avoir la paix. Maintenant les choses allaient changer. Il allait se payer les services qu'il rendait à la cause à leur juste valeur. Comme le faisaient presque tous les autres. Finalement, à quoi lui servait tout ce pouvoir sans l'argent ? Et s'il tombait en disgrâce demain, de quoi vivrait-il ? Qu'adviendrait-il de Nirvah ? Il allait exiger des pots-de-vin, des commissions pour faciliter des passations de contrat, il vendrait ses faveurs, sa protection aurait désormais un prix, il inventerait des projets bidon pour obtenir des fonds. Il était un vieux de la vieille. Il s'arrangerait.

27

Me laver. Me laver longuement et profondément, me défaire de cette souillure qui n'est pas
seulement dans ma chair mais aussi dans mon
âme. Laisser couler une eau claire et neuve sur
l'impuissance et la rage de mes mains. Nettoyer
ma mémoire des gestes, des odeurs et des bruits
de la nuit qui ne me quittent pas. Me laver de ce
plaisir arraché de force à mon corps. Un besoin
qui tourne à l'obsession. Je ne supporte plus de
respirer dans ma peau. Solange… Oui, je dois
voir Solange. Contre toutes mes convictions,
contre toute rationalité naît dans mon âme le
besoin de me faire toucher par cette femme, de
la laisser verser l'eau dont ma peau a besoin pour
retrouver un peu de sérénité.

J'ai compris au bout d'un moment que
Déméplè visitait Solange ce matin-là. Un foulard
de soie rouge serrait sa tête, elle portait un caraco
bleu de paysanne liseré de ric-rac multicolore aux
manches et à l'ourlet et ses yeux de miel n'ont pas
souri en me voyant arriver. Elle vaquait à des occu-

pations imprécises et fumait une cigarette après l'autre. Par moments, elle prenait une lampée d'une bouteille de trempé posée à même le sol. Il m'a semblé aussi que ses gestes étaient plus lents que d'habitude, comme si elle les exécutait sous la dictée d'une voix perceptible d'elle seule. Elle donnait des ordres à la petite Ginette et la rabrouait vertement lorsque l'enfant ne suivait pas ses instructions à la lettre. Krémòl, son frère, lançait des grains à la basse-cour. Je suis restée un long moment à les observer, ne sachant comment dire à Solange le motif de ma visite. Puis, elle s'est retournée tranquillement vers moi et m'a demandé de but en blanc :

« Tu viens pour le bain, Voisine ? C'est un bon jour, tu sais, la… la personne est avec moi. »

Est-ce que Solange m'espionne ? A-t-elle un moyen de savoir ce qui se passe à l'intérieur de ma maison ? Peut-elle lire dans ma tête ? Prend-elle sur ma peau l'odeur de l'homme qui s'est forcé en moi toute la nuit ? A-t-elle le moyen de voir la marque de ses dents de prédateur sur mon corps ? J'ai envie de rentrer chez moi. Toute ma détermination fond sous l'impression d'être cernée de tous côtés par des regards inquisiteurs. Je ne contrôle plus ma vie, une sensation qui se mue lentement en panique. Aucun mot ne sort de ma bouche.

« N'aie pas peur. Je ne te ferai aucun mal. Mais tu dois vouloir toi-même. Est-ce que tu veux le bain ? » Solange s'énerve un peu. Déméplè est impatient, elle me l'avait dit.

160

« Oui…, je réponds finalement.

— Bon… alors attends-moi ici, je vais faire chauffer de l'eau. »

Je suis assise sur une chaise basse, dans une petite pièce au sol en terre battue, un badji. Je ne crois pas aux vertus du bain que je vais prendre. Je me trouve tout à fait pitoyable, attendant les gestes d'une femme qui ne sait ni lire ni écrire, qui prépare des simples et monte des pwens pour les macoutes. Solange vit de la crédulité des hommes et des femmes désemparés. Pourtant je suis là, passive, à l'attendre, suis-je en train de me punir ? Ai-je perdu toute estime de moi-même ? Me reviennent les mêmes sensations qui me terrorisaient quand, petite fille, j'allais à confesse. Des images saintes décorent les murs du badji de Solange, des vierges à la peau noire et d'autres à la peau blanche. Des bougies brûlent aux quatre coins de la pièce. Une grande bassine à côté de moi dégage un parfum profond, mélange de basilic, de citronnelle, d'oranger, de zèbaklou et de plein d'autres feuilles que Solange a cueillies dans la cour, l'une après l'autre, une bougie allumée dans une main. Solange termine ses préparatifs en lâchant dans l'eau du bain le contenu d'un flacon qu'elle a pris sur une étagère chargée de bouteilles et de statuettes votives.

« Le tafia, c'est pour Déméplè, elle me dit avec sérieux. Il le boira dans ton corps. Déshabille-toi, Voisine, elle ajoute. Enlève tout. »

Je m'exécute et me rassois sur la petite chaise dont la paille me pique les fesses. Solange prend une timbale en aluminium, la trempe dans la bassine et verse très lentement le liquide sur ma tête. L'eau coule sur mon corps et se perd dans la terre battue sous mes pieds. Le parfum des feuilles, la lumière des bougies, l'odeur du tafia, les images des vierges noires et blanches. La main de Solange qui glisse sur mes cheveux, mon visage, mon cou, les feuilles qu'elle applique sur mes épaules, mes seins, mon ventre. Entre mes cuisses. Solange et son chant qui accompagne l'eau sur ma peau, timbale après timbale. Il se passe soudain une chose étrange. Ce n'est plus Solange qui me touche, c'est Déméplè, c'est Dantòr la vierge noire, Fréda la vierge blanche, c'est le bon Dieu avec tous les saints et tous les anges. La délivrance. Comme le nouveau-né qui s'engage enfin vers la lumière après mille douleurs, les larmes sont sorties de mon corps. Un flot de larmes. Une marée brusque qui m'a surprise mais que je ne pouvais ni ne voulais retenir. L'eau de mes yeux mêlée à l'eau au parfum épicé des feuilles, en offrande à la douleur. Des sanglots me secouaient toute, de plus en plus violents. Un orgasme de l'âme, libérant pour quelques instants les ombres accumulées autour de ma tête. J'ai pleuré pour la première fois depuis la disparition de Daniel.

28

J'ai brûlé les pages, une à une. J'ai même brûlé les pages vierges, et la couverture tendue de toile grise. Comme pour effacer l'absence. Pour conjurer la disparition. Pendant quelques minutes, pendant que les feuillets de papier se tordaient sous la morsure de la flamme, la vie est redevenue comme avant, insipide, prévisible et merveilleuse. Une succession de jours rythmés par le chant du coq au petit matin, la cueillette des fruits de mon jardin, le menu du déjeuner à préparer, la santé de Marie et Nicolas et les conversations avec Daniel où nous étions comme deux astres orbitant autour d'un même soleil sans jamais nous toucher. Ce petit carnet n'a jamais existé, je n'ai pas lu ces mots qui essaient d'expliquer à quelqu'un d'autre que moi-même les raisons de l'impensable. Des mots qui sont tombés comme un gros orage sur ma vie et qui laissent derrière eux un mauvais temps tenace. Je regarde dans les arbres, il fait pourtant beau, la lumière m'ouvre les bras. Je me glisse dans son immensité, loin, très loin d'ici. Depuis l'absence de Daniel, je vis dans deux dimensions à la fois. L'ombre et la lumière. La chute de l'une à l'autre m'ébranle souvent. Un choc physique que j'apprends à maîtriser, un grand frisson, une soudaine apnée. Les feuilles des acajous caressés par la brise dessinent des mouvements lumineux sur le sol. Un mouvement incessant comme celui d'un fleuve. La fumée m'a un peu irrité les yeux. C'était la même chose quand Daniel fumait son cigare dans la maison. Il avait fini par accepter de ne fumer que dehors. Les enfants me manquent. Ils doivent s'amuser à Paillant. Je le voudrais. Je voudrais que n'existe aucune ombre à leur soif de vivre.

L'histoire de Daniel s'arrête là. Toute son histoire tient dans ce monticule de cendre au fond d'une marmite en fer-blanc. Je tombe dans la dimension où il fait noir. La lumière disparaît, on dirait que quelqu'un a manipulé un interrupteur. Les funérailles de Daniel. Je viens de chanter les funérailles de Daniel. Son corps s'est désintégré, même ses os ont cédé au brasier. Ces cendres me font veuve. Je suis veuve et honnie. Arlette disait vrai, je n'ai apporté que le malheur dans la vie de son frère. Et pour cela je devrais expier. Me recouvrir la tête de ces cendres et m'immoler sur le même bûcher que Daniel comme les veuves en Inde. Comme ce serait bon d'en finir, de ne plus rien sentir, de n'avoir plus peur, de laisser le monde avec ses problèmes, ses

164

ennuis. Je ne suis pas une Indienne, ce fleuve de lumière qui coule sur ma peau n'est pas le Gange. Tout ce qui se trouve sous mes yeux en cet instant me crie de vivre, de tenir bon pour Marie et Nicolas.

29

« Marie ! Marie ! Viens voir ! Il y a un appareil qui refroidit l'air dans ma chambre ! »

Nicolas cherche sa sœur pour lui montrer sa découverte. Marie se laisse entraîner, à la fois ravie et perplexe. Mes enfants sont rentrés de Paillant bronzés, le regard encore habité de grands espaces sereins, du chant des grillons et de la brume le soir dans les pinèdes. Ils me paraissent plus grands après seulement dix semaines d'absence. Ils se sont émerveillés de voir la rue des Cigales dans sa robe neuve de bitume. Quand ils ont franchi le pas de la porte, j'ai ressenti malgré ma joie de les revoir une immense fatigue dans tout mon corps. Ils revenaient vivre la même attente, la même peur sans visage. Quelques jours avant la fin de leur séjour chez ma mère, j'ai pris soin de leur faire dire dans une lettre que Daniel n'était toujours pas rentré chez lui, une façon d'atténuer la déception du retour au bercail. Plus que Daniel, c'est eux que j'ai le sentiment de tromper, de trahir. Daniel pourrait comprendre les détours inexorables de ma vie en son absence mais que dire d'autre à ces innocents, comment les protéger sinon avec des mensonges ? À table, Marie m'a posé la question que je prévoyais, pour laquelle ma réponse attendait.

« D'où nous viennent toutes ces choses, Manman ?

— Heu... tu veux dire... les climatiseurs et la génératrice ?

— Et la petite voiture aussi. Elle est neuve n'est-ce pas ? »

Marie attend ma réponse, les yeux bien écarquillés et le coin de la bouche légèrement pincé.

« Oui... elle est neuve. Une belle voiture, n'est-ce pas ? Ils nous ont été offerts par un ami de la famille... quelqu'un qui connaît ton père. Il pense que l'air conditionné nous soulagera. Il a aussi obtenu des autorités publiques que l'on nous remette une nouvelle voiture... pour remplacer celle qui a été... »

Marie me regarde sans me voir, comme si ma réponse était écrite sur le mur derrière moi. Je sens l'alerte qui traverse son âme, son malaise, même si elle ne saurait définir les sensations qui l'habitent. Je les reçois pour elle. Que comprend ce regard de presque quinze ans à la soudaine aisance qui l'entoure ? En avions-nous besoin ? Qui va s'occuper de gérer ce nouveau confort ? Pourquoi tout semble aller bien alors que son père n'est pas là ? Je ne peux répondre à ses questions, je ne peux dire à Marie que des fois la vie nous impose des épreuves qui paraissent au-dessus de nos forces. Que je suis en train de vivre une épreuve presque au-dessus de mes forces mais que je ferai tout mon possible pour que Nicolas et elle ne voient pas leur innocence bouffée par une amertume sans rime ni raison. Je voudrais prendre Marie dans mes bras, revenir à l'enfance, lui donner à boire le lait de mes seins, la nourrir de mes mots et de la chaleur de ma peau. Comme avant, quand il n'y avait pas de doutes, quand nous croyions que la vie se déroulerait comme un long fleuve tranquille, sans maladie, sans violence et sans dictature macoute. Je dois parler à Marie, je ne voudrais pas laisser cette épreuve nous éloigner l'une de l'autre dans ce moment où elle devient tranquillement une femme. Je devrai lui dire que la vie permet parfois qu'un père ne soit plus là, du jour au lendemain, qu'il soit mort alors qu'il respire encore, qu'un morceau de soleil se casse et qu'il fasse sombre brusquement sur un côté des jours, qu'un secrétaire d'État surgisse de cette pénombre et fasse tourner à l'envers les aiguilles de nos montres.

« Il doit être très riche, ce monsieur, commente Nicolas.

— Est-ce un homme ? » demande encore Marie. Pourtant j'ai bien parlé au masculin de ce bienfaiteur.

« Oui… c'est un secrétaire d'État du gouvernement… il est venu une fois ici… vous l'avez vu… il m'a attendu au salon.

— Ah ! ce monsieur… je me souviens de lui, il a des yeux comme un crapaud… » Nicolas ouvre grand les yeux. «C'est quoi un secrétaire d'État, Manman?

— Un personnage important, qui s'occupe des affaires du pays.

— Tu dis qu'il connaît Papa?

— Oui... il m'a même donné de ses nouvelles car il l'a vu personnellement là où... à la...

— À la prison!» dit Nicolas pour abréger.

L'innocence cynique de Nicolas me blesse et pourtant je bénis cette candeur qui le protège comme une armure. Une armure bien faible. Je voudrais tellement que les épines de la vie ne t'effleurent jamais, mon fils, mais comment reconnaîtras-tu l'odeur du sang si tu n'as jamais été blessé? Mon fils parle de la prison comme il parlerait d'un ennui passager. La prison c'est sûrement un endroit où l'on doit s'ennuyer de sa maison, de sa famille, pour un certain temps, sans plus. La prison c'est une punition comme aller à genoux dans un coin, ou être privé de dessert.

«Est-ce qu'il va nous laisser voir Papa à la prison?»

Marie fait déjà des compromis dans sa tête, elle calcule. Un homme aussi important qui se prend d'amitié pour nous doit pouvoir au moins satisfaire la soif de nos yeux. Pourtant elle ne m'avait jamais exprimé auparavant le désir de visiter son père en prison. Marie comprend beaucoup plus de choses que je ne pense.

«Je l'espère... ma chérie, un de ces jours... mais c'est difficile pour les familles de visiter les prisonniers politiques...

169

— Tu le connaissais avant, ce monsieur ?

— Non… Marie, mais lui et ton papa se connaissent…

— Ça veut dire qu'ils sont amis ? »

Amis… Hmmm. Marie, Marie… les mots ont perdu de leur sens aujourd'hui, ils ne sont plus que des sons vides. Tu devras les réapprendre et chacun te blessera au plus profond de toi-même. Ce sera à toi de les recréer, avec ta force et ton amour de la vie.

« Ils le sont… un peu… oui, je réponds à ma fille en évitant son regard.

— C'est quoi un prisonnier politique ? » Nicolas dévore à belles dents une mangue mûre dont le jus dégouline de ses coudes.

« Quelqu'un que l'on met en prison parce qu'il n'est pas d'accord avec la façon des… des chefs de diriger le pays. Je te l'ai déjà dit, mon ange. Fais attention, Nicolas, tu salis tout ! Et je ne veux surtout pas que tu ailles répéter ces choses au-dehors. Nos affaires de famille ne concernent que nous. Ne l'oublie jamais. Tu me comprends, Nicolas ? »

Nicolas fait oui de la tête.

« Est-ce qu'il reviendra ici, le… secrétaire d'État ?

— Sûrement, Marie… pour nous donner des nouvelles de Papa. Il me l'a promis… »

30

Et puis les vacances d'été se sont terminées.
Marie et Nicolas sont rentrés de Paillant juste
avant le passage du cyclone Flora. Un ouragan
d'une force que je n'aurais jamais imaginée possible. Port-au-Prince violentée s'est tordue pendant des heures comme une femme en couches,
mais elle n'a enfanté que cadavres et désolation.

À chaque fois que je pensais à Daniel en prison
dans ce chaos de pluie et de vent, écoutant le
chant fou de la nature, glacé et seul, je me retenais
de me cogner la tête contre les murs de la maison.
Flora s'en est allé. Noël a passé, le jour de l'An
aussi. Le carnaval est arrivé avec ses refrains endia-
blés exigeant le pouvoir à vie pour le souverain. Le
peuple n'attendait que cela, que son chef soit
nommé à vie, pour l'éternité même, puisqu'il se
dit immortel et le représentant de Dieu sur terre.
Ce que le peuple veut, Dieu le veut. Tout le reste
vient naturellement. Les mois derniers un vent de
folie a soufflé sur tout le pays. Enlèvements, empri-
sonnements, déportations, exécutions. Tous les

jours, toutes les nuits. Dans le plus grand secret, dans le plus grand mutisme. Nul n'est à l'abri, même ceux du sérail. De temps en temps la révolution dévore l'un de ses fils, semant le trouble et la confusion dans le cercle des proches. Alors les autres doivent asseoir leur allégeance par encore plus de cruauté. On rivalise de zèle sanguinaire, on trahit ses amis. Les diatribes à la radio annonçaient les couleurs. Les colonnes des journaux ne parlaient que du prochain raz-de-marée, de la victoire suprême. Pendant que les hommes de main du pouvoir nettoyaient le pays des éléments indésirables, la propagande échauffait les esprits des partisans.

Le secrétaire d'État avait raison, François Duvalier a été nommé président à vie lors d'un référendum dont les bulletins n'offraient qu'un seul choix, une seule option, le oui, comme un long cri d'assaut. Trois jours de bamboche populaire ont marqué la victoire de la révolution.

Daniel Leroy a été enlevé par des tontons macoutes parce qu'il écrivait des articles dénonçant les violations des droits de la personne, les viols de la Constitution, les kadejak sur les femmes, les enfants et les biens d'autrui. Il est emprisonné au Fort-Dimanche où chaque jour des hommes meurent de privations, de torture, de maladie et de désespoir. Cette douleur, ce manque, ce chagrin sont devenus des ingrédients mélangés à mon sang. Ils m'habitent, je ne peux m'en défaire, ils m'enlèvent le droit à la vie, à dormir tranquille, à rire et à connaître le bout de mon désarroi. Je vis un désespoir froid qui s'est transformé en cellules de mon corps. L'image de ma vie est trouble, j'attends qu'elle redevienne nette, quand Daniel sera libéré. La dictature dévore la vie saine comme un cancer, elle semble immortelle, éternelle, prenant tous les jours plus de force, plus d'audace, se grisant de son propre pouvoir. Chaque homme ici est un chef, et la société est prise dans les mailles d'un réseau de chefs de tous niveaux qui sur-veillent jusqu'au souffle des citoyens.

Je suis la femme de Daniel Leroy et la maî-tresse d'un secrétaire d'État macoute. Il y a peu de temps, si on m'avait dit qu'une femme de ma connaissance et de ma condition avait accepté un tel compromis, je l'aurais sûrement traitée de lâche, de vénale et d'autre chose encore. C'est vrai je suis lâche, j'aurais pu me battre, refuser, crier au scandale. Mais j'aurais été seule, tout à fait seule. Seule face à la peur. J'aurais pu dispa-raître, me faire torturer et violer, comme il y a quelques années, au tout début de la dictature, cette journaliste, mère de cinq enfants. Daniel en a parlé dans son journal. Elle a été arrachée de sa maison par des hommes en cagoule, sous les yeux de sa progéniture, battue et violée puis laissée pour morte dans les terrains vagues de cet endroit qu'on appelle Delmas, un pays perdu habité par les bayahondes où ils vont jeter les dépouilles de leurs victimes. Elle doit la vie à un miracle. Je ne suis pas aussi brave que cette femme. Sa bravoure ne lui a servi à rien non plus.

Mais, elle et moi, nous avons dû faire face à la peur avec des armes différentes. Maintenant la peur couche dans mon lit, je la baise, lui donne du plaisir, je profite de ses largesses. En me soumettant au secrétaire d'État je garde Daniel en vie. Pour le reste, pour demain, je ne sais rien. Je ne suis sûrement pas la seule dans cette situation mais les autres je m'en fous. Je ne trouve aucun soulagement ni de satisfaction à savoir que d'autres connaissent un sort pareil au mien. C'est de moi qu'il s'agit. C'est moi qui deviens folle certains jours. C'est moi qui dois fermer mes yeux, ma peau, mes oreilles à la condamnation de l'opinion. C'est moi qui ouvre mes jambes et ma bouche au plaisir du secrétaire d'État, un plaisir qui devient plus exigeant, plus vorace avec les jours et les semaines qui passent. Dans l'ombre glacée de ma chambre, le secrétaire d'État me couvre de son appétit, il me dévore. Cette situation est pour lui un aphrodisiaque divin qu'il peut doser selon son humeur. Mais mon sexe est de faïence, il ne garde pas la trace de l'infamie, il est comme neuf une fois que je le lave.

31

Ziky… est-ce toi ? Est-ce bien toi, Ziky ? Viens !…
J'ai senti ta présence… tu es là… je ne suis pas en
train de rêver. Tu te glisses toujours dans la brise
parfumée de fleurs d'orangers. Mais d'où tu sors ?
Ça fait si longtemps… nos petits jeux de nuit
m'ont manqué, tu sais. Tu avais peur de venir chez
nous, comme les autres ? Mais toi, tu peux me visiter quand tu veux, Ziky, moi seule peux te voir. Tu
n'as rien à craindre, au moindre bruit, tu te caches
dans ma tête, comme avant. Non… je ne dors pas.
Je ne dors plus beaucoup. Tellement de choses se
sont passées. Viens… couche-toi là, à côté de moi,
je veux te sentir tout près de moi. Est-ce que tu as
froid ? Oui… c'est vrai… l'air est plus frais dans
ma chambre maintenant. Une longue histoire. Je
ne comprends plus rien, Ziky, les autres ont peur
de venir chez nous, et nous, nous avons peur de
rester chez nous. Il se promène des choses dans la
maison, comme des ombres, des mains, des frôle-
ments. Partout où je me trouve des regards me
suivent. Il y a comme une menace dans le bruit

des voix dans la rue, dans un pneu de voiture qui éclate, dans le grincement du portail quand il s'ouvre ou se ferme, dans chaque petit rien qui semble maintenant contenir un surgissement, une hideur. Daniel est partout et nulle part. Il m'arrive encore de le croire à son bureau, de prendre parfois l'odeur du cigare qu'il fume tous les soirs sous la véranda. Maman ne me parle pas beaucoup, elle croit peut-être que je ne comprends pas ce qui se passe. Yva m'a raconté la vie dans les prisons. Ce jour-là j'ai passé une nuit blanche. J'ai eu quinze ans avant-hier, cela fait trois ans depuis mes premières règles. Je ne suis plus une gamine, Ziky. C'est bien la première fois que j'ai eu envie de pleurer le jour de mon anniversaire. Je ne voulais pas de gâteau, Maman en a acheté un quand même, comme si ce gâteau pouvait remettre les jours à leur place d'avant. J'ai dû souffler sur les bougies mais je lui aurais crié plutôt ma colère et ma soif de comprendre. Je voudrais qu'elle me parle de Daniel, de la prison, de sa peur. Je veux savoir s'il souffre vraiment, s'il pense à nous. Est-ce que Daniel va mourir ? Va-t-il nous revenir ? Je voudrais qu'elle me dise ce que ce secrétaire d'État vient vraiment faire chez nous. Pourquoi ce bienfaiteur prend-il la place de Daniel ? Je ne veux pas d'autre père, il ne sera jamais Daniel. Maman croit qu'il est un grand zotobré, est-ce qu'il va nous laisser visiter Daniel en prison ? J'ai le droit de savoir. Mais elle me raconte des trucs qui ne m'intéressent pas, des histoires de petite fille, comme si tout allait bien. Je veux la vérité, cette vérité qu'elle chuchote souvent avec les grands. Et le reste du temps elle brasse dans sa tête des idées qui lui font le regard absent. Viens, glisse-toi sous la couette, tout près de moi.

Tu m'as manqué, mon ami. J'ai cru que toi aussi tu m'avais abandonné. J'ai mal dans mon cœur. Il est dur comme une pierre dans ma poitrine, mon cœur. Pourquoi ? Parce que Daniel est parti. Il est en prison, Ziky. Et les filles à l'école m'évitaient comme si je sentais mauvais. Pas toutes les filles mais il y en a beaucoup qui me regardaient comme cela, leurs regards m'enfonçaient sous la terre. Maman a eu une bonne idée de nous changer d'école, Nicolas et moi. Il y a des filles et des garçons dans mon nouveau collège. Avec les garçons le courant passe mieux et ils m'apprennent des choses. Il n'a rien fait, Daniel, il n'a pas volé, il n'a tué personne. Pourquoi le gardent-ils en prison depuis tout ce temps ? Mais tu ne saurais pas me répondre, Zicky. Je ne t'en veux pas. Je ne traverse plus à pied la rue des Cigales. J'ai honte, à toi je peux le dire. Pourquoi j'ai honte ? Je n'en sais trop rien… je n'ai plus de père, il y a un homme qui dort dans le lit de ma mère. Un soir Daniel n'est pas rentré et depuis je ne suis plus la même. Voilà toute l'histoire. Et puis des tas de soirs sont tombés depuis ce soir-là. J'attends. Mais à chaque jour qui passe je perds un peu plus confiance, je me dis que Daniel ne reviendra peut-être pas et je hais tout le monde. Sauf Nicolas, et toi. J'en veux aux professeurs qui ont pitié de moi, ils me donnent envie de pleurer.

J'en veux à ma copine Alice parce que ses parents lui interdisent de venir chez moi. J'en veux à ma mère. Elle est comme un fantôme, elle n'a plus de substance, elle déambule dans la maison avec l'air de chercher quelque chose, mais elle ne trouve jamais rien. Elle me parle comme si tout allait bien, comme s'il n'était rien arrivé. Elle se maquille à présent. Mais rien ne va, Ziky ! Je voudrais m'en aller loin d'ici. Mais je ne le peux pas. Alors je vis dans mon univers à moi, à ma façon. Je ne veux plus entendre de mensonges. « Il reviendra, Daniel… Tout va bien se passer… sois patiente, Marie. Il faut prier pour ton père, Marie. »

C'est drôle Ziky, je me sens comme une naufragée sur une île. Même quand je suis entourée de monde, je suis seule et personne ne le voit. Je ne les laisse pas venir sur mon île. Quand je suis là-bas, je peux mieux comprendre tout ce qui se passe autour de moi. De là-bas, je vois mieux les mensonges. Je les apprends et je les dis à mon tour. Je dis que tout va bien pour moi, alors que c'est faux. Je dis que je vais à l'école mais souvent je sèche mes cours. Je n'ai plus peur de rien. Il y a comme une grande liberté qui m'habite, j'ai le droit de penser comme je veux, de vivre comme je veux, sur mon île rien n'est défendu. Depuis que Daniel n'est plus là, tout m'est permis. Je n'ai peur que de moi-même parce que je peux faire n'importe quoi, déambuler toute seule dans la rue, me laisser toucher par des garçons que je ne connais pas, boire de la liqueur de rhum de maman le soir avant de me coucher. Tout est vide et tout est plein à la fois. Peut-être me comprendras-tu, Ziky. Peut-être me diras-tu pourquoi je me sens comme je me sens. J'accepte de l'argent du secrétaire d'État sans que Maman ne le sache, c'est à toi seul que je le dis. Il me donne beaucoup d'argent, c'est pour t'amuser avec tes amis, qu'il me dit. Mais ne le raconte pas à ta mère, qu'il me dit, avec un drôle de regard. Je sais que c'est mal, mais je le prends quand même. C'est mon petit secret, tout comme les secrets que Maman ne me dit pas. Il a pris la place de Daniel. Il nous donne tout, l'argent, la nourriture, les meubles, la voiture. Mes ex-copines bavent de jalousie quand elles me voient passer dans la petite voiture de Maman. Je me suis fait de nouvelles amies. Le secrétaire d'État nous a menti. Nous ne sommes jamais allés voir Daniel dans sa prison. Il n'aime pas Daniel. Moi je lui prends de l'argent et je lui souris. Il est affreux, le secrétaire d'État. Il me fait peur, mais je ne lui laisse pas voir. Je lui raconte des mensonges. Il touche le corps de ma mère. Quand il la touche, il me cherche des yeux. Au début, une sorte de colère bouillonnait en moi et je détournais le regard. Ou bien je sentais mon sang courir plus vite dans mes veines, j'avais chaud et froid dans tout mon corps. Mais je ne ressens plus rien à présent, je soutiens son regard quand il lui plaque la main sur la fesse. Si ça lui plaît qu'il la touche, alors ça m'est égal. Mais qu'elle ne vienne pas prendre son petit air de martyr après. C'est des mensonges, Ziky. Une fois j'ai regardé par le trou de la serrure.

Ils font l'amour tout le temps. Dès qu'il arrive dans la maison, ils s'engouffrent dans la chambre. Il est toujours pressé d'arriver et de partir. Je sais ce qu'ils font. Nicolas m'a demandé pourquoi ils s'enfermaient dans la chambre, je lui ai dit qu'ils priaient pour Daniel. Il croit tout ce qu'on lui dit, mon petit frère. Je dois le protéger. Depuis que Daniel est parti il mouille son lit, je ne le dis pas à ses cousins, ils riraient de lui.

Nous avons une nouvelle voiture, je te l'ai dit, n'est-ce pas? Celle de Papa a disparu le même jour que lui. Maman nous emmène en promenade certains après-midi. Une fois, je l'ai vue pleurer pendant qu'elle conduisait sur le boulevard. J'aime aller au bord de mer à la tombée du soir. Il y a le parfum de la mer qui emplit la voiture. Et aussi il y a Daniel qui est là, il nous emmenait souvent à la Cité de l'exposition. Et il nous lançait des devinettes. Et ma mère riait, en passant son bras autour de ses épaules. J'aime voir toutes les lumières du bord de mer. Je penche la tête sur le rebord de la fenêtre de la voiture et je regarde en haut les lampadaires et leurs lumières qui filent, on dirait qu'ils deviennent un seul ruban de lumière qui s'en va, qui s'en va, il pourrait monter jusqu'au ciel, et m'emporter avec lui. Ils me donnent le vertige. Et je sens aussi la mer et tout son bleu qui dort. Je m'imagine ma petite île perdue quelque part sur cette grande étendue mouvante.

Nicolas et moi, nous allions parfois passer la nuit avec Maman, quand nous avions peur. Nous n'y allons plus. Il dort avec elle à présent, Ziky. Quand je n'arrive pas à dormir, je bois de la liqueur de rhum, j'ai remplacé une bouteille que j'avais entièrement bue. Maman n'a rien vu. Elle nous a dit de ne pas nous inquiéter, que le secrétaire d'État nous protégera. Il est très puissant, il porte toujours une arme sur lui. Elle nous a dit que s'il s'en allait de la maison, les macoutes nous enfermeraient peut-être en prison. Je ne veux pas aller en prison, Ziky. Je préférerais mourir. Mais tu es là ce soir, et j'ai tellement envie de vivre. Viens, mets ta main là, entre mes cuisses, comme tu le faisais autrefois. Touche l'endroit où je tremble. Ta main me brûle comme un feu froid. Ne reste plus si longtemps loin de moi. Je t'attendrai dans chaque rayon de lune. Oui… Ziky… continue… ne t'arrête pas…

32

Raoul fréquente ma maison. Toute la ville le sait. J'ai perdu la plupart de mes amis à cause de cela, et je m'en suis fait plein d'autres à cause du même. Des nouveaux amis qui jouissent du confort de mon foyer, de l'hospitalité de ma table, qui me demandent parfois dans le creux de l'oreille de dire un mot en leur faveur, pour se défaire d'un persécuteur, pour éjecter manu militari un locataire récalcitrant, pour un amant, un fils ou un père en prison. L'arrestation de Daniel a placé notre famille dans un groupe social particulier. Nous ne sommes pas partisans du duvaliérisme, loin de là, nous en serions plutôt des victimes, mais par l'un de ces détours folkloriques du destin nous survivons grâce au support d'un baron du régime. Cette même dictature qui a brisé mon foyer me fournit protection et recours contre l'arbitraire, les représailles systématiques subies par les parents d'opposants, les fouilles de nuit qui terrorisent les citoyens. Port-au-Prince est une ville à deux visages, une ville traîtresse. Elle est belle, mutine, éclatante sous les giclées de couleurs des massifs de bougainvillées et de lauriers, sereine après les ondées inattendues du milieu du jour, offrant ses balcons et ses dodines à la douce lumière des après-midi langoureux. Elle dévore aussi à belles dents ses proies humaines, ville prédatrice qui mugit chaque soir au cœur du palais national pour annoncer le couvre-feu, l'heure de toutes les terreurs.

J'ai rejoint le club des maîtresses de macoutes, de celles qui jouissent de privilèges évidents mais qui connaissent aussi la précarité de leur position dans cette Haïti où le pouvoir joue sans cesse à une macabre chaise musicale. Après être passée par de douloureuses phases de détresse, j'ai arrêté d'avoir honte, de fuir le regard des autres, de me torturer, de me condamner. Entre la gêne et le confort, j'ai finalement fait mon choix. À chacun le sien. Raoul est l'amant typique par excellence, son pouvoir et sa fortune se mesurent au bien-être de sa maîtresse attitrée. Je ne pouvais demander plus, vu ma situation. Une mulâtresse dans le besoin flétrit bien vite et avant longtemps elle doit se vendre au rabais. Il n'est pas question de retourner en arrière. Je ne peux rien contre la misère morale mais la misère tout court, je n'en veux plus. Je me suis découvert un goût pour le défi, pour la provocation même. Je m'assume. Je ne suis plus la petite Nirvah bon chic bon genre qui vivait tranquillement dans l'ombre de Daniel Leroy. Je laisse derrière moi une traînée de parfum capiteux et de bravade. Les femmes qui me condamnent doivent sûrement fantasmer sur mes rapports avec Raoul-la-Bête. Et certains mâles, j'en suis sûre, malgré leur soi-disant dégoût et leur condamnation, donneraient cher pour goûter à celle qui a su gagner les faveurs de l'un des hommes les plus puissants du pays. Je n'ai pas choisi les circonstances dans lesquelles je me retrouve. Je dirais même que, dans une certaine mesure, Daniel est responsable de ce qui nous arrive. Exalté par la défense de causes justes, avait-il pensé à notre vulnérabilité ? Avait-il pris la mesure de ce pouvoir qui ne recule devant aucun obstacle ? Les gosses et moi, ne sommes-nous pas aujourd'hui victimes de la présomption de Daniel, de sa légèreté ? Mais je l'aime trop pour lui garder des pensées rancunières. Des volontés au-delà de nos forces ont décidé de la tournure de nos vies. Nous avons été séparés avec une violence inouïe, Daniel, tu as disparu de nos vies du jour au lendemain, sans un au revoir. Je devais y faire face en sollicitant mon instinct de survie.

Les proches de Daniel sont aussi divisés en deux camps à mon propos. Ceux qui ont tiré un trait sur mon existence et les autres qui s'abstiennent de juger, par amitié ou par intérêt. On ne sait jamais, il est toujours bon d'avoir accès à l'autorité, une question de survie. Dieu merci, Arlette ne met plus les pieds à la rue des Cigales. C'est la seule bonne chose qui me soit arrivée depuis un bout de temps. Elle raconte partout que je couche avec un macoute dans le lit de

Daniel. Facile. D'abord, Raoul a fait changer le lit et l'ameublement de la chambre à ma demande, et ensuite elle n'a pas levé le petit doigt pour sortir son frère de l'enfer. Il paraît que son amant, le major, a pris l'exil. Le plus dur pour moi furent les mots de mon frère Roger. Il ne m'a pas jugée, il m'a même dit qu'il comprenait ma situation mais qu'il ne viendrait plus chez moi tant que le secrétaire d'État serait mon hôte. Je vais le visiter moi-même de temps en temps et j'emmène Marie et Nicolas. Il ne faudrait surtout pas que les circonstances de ma vie m'éloignent de mon seul parent proche.

Le secrétaire d'État est entré dans notre demeure comme la pluie par une fenêtre ouverte. Comment pouvais-je le faire sortir ? Nous allons mieux, matériellement. Même mieux que quand Daniel prenait en charge notre famille. Le secrétaire d'État pourvoit à tous nos besoins, il laisse chaque premier lundi du mois une enveloppe sur ma coiffeuse, toujours du liquide. J'apprécie sa discrétion. L'hypothèque à la banque est honorée chaque mois, l'écolage des enfants payé régulièrement. Ma cassette à bijoux est devenue plus lourde au fil des semaines. Et en plus de cela, il ne rate jamais une occasion de nous offrir des petits présents, des marques d'attention, des gâteries pour mettre de la douceur sur nos jours. Au milieu de notre malheur, nous n'avons pas à souffrir de toutes sortes de privations et d'humiliations. Et tant pis pour ceux qui pensent que nous devrions crever de faim en plus.

Daniel sera libéré dans un an, ou deux, ou peut-être plus. Selon Raoul. Il n'aime toujours pas me parler de Daniel, je dois lui arracher chaque information par la force ou la persuasion. S'il pouvait par un tour de magie effacer son souvenir de ma mémoire il serait l'homme le plus heureux du monde. Mais connaît-il parfois le poids du remords ? Que ressent-il à voir mes enfants grandir sans la présence de leur père ? Comment peut-il pénétrer dans cette maison et profiter de la famille d'un homme qui désapprend chaque jour à être un homme ? Nirvah... Nirvah, est-ce qu'un individu comme Raoul, un tortionnaire, un cynique dévoué à une cause sanguinaire peut éprouver des sentiments comme la pitié, la compassion, la culpabilité ? Tu sais bien que non. Si tu veux oublier sa vraie nature, pour garder un semblant de raison dans ta tête, vas-y, fais-le. Mais ne te laisse jamais aller à croire que Raoul est devenu bon parce qu'il est bon pour toi. Il n'a aucun état d'âme concernant ton mari. Daniel peut bien crever en taule ce n'est pas le secrétaire d'État qui lèvera le petit doigt pour l'empêcher. Il t'a achetée, tu es son objet le plus précieux et il brisera tout obstacle entre lui et son bien-être. Jusqu'à ce jour, je n'ai pas pu visiter Daniel au Fort-Dimanche. Cette faveur lui est refusée et Raoul m'a dit ne pas pouvoir contrevenir à cette décision. Il a accepté de lui transmettre une lettre de ma part, une seule fois, c'était encore à nos débuts. Aurait-il couru le risque de me mettre en présence de Daniel ?

Sûrement pas. Sous le coup de l'émotion, qui sait quel aveu j'aurais fait à mon mari ? Aurait-il couru le risque de me mettre sous les yeux un remords vivant, rendu à l'état de loque humaine ? J'en doute. Je n'ai plus de contact, je n'ai que sa parole me confirmant que mon mari vit encore. Même la rumeur semble avoir déjà oublié son existence. Raoul a promis de faire installer le téléphone chez nous.

Certains jours je me réveille avec la certitude que Daniel est mort, que Raoul m'enveloppe dans un grand tissu de mensonges depuis tous ces mois, pour faire durer son plaisir, pour profiter cyniquement de moi. Ces jours-là, l'ancienne Nirvah se réveille, celle qui ne saurait faire confiance à un homme du pouvoir, celle qui ne saurait accepter un compromis cousu de fil blanc. Je sais que Raoul se joue de moi. Mais tout de suite ma raison trouve des arguments pour justifier ma passivité et ma tolérance. Il fait bon vivre à Port-au-Prince. La rue des Cigales est devenue belle, elle croule sous les fleurs, envolée la poussière. La musique, le soleil, la mer et l'amour sont à portée des cœurs. Raoul m'emmène parfois manger dans des restaurants chics, chez Dan Allen ou au Vert Galant le personnel lui réserve toujours des tables discrètes. Il fait si bon danser dans les jardins de l'hôtel Beau Rivage. Je raffole de l'orchestre d'Issa El Saieh, la rumba me fait rêver. Raoul danse bien et quand il me tient dans ses bras son corps est traversé de frémissements qui se glissent sous ma peau. Pourquoi bouleverser la routine des jours ? Pourquoi priver ma soif d'exister de précieuses gouttes de vie ? Pourquoi énerver Raoul ? Et s'il disait vrai ? Il y a plein de prisonniers politiques qui croupissent depuis des années dans les geôles de la dictature. Et si Raoul se lassait de mes jérémiades et me quittait ? Il me veut forte, à la hauteur des épreuves de ma vie. Tant de fois j'ai été sur le point de lui demander si Daniel était encore en vie. Tant de fois j'ai voulu lui crier mes doutes, lui dire que je n'avais en lui aucune confiance, qu'il me faisait horreur. Je me suis à chaque fois retenue. Au fond de moi, je crains que finalement, un jour, il ne me dise que oui. Oui, il est mort, ton Daniel, une balle dans la nuque. On l'a foutu dans un trou, un charnier, sur le grand terrain vague, derrière Fort-Dimanche. Il n'a que les cabris pour lui tenir compagnie et lui bêler quelques prières. Il est mort en te laissant avec tes deux gosses à élever, avec ta belle Marie et son corps de femme à nourrir et à préserver de la convoitise des prédateurs, avec ton surdoué de fils à qui tu ne pourras payer une scolarité décente, avec ton chagrin qui s'est égaré dans les divagations de la volupté et avec l'opinion des bonnes gens pour t'ensevelir, toi aussi. Moi, je fous le camp, ma belle. J'en ai ras le bol de tes remords et de tes pleurnicheries. Que ferais-je, lors ? Je vis dans l'attente, dans une expectative tranquille que je ne veux bouleverser. Je préfère ne pas savoir, pas maintenant. Tant que Daniel reste en dehors de notre relation, j'obtiens de Raoul ce que je veux. Et nous restons vivants.

J'ai discrètement enlevé de ma chambre tout ce qui rappelle Daniel. J'ai fini par comprendre que pour ce gouvernement l'oubli est la tactique pour écarter les opposants. Leur disparition totale provoque parfois des protestations ou des articles de journaux à l'étranger. Ils sont gardés en prison le plus longtemps possible afin de leur casser les ailes, les zombifier, pour qu'ils abandonnent toute velléité de récidive à leur sortie. Raoul m'a certifié que le mois dernier il a fait élargir deux dissidents de ses amis arrêtés depuis près de quatre ans. Mais lui aussi doit faire attention, tout en jouissant des pleins pouvoirs, il prend ses précautions pour ne pas passer pour un renégat. Les ennemis, les envieux, les rivaux en veulent à sa toute-puissance et n'attendent qu'un faux pas. Il évolue dans un monde tissé d'intrigues, de coups bas. Les choses ne sont faciles pour personne, partisans comme ennemis. La délation est devenue le sport national. De plus, le fou au pouvoir obéit souvent à d'occultes pulsions ou à de simples lubies et peut faire disparaître du jour au lendemain son serviteur le plus fidèle. Raoul peut toutefois s'assurer que Daniel soit relativement bien traité. Il m'a dit qu'il avait été hospitalisé par deux fois parce qu'il faisait la grève de la faim. Cette pensée m'est insupportable.

Les enfants ne le sont plus tout à fait. Marie est une belle jeune fille de seize ans, elle a hérité du corps plantureux de ma mère et du teint chaud de Daniel. Avec ses longs cheveux cannelle, elle donne toujours l'impression de sortir du soleil. Je n'en reviens pas de la voir tellement transformée, rien qu'en deux ans. Elle aime sortir, aller danser et s'amuser. Je la laisse faire, elle a besoin d'oublier. Notre maison est devenue le point de rencontre d'un petit groupe de filles et de garçons qui sont les camarades de Marie. Des rejetons de familles duvaliéristes pour la plupart. Chez nous il y a la télé, la clim, des collections de magazines, les derniers disques des Beatles, de Johnny Hallyday ou de Dick Rivers, la musique qui fait rêver les jeunes. Marie ne parle presque plus de son père. Mais je sais qu'elle ne l'oublie pas. Elle attend comme moi son retour. Elle craint comme moi son retour. Je voudrais tellement être plus proche d'elle, connaître les mouvements de son cœur, ses espoirs, ses doutes. Il arrive que nous échangions un regard et que dans ce regard passe l'aile d'une angoisse. Trop de non-dits se dressent entre nous. Les mots que je voudrais lui dire sont des tessons de verre qui me lacèrent la langue. Saurons-nous jamais reprendre notre vie d'avant, retrouver notre complicité d'avant? Cette blessure pourra-t-elle jamais se refermer?

Nicolas a grandi à mon insu. Je ne le connais pas bien mais l'amour entre nous se passe de compréhension. Une sorte d'amour muet, instinctif, n'ayant rien à voir avec les douleurs du quotidien. Il demeure timide avec les étrangers. Il est toujours aussi affectueux et ses caresses me surprennent aux moments les plus inattendus. Il a beaucoup moins d'amis que sa sœur. J'ai craint longtemps le jugement de mes enfants, mais leur amour pour moi transcende la cruauté de la vie. Nous n'avons jamais parlé ouvertement de Raoul ni de sa présence dans notre foyer. Quand il fallait le faire j'ai estimé qu'ils étaient encore trop jeunes pour comprendre, du moins, c'est la raison que je me suis donnée pour excuser ma lâcheté. Maintenant qu'ils sont plus grands, cela ne servirait plus à grand-chose. Nous ne pouvons pas défaire ce qui est fait, nous ne pouvons pas revenir sur le passé. Mon fils dessine. C'est fou ce qu'il est doué. C'est venu comme ça, un jour il s'est mis à dessiner et il n'a plus arrêté. Raoul lui paie des cours, il attire déjà l'attention des connaisseurs. Daniel sera fier de lui. Raoul est comme une sorte d'oncle pour Marie et Nicolas. J'ai découvert un autre homme en lui. Il n'est pas le personnage rustre qu'il paraît. Sa culture générale est vaste, il a beaucoup voyagé. Il déteste la vulgarité. J'aime ces longs moments, après l'amour, où il me raconte ses voyages, ses expériences de la vie. J'arrive alors à oublier qui il est aujourd'hui. La lecture reste son passe-temps favori même s'il n'a plus beaucoup de temps pour lire. Il est aussi un helléniste amateur, tout ce qui touche à l'Antiquité grecque le passionne. Il m'a offert récemment une superbe édition illustrée de *L'Iliade* et de *L'Odyssée* en trois tomes. Marie ne l'aime pas, elle le méprise, elle dissimule bien mais elle ne me trompe pas. Raoul lui a promis un voyage à New York cet été si elle réussit son année scolaire. Il a un faible pour Nicolas et le gâte beaucoup. Il me demande toujours de veiller de près aux fréquentations des enfants. Je n'ai pas oublié ce que m'a dit Solange une fois à propos du jardin secret de Raoul. Mais je ne peux croire que cet homme que je connais soit attiré par les hommes, encore moins par les enfants. Il ne semble jamais avoir assez de mon corps, même après tout ce temps. Son désir pour moi se manifeste dès qu'il met les pieds dans la maison. Raoul n'encombre pas notre vie, il sait rester discret, et pourtant il est omniprésent en notre demeure, s'occupant de tout, allant au-devant de nos besoins. Parfois, à la tombée du soir, il nous emmène en promenade au Bicentenaire. J'aime ces longues balades sur le boulevard Harry-Truman, depuis La Saline, jusqu'à l'entrée de Carrefour. Le parfum de la mer m'enivre et m'emporte bien loin. Le ballet langoureux des cocotiers est si beau. Il y a toujours plein de lumières dans le vieux Port-au-Prince et sur le bord de mer. Le casino ouvre ses portes tous les soirs, les restaurants ne chôment pas, Africana… Sunset Chalet où nous allons boire de la crème glacée. Les hôtels reçoivent un flot régulier de touristes venus jouir du soleil et des plages d'Haïti. Je me souviens de l'inauguration de la Cité de l'Exposition, je devais avoir dix-huit ans, c'était sous le gouvernement d'Estimé. Daniel et moi venions de nous marier. Nous vivions un amour fou. Raoul nous visite deux ou trois fois par semaine, ces soirs-là il dort avec moi. Mon lit est froid quand il n'est pas là. J'arrive à croire parfois que tout va pour le mieux et dans ces moments je retrouve l'infinie douceur des jours.

33

Les hommes me dévorent des yeux, les vieux surtout, ceux qui ont l'âge de Daniel. Ils me suivent du regard partout où je vais et leurs œillades me font vivre avec plus d'intensité. Ils me donnent chaud sous la peau. Je voudrais que le monde entier m'adore, comme Daniel m'adorait. Je voudrais être une star de cinéma et avoir à mes pieds des hordes de fans en délire. J'ai lu dans *Nous Deux* qu'à mon âge BB avait tourné son premier film et connaissait déjà le succès. Pourquoi pas moi ? Mais ici il ne se passe rien, si je vivais ailleurs, à Paris ou à New York, peut-être… Les filles de mon âge sont bien pâles à côté de moi. Mes copains du collège me disent un mélange d'ange et de démon. C'est vrai que je suis belle, je ressemble physiquement à maman, mais là s'arrête toute ressemblance. Autrement, il n'existe que des malentendus entre nous deux.

Je couche avec Raoul depuis mes quinze ans. C'est arrivé un jour où je gardais le lit à cause de la grippe. Raoul est passé à la maison par hasard, maman faisait des courses dans sa petite voiture. Il est entré dans ma chambre prendre de mes nouvelles, m'a demandé comment ça allait à l'école, et il est ressorti. Trente secondes après il revenait en trombe dans la pièce, les yeux fous, les mains en feu. Il s'est jeté sur moi comme une brute. Je me suis débattue, je l'ai repoussé des ongles et des dents. Nous nous sommes battus, sans un mot, sans une plainte. Il soufflait comme un bœuf. De la salive dégoulinait de son menton. Il m'a giflée à deux reprises, ma tête bourdonnait autant qu'une ruche, j'ai pris pour la première fois le goût du sang dans ma bouche. Il a eu raison de moi, j'ai fini par céder, mes forces ne tenaient plus. Il m'a fait mal et j'ai saigné. Après je suis restée prostrée, incapable de bouger. Avec son mouchoir blanc, il a essuyé le sang et la bave qui coulaient d'entre mes jambes et l'a remis dans sa poche. Il m'a ensuite demandé pardon, il paraissait encore plus effrayé que moi. Tout s'est passé si vite, un assaut brutal et inattendu, un éclair de douleur, puis rien.

Pendant quelques jours j'ai cru que ma douleur et ma honte se lisaient sur mon visage, que tout le monde pouvait les voir et me condamner. Me condamner de quoi ? C'est drôle, mais j'avais l'impression d'être coupable de quelque chose. Raoul Vincent m'avait fait mal et je m'en voulais. Je semblais mériter ce qui m'arrivait. Comme je méritais d'avoir un père en prison. Sinon, pourquoi toute cette poisse dans ma vie ? Un courant m'emportait que moi seule connaissais. Il me fal-

194

lait m'agripper à quelque chose, résister au courant. Je me suis accrochée à Raoul. Je ne suis pas allée vers ma mère, elle n'a rien deviné, rien compris. Et je lui en ai voulu de n'avoir pas entendu les cris de mes yeux. Maman était parvenue à un équilibre négocié avec elle-même, elle avait décidé de croire que la vie n'était pas si mal, qu'elle pourrait vivre sans trop grand souci dans l'ombre fraîche de sa maison de la rue des Cigales. Elle appliquait le principe de la paix macoute. Tant que tu n'emmerdes pas ces messieurs à faire des grèves ou des invasions ou à distribuer des tracts, les chances de blessures sont minces. Daniel, lui, n'acceptait pas ce principe. J'entendais parler de disparitions d'écoliers ou d'étudiants, mais moi j'avais eu ma part de douleur, je la vivais dans le plus secret de ma chair. Les jours passent avec leurs petits plaisirs, leurs mitrailles dans la nuit, on ne fait pas de vague. En attendant Raoul comblait sa vie, dans la fausse attente de Daniel. Pourquoi lui dire que le secrétaire d'État m'avait violée ? Je ne voulais pas voir la déroute de ma mère, elle masquait déjà si mal sa défaite à mes yeux. Il y aurait eu trop de confusion dans notre atmosphère. Elle vivait deux vies, l'une où elle attendait Daniel et l'autre où elle jouissait d'être la maîtresse du secrétaire d'État. Je me retrouvais à l'intersection de ses deux existences, un espace neutre où nos sentiments s'ignoraient, où nous parlions de robes, de sorties, de notes d'école, de messes du dimanche et de rentrer tôt les jours de couvre-feu. Moi je savais très bien les contours de mon existence et je devais lutter chaque jour pour qu'ils ne se referment pas sur moi et ne me broient. Et le temps passait. J'en arrivais à me demander si j'avais été vraiment violée. Avais-je imaginé cette scène, vraiment entendu ces halètements emportant ce qui me restait d'innocence ? Mon innocence... il me semble que je l'ai perdue il y a des années-lumière. Ziky ne vient plus se glisser comme un parfum d'oranger sous ma fenêtre. Ce petit ami que mon enfance avait imaginé me paraît à présent tellement lointain et dérisoire. Je suis restée longtemps dans une sorte de brouillard, me posant sans arrêt des questions sur moi-même. Me demandant comment je me sentais, si j'étais censée vivre encore, comment le soleil pouvait continuer de se lever chaque matin et s'en aller dormir le soir, après ce qui m'était arrivé. Mais voilà. C'était fini. Les jours passaient et le soleil manfoubin suivait son chemin, de l'aurore au crépuscule. Je n'étais plus la même et je n'en étais pas morte. C'était cela être femme ? Le grand mystère des adultes ? Plutôt décevant la première fois. La deuxième fois fut moins pénible, je ne me suis pas battue et Raoul m'a caressée comme une enfant, m'a dorlotée comme un bébé. Sa présence, son odeur me terrorisaient mais quand je fermais les yeux tout allait bien, j'écoutais uniquement les échos de mon corps emplissant ma tête. Un long soupir est monté de ma peau en me libérant. Et j'ai appris à aimer ce qu'il me faisait, au fur et à mesure de nos rencontres mes mains allaient au-devant de ses désirs. J'étais une bonne élève comme les aiment les professeurs. Et puis j'ai compris que je pouvais le contrôler avec mon corps. Finalement les hommes, ce n'est pas si terrible. Dire que j'avais tellement peur de M. le secrétaire d'État. Toute cette réputation qu'on lui fait, moi je n'en vois pas la raison. Si je ne vais pas le retrouver à l'un de nos rendez-vous il est malheureux pendant des jours. Si je veux obtenir quelque chose de lui, je ne lui parle pas pendant un bout de temps, je lui fais la tête, il finit toujours par céder. Des fois maman me demande de ne pas être aussi désagréable avec lui, la bonne blague. Il est jaloux de moi, de mes copains qui viennent à la maison. J'organise de temps en temps des petites fêtes, ça lui déplaît. J'ai un petit ami qu'il déteste, il me met en garde contre lui, il connaît sa famille, des parvenus qu'il me dit. Moi je l'aime bien Anthony, il est beau, il me fait rire et il aime s'amuser comme moi.

Je pense parfois à Daniel. Penser à lui ouvre un trou énorme dans ma poitrine. Je refuse d'imaginer sa vie. Se peut-il que nous vivions dans le même pays ? Raoul m'a promis de faire tout son possible pour le libérer. Je n'y crois pas, il veut nous garder, maman et moi et Nicolas, pour lui seul. Nous avons tous trahi Daniel, dans nos corps, dans nos pensées, avec nos gestes, même la maison l'oublie un petit peu plus à chaque jour qui passe.

34

Raoul Vincent n'aimait pas le garçon. Il n'aimait pas son regard trouble, son beau visage inexpressif, sa réserve qui pouvait passer pour de l'arrogance ou du dédain. Il n'aimait pas sa puberté fragile, ses longs membres grêles, ses cheveux paille de maïs, Nicolas n'était pas une vraie graine d'homme. Avec Marie il avait su dès le départ à quoi s'en tenir. La petite flamme de défi au fond de ses yeux en disait long sur sa nature profonde. Une gamine gâtée par son père que Nirvah n'avait pas su retrouver quand l'épreuve les avait frappées. La révolte de Marie trouvait un exutoire complexe dans sa mère qui symbolisait à ses yeux toute l'injustice du monde. Il avait été facile pour Raoul de jouer sur cette corde sensible pour arriver à ses fins avec l'adolescente. Marie tenait de l'ange et du démon, une jeune rebelle, une survivante qui parait et rendait les coups. Elle lui ressemblait, d'une certaine façon. Elle lui inspirait de l'audace et renouvelait en lui le goût de la conquête. Depuis la sujétion de Marie il habitait le toit du monde. Nicolas, lui, demeurait une énigme. Sa révolte restait intérieure. Asthmatique et fragile, il ne semblait pas vouloir sortir de l'enfance malgré ses treize ans. C'était peut-être sa façon de fuir sa réalité. Replié sur lui-même, il habitait un univers secret. Le garçon regardait vivre Raoul dans l'intimité de sa mère, l'observait à distance, lui parlait rarement ou par personne interposée, mais aucun échange réel n'avait eu lieu entre eux depuis qu'il fréquentait la maison de la rue des Cigales. Ce qui déroutait surtout Raoul était de ne pas savoir ce que le garçon pensait vraiment de lui. Le secrétaire d'État réagissait mieux face à un ennemi, il comprenait la haine et savait l'exploiter. Mais l'indifférence le dérangeait et l'irritait. Pour Nirvah, il avait fait l'effort de s'intéresser à Nicolas. Il lui avait offert un vélo que le garçon peu sportif n'utilisa jamais et un bracelet-montre dernier modèle que le gamin ne porta jamais non plus. Nicolas ne réagissait que lorsqu'on s'intéressait à ses croquis, à ses dessins, sa seule passion. Son talent de dessinateur s'affirmait de plus en plus. Raoul Vincent lui payait des cours chez un peintre connu et assez excentrique et lui fournissait largement le matériel dont il avait besoin. Il le faisait pour Nirvah dont Nicolas était la grande faiblesse. Elle aimait ce garçon d'un amour démesuré tout en exigeant de lui qu'il réponde à des principes d'éducation d'une trop grande sévérité. Elle l'étouffait, l'empêchait de devenir un homme, un vrai, pensait le secrétaire d'État. Raoul Vincent était sûr de ne plus désirer d'homme. D'ailleurs Nicolas n'en était pas encore un avec ses treize ans frêles et son acné juvénile. Pourtant le gamin lui rappelait étrangement cet adolescent qu'il avait été et qui s'était trouvé désemparé devant la vie. Même si leurs histoires ne présentaient pas beaucoup de similitudes, elles avaient en commun l'adolescence livrée à la cruauté et l'incertitude des jours. Le secrétaire d'État avait fait une croix sur ce temps de sa prime jeunesse où des hommes l'avaient initié au plaisir charnel, presque à son corps défendant. Un oncle voulant rendre service à son père l'avait introduit auprès d'un personnage respecté de la société port-au-princienne pour lui demander de parrainer le jeune garçon qu'il était lors, brillant à l'école mais à l'avenir handicapé par la pauvreté. Le personnage tint parole, Raoul Vincent suivit ses classes secondaires dans une école congréganiste privée de la capitale et passa ses examens de terminale avec succès. Il avait payé de son corps les largesses de son bienfaiteur qui l'avait introduit dans un club fermé d'homosexuels. Parmi lesquels se trouvaient des brutes et des pervers. Ceux-là ne pourraient plus raconter leurs prouesses avec ce jeune pubère aujourd'hui secrétaire d'État tout-puissant, leurs lèvres à jamais scellées dans la mort. Les survivants qui s'en souvenaient encore faisaient le choix de l'amnésie et s'arrangeaient pour se faire oublier de la vindicte de l'homme fort de Duvalier. C'est vrai, il avait aimé des hommes et jusqu'au début de la vingtaine le plaisir charnel ne lui provenait que de ses échanges ambigus avec des corps pareils au sien.

À force de volonté et soutenu par sa grande ambition, il avait réussi à surmonter ce penchant, à refouler ces élans qui ne seyaient pas à ses projets
d'avenir et à l'image de virilité d'un homme fort.
Le jeune avocat fougueux et opportuniste qui avait
trouvé dans la révolution de 1946 l'occasion en or
de faire ses premières armes et de se positionner
dans la politique avait découvert avec voracité le
goût des femmes, même s'il s'étonnait lui-même
de ne pouvoir en jouir que dans la violence. Oui,
Raoul Vincent ne désirait plus les hommes, il ne
s'adonnait plus à cette pratique dont il cachait la
honteuse mémoire comme un stigmate. Et justement, comme Nicolas n'était pas un homme, la
chaleur qui montait dans ses phalanges, les frémissements qui lui parcouraient l'aine quand son regard croisait celui du garçon dans la maison ne
pouvaient provenir de cette ancienne exigence
qu'il avait maîtrisée depuis si longtemps. Il imputa
ses réactions à d'incertains sentiments paternels
mêlés de curiosité devant ce jeune bourgeois ne
sachant rien de la vie, de la vraie vie du petit Haïtien qui naissait avec toutes les chances contre lui.
Ses yeux de myope noyés sous des verres épais lui
faisaient vaguement pitié. Ce ne pouvait être que
cela et rien d'autre.

Tout commença quand Nicolas lui demanda
un soir s'il pouvait l'aider à traduire un texte pour
son devoir de grec du lendemain. Cette sollicita-
tion le prit au dépourvu. Pourquoi lui ? Pourquoi
maintenant ? L'enfant paraissait vraiment embêté,
cette demande avait dû lui coûter. Raoul chercha

Nirvah des yeux et elle lui sourit, l'encourageant à y répondre. Nirvah s'en voulait souvent de la froideur de Nicolas envers Raoul. Le geste de son fils signifiait peut-être qu'il grandissait et se débarrassait de sa rancune refoulée envers l'homme qui pour des raisons confuses prenait la place de son père. Le geste de l'enfant la soulageait un peu de sa conscience. Nicolas avait tellement besoin d'un père, d'un modèle, si Raoul voulait lui donner un peu d'attention il pourrait jouer même temporairement ce rôle, se disait Nirvah. Raoul aimait le grec. À l'époque de ses humanités il lisait le latin et le grec dans le texte et prenait un orgueilleux plaisir à se plonger dans l'histoire de la Grèce antique, ses dieux et ses mythes, ses héros et ses philosophes auxquels il s'identifiait souvent.

Le secrétaire d'État acquiesça finalement à la demande du garçon. Ils s'isolèrent dans une petite salle attenante au salon pour travailler loin du bruit de la maison. Raoul retrouvait sur un fond de sensations confuses les premières notions de cette langue qui avait apporté à la civilisation occidentale la philosophie, l'art et l'architecture, la musique, la médecine, les mathématiques et l'astronomie. Il se souvint de la citation d'André Chénier coiffant le premier chapitre de son manuel de grec de classe de seconde : « Une langue sonore, aux douceurs souveraines, le plus beau qui soit né sur des lèvres humaines. » Raoul éclaira pour Nicolas des éléments de grammaire. Il lui expliqua avec patience et en termes simples l'usage du réel, de l'irréel, de l'éventuel, du potentiel et du répétitif dans la conjugaison grecque.

Le gamin, sans le savoir, le ramenait à un temps de frayeurs et d'émerveillements, de découvertes et de douleurs. Nicolas était un enfant extrêmement intelligent que sa nature craintive handicapait. Il fallait seulement le mettre en confiance pour que sorte le meilleur de lui-même. Raoul Vincent le comprit et usa d'un grand tact pour ne pas le braquer. Nicolas demeura toutefois nerveux tout le temps que dura la leçon, essayant de se tenir le plus loin possible de Raoul. Ils passèrent près de deux heures ensemble.

Éromène… Ce mot ne quittait pas la tête du secrétaire d'État pendant qu'il observait Nicolas occupé à mettre son devoir au propre, penché sur son cahier. Le temps semblait avoir fait un bond en arrière. Tout lui revenait, son adolescence, ses rêves, ses troubles, l'ambiguïté étouffée, la révolte avalée. Il se retrouvait dans l'innocence de Nicolas et des sensations oubliées le submergèrent avec une force nouvelle. La petite lampe de bureau jetait une lumière dorée sur les cheveux châtains du garçon, soulignait ses cils épais. Raoul s'émut de ses ongles rongés, de ce tic qui lui faisait mordre sa lèvre inférieure pour s'appliquer. La même chaleur monta à ses phalanges, le même fourmillement le reprit à l'aine. Il dévorait l'enfant des yeux. Il en avait la gorge sèche. Éromène. Le garçon d'amour. L'évidence s'imposa à lui avec une brûlante urgence. Il ferait de Nicolas son garçon d'amour, comme dans la noble tradition de l'aristocratie grecque. Il serait son Éraste. Son mentor. Son papa d'amour. Il lui enseignerait la vie, la politique, le plaisir, lui inculquerait le goût du beau, de la qualité. Il fallait un homme pour sortir l'homme de cet enfant, pour le retirer de cette sorte de gynécée que constituaient son foyer et les deux femmes qui l'y couvaient. Pendant plusieurs siècles, de la Crète à Sparte, d'Athènes aux îles de la mer Égée, de l'Anatolie jusqu'aux littoraux de Sicile, du sud de la France, de l'Espagne et de l'Afrique du Nord la pratique de l'amour intergénérationnel fut le médium pédagogique par excellence de l'élite des garçons de douze à dix-huit ans. Raoul Vincent revoyait les images gravées sur les amphores, les coupes ou les bas-reliefs antiques montrant de jeunes et beaux garçons couchés à côté de leurs maîtres qui assuraient jusqu'à leur sortie de l'âge pubère leur éducation à tous les niveaux. Un éromène accompagnait son éraste dans les gymnases, les symposiums, les festivals et les banquets spécialisés. L'adolescent portait une tunique qui lui arrivait à mi-cuisse et sous laquelle il allait nu. Il dégourdirait Nicolas, lui communiquerait l'assurance qui lui manquait tant. Raoul Vincent eut peur un instant. Un doute, comme un lourd nuage, passa dans le ciel de son bonheur anticipé. Était-il repris par le démon de l'homosexualité, envers un enfant en plus ? Subissait-il de nouveau ces pulsions qui le dégoûtaient et le fascinaient à la fois au temps de ses vertes années ? Avait-il le besoin inconscient de faire subir à cet innocent les mêmes traitements qu'il avait subis ? Non... tout cela était loin. Loin de lui les plaisirs abjects, la promiscuité, la luxure, la violence. Loin de lui tout esprit de vengeance. S'agissait-il de pédérastie alors ? Peut-être... mais au sens noble du terme. Plutôt un échange inter-générationnel pour le grand rite de passage vers l'éloquence, la force physique, la connaissance. La pénétration sexuelle entre un éraste et son éro-mène était assez rare. Ils s'adonnaient en re-vanche à des attouchements et à des rituels érotiques qui les menaient à l'extase de manière bien plus raffinée. Les Grecs avaient élevé cette tradition au rang de vertu civique et établi une codification minutieuse de la question. Platon, Socrate et bien d'autres philosophes de la Grèce classique ont laissé des pages de commentaires sur sa pratique et son utilité dans la société. Même leurs dieux s'y livraient. Zeus kidnappa Ganymède et en fit son compagnon de plaisir. Achille et Patrocle étaient amants. Héraclès prit pour éro-mène son neveu Iolaus, jeune compagnon d'aven-tures qui l'aida à couper l'une après l'autre les neuf têtes de l'Hydre. Raoul ressentait désormais une grande tendresse envers l'adolescent. Il ne lui voulait que du bien. Mais il devrait commencer par l'apprivoiser, le mettre en confiance, subtile-ment réveiller en lui la conscience de son sang, susciter la curiosité de son sexe. Sans aucun doute la nature commençait déjà à se manifester dans son corps à travers ses rêves et ses raideurs du petit matin. Il pensait déjà au moyen de passer du temps avec lui, dans l'intimité de leur nouvelle relation. Raoul promit à Nicolas de lui accorder une heure deux fois par semaine, pendant deux ou trois semaines, pour revoir avec lui les éléments de base et les généralités du grec afin de le remettre au niveau de la classe. Au bout de ces séances, Raoul se faisait fort de gagner la confiance de Nicolas, de le troubler assez et de le rencontrer hors de la maison. Ne crains rien, mon petit. Je t'apprendrai l'amitié, la vraie, celle qui unit les hommes pour la vie. Je comprends tellement bien les mouvements de ton âme. Je saurai te libérer de la peur. Je t'amènerai sur les rives de la jouissance et tu en feras de même pour moi. Tu seras mon garçon d'amour. Et moi, ton papa d'amour.

35

Maggy enfourne sa dernière bouchée de pain-patate, les sourcils froncés. Elle prend ensuite une gorgée de Cola, s'essuie la bouche avec sa serviette, elle rote, soupire et se penche en arrière pour faire balancer la dodine. Les bracelets à ses poignets tintinnabulent. Voilà, elle va me parler, la lumière est propice.

« On dit de drôles de choses en ville, Nirvah… au sujet de ta famille…

— Maggy chérie… je suis devenue insensible aux ragots… tu le sais, sinon je serais déjà morte. Mais je suis d'accord avec toi, je vis une drôle de vie… »

Je m'attendais un peu à ces mots, le visage de mon amie me dit depuis son arrivée qu'elle couve des pensées sombres. Comme je voudrais ne pas les entendre ! Mon détachement ne la convainc pas, quelque chose la tracasse vraiment. On est dimanche après-midi, Maggy a déjeuné avec moi comme presque tous les dimanches. Nous avons arrosé d'une liqueur au rhum notre pudding de patates douces qu'Yva a réussi à la perfection. Une douce lassitude m'alourdit les paupières, j'ai les jointures molles. La maison est en paix, Marie pique-nique à la Mer Frappée avec ses copains et Nicolas passe la journée avec ses cousins, chez son oncle Roger. Raoul nous visite très rarement le dimanche. Pourquoi venir déranger la sérénité de mon dimanche après-midi avec des racontars ? Mais Maggy ne se taira pas, il vient toujours un temps où certains mots doivent être dits et pas d'autres.

« Tu me connais, Nirvah… bien que mon salon de beauté soit un haut lieu de ragots, je prends toujours ces histoires avec distance et circonspection. Cela ne m'amuse même plus de voir ces bonnes femmes se badigeonner les unes et les autres de fiel et de merde. Mais cette fois… je crois que tu devrais prêter attention. Il s'agit de tes enfants… »

L'alarme. Je me redresse sur ma chaise longue.

« Qui parle de mes enfants ? »

L'aigu soudain de ma voix.

« Hmmm… on dit que… Raoul… abuse de Marie et peut-être même… de Nicolas… dans ta maison. Ça m'a fait l'effet d'une bombe, Nirvah. Je te jure ! J'ai dû arrêter de travailler pendant quelques bonnes minutes et boire un peu d'eau froide pour me reprendre. Tes enfants sont mes enfants. Nicolas est mon filleul. Il faudrait que…

— Arrête… arrête, Maggy. Ai-je bien compris ? On prétend que Raoul couche avec Marie et Nicolas ? Ici ?

— Oui… c'est ce qui se dit… du moins c'est ce que j'ai entendu bien clairement de la conversation de deux clientes qui se faisaient une manucure. »

Je pars d'un grand éclat de rire. Il me faut rire pour évacuer cette charge d'émotions violentes qui m'enserre la gorge comme les mains d'un assassin essayant de m'étrangler. Maggy me regarde, troublée, elle sourit à son tour, déroutée, elle ne s'attendait pas du tout à ma réaction. Je m'arrête enfin.

« Tu as bien fait de m'en parler, Maggy. Tu vois jusqu'où peut aller la perversité des Haïtiens ? Au fond, c'est ce qu'ils voudraient, ils voudraient me voir détruite, ils se réjouiraient de me savoir anéantie. J'ai résisté aux coups du sort et on ne me le pardonne pas. Il me faut mordre la poussière. Voilà pourquoi ils s'attaquent à mes enfants, ce que j'ai de plus précieux. Mon Dieu !…

— Bon… en tout cas, fais quand même attention, Nirvah. Raoul n'est pas un saint. À cause des circonstances… tu es bien obligée de… le fréquenter… mais nous connaissons sa réputation. Mais toi, n'as-tu jamais rien remarqué de suspect dans ses rapports avec eux ?

— Non… Maggy. Rien… rien du tout. Raoul est plutôt sévère avec Marie, il se soucie beaucoup de ses fréquentations. Je lui ai même demandé une fois, pour rire, s'il n'était pas un peu jaloux de ma fille. Elle ne l'aime pas, elle lui fait sentir à sa façon qu'il n'est pas le bienvenu dans la maison. Raoul essaie de se faire accepter en lui offrant toutes sortes de petits cadeaux. Ce n'est pas facile de gérer cette situation. Tu ne me croiras pas Maggy, même Nicolas accepte Raoul un peu plus à présent. Raoul l'a aidé pendant trois semaines à mettre son grec à niveau. Depuis lors leurs échanges dans la maison sont beaucoup plus détendus. Nicolas s'ouvre un peu plus à son environnement, probablement un effet de l'adolescence. Il grandit tellement vite ! Il était temps que diminue cette tension qui nous pesait tous dans la maison. T'ai-je dit que Raoul paie aussi des leçons de dessin à Nicolas deux fois par semaine.

— Ah oui ? fait Maggy perplexe. Qui lui donne ces leçons ?

— Oh… un peintre, une espèce d'original bourré de talents, il n'habite pas très loin d'ici. Nicolas peut se rendre à pied à son atelier, ça lui prend vingt minutes de marche.

— Hmmm… enfin… j'espère que tu as raison de ne pas t'inquiéter, Nirvah… moi j'ai déjà entendu plusieurs cas de pères ou de beaux-pères qui ont abusé de jeunes enfants dans leurs foyers même.

— Mais où, quand, comment, Maggy ? je hurle. Je suis toujours là quand il vient ici ! »

Maggy me regarde, l'œil vide, à court d'arguments. Mais elle reprend bien vite :

« Qui peut savoir toutes les combines que peut élaborer un esprit… pervers ? Tu sors de la maison de temps en temps, quand même. Tu… aimes bien parfois aller te recueillir à l'église et les vendredis après-midi tu passes au moins deux heures au salon de beauté… tu fais des courses ponctuellement. Je le sais, Raoul le sait. Peut-être bien qu'il les attire ailleurs. Je l'admets… c'est dingue, mais…

— Non… Maggy. Raoul est hyper occupé. Il n'a pas le temps de courir après des gamins.

— Alors tu devrais peut-être lui faire part de ces rumeurs, question de voir sa réaction.

— Tu… tu crois donc cette… cette horreur… possible ?

— Je n'en sais rien, ma chérie. Mais tout est possible en ce bas monde. J'espère de tout cœur que ce ne sont que des ragots de bonnes femmes vicieuses. Mais… toi seule peux protéger tes enfants. »

J'inspire profondément pour refouler mes larmes. Mon amie est soulagée de s'être débarrassée de ces mots. Il fallait qu'elle m'avertisse, maintenant sa conscience est libérée, elle somnole sur sa dodine mais je la sens toujours tendue.

Passé le choc de la nouvelle, je reste un instant sans réaction, l'esprit vide, dépaysée. Comme une clé, les mots de Maggy ouvrent une boîte enfouie en moi. Mon plaisir avec Raoul. Ma douce honte. Ce plaisir qu'il m'a injecté nuit après nuit, dans le froid de la chambre, en prenant possession de l'endroit et de l'envers de mon corps, en me violentant souvent. Les dimensions insoupçonnées de la volupté que j'ai trouvées dans la soumission à cet homme. Jusqu'à sa laideur qui soulève des frissons de lubricité sous ma peau. Jusqu'à ses odeurs qui m'enivrent avant même qu'il ne me touche. Raoul m'a appris à être une femme, à rechercher la satisfaction de ma chair, à la lui réclamer, à cor et à cri, jusqu'au grand saut dans l'inconnu. Il me dit des mots à me faire pâlir de honte, des mots qui me dévorent le corps. Je ne savais pas qu'une telle jouissance était possible, je n'y croyais pas. Moi, je me contentais des soubresauts de joie que m'apportaient mes amours d'adolescente. Jusqu'à l'arrivée de Raoul dans ma vie, je ne connaissais des plaisirs érotiques que ceux que j'avais découverts à l'horizon de mes dix-sept ans, en épousant Daniel. Je lui donne tout, à Raoul. J'ai accepté de ternir ma réputation, de perdre des amis chers, de passer pour une renégate aux yeux de la société. Pourquoi a-t-il besoin en plus de profaner l'innocence de mes enfants ?

Je me rappelle Solange et son offre saugrenue de cadenasser Marie et Nicolas avec des simples, de rendre leurs corps inaccessibles. C'était au tout début de l'arrivée de Raoul dans ma vie. Je visitais Solange et, de but en blanc, elle m'avait proposé de faire un travail sur les enfants, pour les mettre à l'abri des convoitises, qu'elle disait. Elle n'avait cité aucun nom mais je savais qu'elle pensait au secrétaire d'État. Encore un gouffre sous mes pieds. Je n'aurais jamais accepté de soumettre mes enfants à ce genre de traitement. Parce que je n'y crois pas et aussi parce que je me sentais capable de les défendre moi-même. Même si je fréquente le lakou de Solange, je ne veux pas me laisser prendre au piège de ses croyances, malgré leur attraction. Je dois garder la tête froide. Daniel ne me le pardonnerait pas. Solange connaît bien l'âme humaine, elle observe chaque jour ses pulsions, ses convoitises, ses errances et ses perversités. Elle a pressenti un danger inhérent à la proximité de Raoul dans notre vie. Et si elle avait raison ? Maintenant que Maggy me raconte ce qui se dit sur nous, j'ai froid. Je dois garder mon calme, ces histoires ne sont que tripotages, méchancetés, médisances, malhonnêtetés, des saloperies, rien de plus. D'ailleurs, qui pourrait savoir ce qui se passe chez moi ? Cette information ne pourrait venir que de Raoul lui-même. Raoul ? Abuser de mes enfants et le raconter en ville ? Il y a aussi le personnel de maison. Tinès peut-être, le remplaçant d'Auguste ? Il l'a mis à mon service pour gérer le fonctionnement et l'entretien de la génératrice, entre autres choses. J'ai compris qu'il voulait surtout avoir des yeux et des oreilles à l'intérieur de ma maison, savoir les entrées et sorties, les visiteurs. J'ai fait celle qui ne comprenait pas. Qu'attendre de moins d'un secrétaire d'État à la Défense et à la Sécurité publique, le chef de la police politique du gouvernement ? Tinès est sans couleur, il fait son travail, la maison est propre et son regard fuyant. Toute fuite viendrait forcément de lui. Yva m'est dévouée, j'en suis sûre. Les enfants eux-mêmes se seraient-ils confiés à… mais qu'est-ce que je raconte ? Pas question d'entretenir dans ma tête les méchancetés de personnes aigries. Marie et Nicolas vont bien. Raoul respecte mes enfants.

Je n'ai pas vu venir la vague de nausée. Mon estomac s'est tordu sous l'effet d'un spasme brutal et ma bouche brusquement remplie de bile m'annonçait un désastre imminent. J'ai couru jusqu'à la toilette, la main pressée sur mes lèvres, mais je n'ai pu retenir mon déjeuner qui remontait par jets violents et se répandait sur les carreaux du parquet.

36

Le secrétaire d'État avait tout préparé, tout planifié. Depuis quatre semaines environ, il avait sans aucune difficulté convaincu son ami le peintre Wilhelm Saint-Amand de lui permettre de *discuter* avec Nicolas pendant l'heure du cours de dessin. Saint-Amand qui devait au secrétaire d'État plus d'une faveur ne se fit pas prier. Les deux hommes se comprirent à demi-mot, dans un seul regard. Une salle de la maison fut totalement réaménagée en prévision de ces rencontres éducatives. La pièce située au cœur de la vieille demeure en bois se trouvait à l'abri des ardeurs du soleil, elle gardait toute la journée une agréable fraîcheur et baignait dans une lumière douce. Les feuillages de manguiers et d'acajous arrivant jusqu'aux fenêtres bruissaient doucement à chaque levée de brise. Des gravures représentant des images de l'Antiquité grecque ornaient à présent les murs repeints de vert menthe. Elles montraient de beaux garçons aux cheveux bouclés se livrant nus à des joutes sportives où assistant à des festins, buvant et mangeant, allongés auprès d'hommes barbus évidemment plus âgés. Le secrétaire d'État s'était donné beaucoup de mal pour trouver ces images et les faire agrandir.

À la première visite supposée fortuite du secrétaire d'État chez le professeur de dessin, Nicolas se raidit un peu, malgré tout le travail de préparation de Raoul durant leurs tête-à-tête autour des règles de grammaire et de composition grecque. Nicolas était tiraillé par des forces de même poids. La force des ombres où sa vie avait basculé depuis l'absence de son père. Des ombres où son corps, son esprit, ses élans s'engluaient. Sa seule bouée de sauvetage dans ce monde confus était sa mère. Mais survenait depuis quelque temps la force d'optimisme qui éclatait dans les mots de Raoul Vincent, dans la confiance que cet homme avait en lui, dans le monde immense qu'il lui ouvrait, loin des mesquineries et des frayeurs quotidiennes. Une force de rédemption que ses doutes et ses troubles n'ébranlaient point. Nicolas vivait comme sa mère, comme Marie, un temps d'ombre et de lumière sans savoir que la lumière qui le sauvait de lui-même tombait d'une étoile noire.

À force de tact et de savoir-faire, Raoul convainquit une première fois le garçon de le rejoindre dans la chambre et d'y passer avec lui un moment à converser comme un père et son fils. Il lui parla de son travail, de ses lourdes responsabilités, il lui raconta l'histoire d'Haïti, la vraie, pas celle reproduite dans des manuels trafiqués par de faux historiens. Nicolas buvait les paroles du secrétaire d'État, submergé par l'intérêt que lui portait cet homme si important devenu son ami. Raoul lui prédit déjà une carrière de médecin ou de juriste et, pourquoi pas, un avenir au sein de l'actuel gouvernement qui était là pour durer encore des décennies. Chaque rencontre voyait tomber un peu de la méfiance de l'enfant. Chaque rencontre était l'occasion d'une petite victoire du secrétaire d'État, un effleurement, un mot ambigu chuchoté à l'oreille, une confidence arrachée à l'enfant sur ses fantasmes d'adolescent. Pour s'amuser, Raoul lui demandait parfois de décrire avec ses propres termes les scènes reproduites sur les gravures ornant les murs de la chambre ; il jouissait alors, le cœur battant, des mots trébuchants sortant de la bouche aimée et tant désirée.

L'homme sentait dans sa chair et son sang que ce jour-là serait le bon. Il pensait le garçon prêt à passer à une étape décisive de son apprentissage, à franchir le seuil d'une nouvelle saison. Tout dans la lumière du jour, dans la légèreté de l'air, même dans le chant des vendeurs ambulants en bas dans la rue lui disait que la configuration cosmique de l'instant leur était favorable. Des lys blancs, symboles de pureté, dégageaient un parfum enivrant dans un vase posé sur une commode antique appuyée sur le mur du fond de la chambre. À côté des fleurs, trois cierges blancs brûlaient dans un candélabre en bronze. Le secrétaire d'État avait usé de patience, il avait à grand-peine freiné la faim de ses mains, contrôlé l'avidité de ses lèvres, soumis les élans de son corps pour apprivoiser le garçon et gagner sa confiance et son amitié. Il ne fallait surtout pas le brusquer. Il lui avait fait jurer de garder secrète leur amitié particulière que les femmes ne comprendraient certainement pas. Le secrétaire d'État dansait sur un fil et connaissait le vertige et l'euphorie du funambule. Il se sentait aussi l'âme d'un jongleur, jouant sur plusieurs fronts, se démultipliant pour satisfaire ses fantasmes. Le bel édifice de ses rêves pouvait basculer en un instant. À cause d'une simple défaillance il pouvait tout perdre, Nirvah, Marie, Nicolas et la maison de la rue des Cigales. Sa vie. À jouer à ce jeu, le secrétaire d'État brûlait de l'attente et de l'électricité du plaisir retenu. Chaque conquête qu'il concrétisait dans la famille Leroy le rendait plus puissant, plus audacieux, plus beau. Et ce petit jeu le transportait, le faisait aimer Marie avec plus de fougue, le tenait éveillé la nuit, même lorsqu'il couchait dans le lit de Nirvah. Il s'enivrait de penser au garçon dormant paisiblement dans sa chambre, à quelques mètres, à portée de ses mains fébriles.

Le secrétaire d'État se déshabilla et avec des gestes d'une infinie tendresse aida Nicolas à retirer ses vêtements. Il replia ensuite soigneusement le couvre-lit au crochet blanc cassé, d'une exquise délicatesse. Assis sur le bord du lit, il installa le garçon à cheval sur ses cuisses, lui faisant face. Sur la table de chevet se trouvaient une bouteille de vin rouge, une coupe en argent, un flacon d'huile d'amande douce et un mouchoir de poche d'une blancheur bleutée. Raoul allait réaliser la promesse faite tant de fois au garçon et qu'il avait amené celui-ci à anticiper. Dans la bonne tradition des fils des nobles familles grecques, son mentor allait aujourd'hui lui faire connaître de ses mains paternelles l'extase sublime. Le front moite, le souffle court, le secrétaire d'État remplit de vin la coupe, la porta aux lèvres du gamin et lui en fit prendre une gorgée, puis une autre. Il ne quittait pas Nicolas des yeux. Il avala le restant du vin et s'enduisit ensuite lentement la paume de la main droite d'un peu d'huile d'amande douce. L'homme déglutit plusieurs fois de suite, un flot de salive incessant lui envahissait la bouche.

Les secondes s'envolèrent, légères, comme des ailes de papillon ivre de lumière. Quand dans un long frisson étonné le garçon atteignit pour la première fois le pic de la volupté, Raoul Vincent fou de bonheur s'empressa de recueillir le précieux nectar dans son mouchoir à la blancheur immaculée.

37

Près de quinze jours sans nouvelles de Raoul. Sans nouvelles de Daniel. Je m'inquiète. Depuis quelques semaines le secrétaire d'État fait de fréquents déplacements en province. Un mouvement de guérilla a été repéré dans le sud-ouest du pays, il me l'a confié la dernière fois que nous nous sommes vus. Une grande traque est déclenchée. Pourvu qu'il ne tombe pas malade à voyager sur des routes défoncées et à vivre dans ces conditions précaires, sans confort et dans la chaleur. Encore une nouvelle tentative de renverser la dictature qui va finir dans le sang et qui va durcir la répression partout dans le pays. Les paysans reçoivent des renforts de machettes. Excités par les hommes armés venus de Port-au-Prince, ils vont partir sur la trace d'individus qu'ils ne connaissent pas, qui leur veulent peut-être du bien mais dont ils ont peur. Ils vont tuer parce qu'ils n'ont pas d'autre alternative, tuer ou être accusés de complicité. Ils redoutent encore plus la cruauté des hommes du pouvoir que les armes des envahisseurs. Même si les macoutes leur volent leurs terres, leurs titres de propriété, leur force de travail, leurs femmes. Ils se retrouvent défenseurs d'une cause qui leur est fatale mais qui excite dans leurs têtes un patriotisme perverti. Ils défendent le territoire… la patrie. Qu'ont-ils ces jeunes envahisseurs à courir après le martyr ? Ils ressemblent à Daniel, assoiffés de justice mais d'une si grande naïveté devant la perversion humaine. Ils sont le plus souvent trahis par leurs propres frères de combat, ou encore menés en bateau par les services secrets américains. Raoul est bien placé pour le savoir. Les Américains jouent à un petit jeu cynique, prétendant soutenir le gouvernement du dictateur dans sa chasse contre les communistes et entraînant en même temps dans des camps en Floride des jeunes hommes qui viennent se faire charcuter dans nos mornes par des machettes cannibales. Je me demande quel sort aurait été meilleur pour Daniel, pourrir en prison ou se faire traquer à mort par les macoutes dans les mornes ? La mort lente ou la mort violente ? Le connaissant, il aurait sûrement préféré tomber les armes à la main. Mon Dieu, vous ne lui avez même pas laissé le choix de sa douleur !

Depuis que Maggy m'a parlé des rumeurs sur les soi-disant agissements de Raoul avec mes enfants, je ne l'ai pas encore revu. Je regarde Marie avec d'autres yeux. Est-il possible qu'elle subisse l'outrage de cet homme et ne m'en parle pas ? Qu'y a-t-il dans ces grands yeux innocents que je ne lis pas ? Est-il possible que Nicolas soit blessé si profondément dans son corps et dans son âme et que je n'en sache rien ? Sûrement pas, je l'aurais senti dans la fêlure de leurs rires, mon cœur aurait perçu les sanglots de leur enfance flétrie. Comment aurais-je pu faillir si piteusement à mon devoir de protéger ma progéniture ? Je vais confronter Raoul. C'est le seul moyen d'en finir avec ce doute que Maggy a introduit dans ma tête. Je ne lui en veux pas, à Maggy, mais je n'avais vraiment pas besoin de ce poison dans ma vie. J'en deviens obsédée, malade. Comment vais-je faire ? Avec quels mots lui demander s'il abuse de mes enfants sous mon toit ? Raoul, est-ce que tu forces Marie et Nicolas à des relations perverses et dégradantes ? Raoul, es-tu en train de traumatiser mes enfants ? Raoul est-ce que tu me trompes avec mes enfants ? Hmmm... Mon Dieu ! Est-ce possible que j'en sois arrivée là ? Quelle sera sa réaction ? Il est parfois violent et de façon tellement imprévisible. Comme cette fois, il y a plus d'un an, où je lui ai parlé du local saccagé du journal qui avait été investi par des clochards. Raoul avait haussé les épaules comme pour me dire que tout cela rentrait dans le cours naturel des choses, que ce local squattérisé servirait d'exemple à tous ceux, communistes ou pas, qui prétendaient contester la légitimité du pouvoir. Ce jour-là, je n'ai pu me contrôler, avec des mots que je ne maîtrisais plus, je lui ai craché mon dégoût et ma répulsion au visage. Alors que j'étais encore sous l'effet de la gifle magistrale qu'il m'avait assénée, Raoul était parti de la maison en pleine nuit. Je ne l'avais plus revu pendant une semaine. J'ai eu peur qu'il ne revienne plus chez nous. La vie ne serait plus vivable sans cette présence conflictuelle dans nos existences. Comment pourrais-je faire face à mes obligations financières sans Raoul ? Je n'ai pas un sou vaillant en mon nom. Comment affronter la dureté des jours et la méchanceté des autres sans sa présence redoutable tel un chien de garde devant ma porte ? Comment vivrais-je mes nuits dans ma chambre glacée sans son désir lourd et les joies obscures qu'il m'apporte ?

38

Jocelyn engagea la voiture dans l'entrée ouest, pavée de pierres rondes encadrées de briques de terre cuite, et se gara au bout de l'allée, devant la baie vitrée des locaux administratifs. Les deux gardes du corps descendirent de voiture avec diligence et l'un deux ouvrit la porte arrière. Ayant mis pied à terre pour s'extirper du véhicule, Raoul Vincent eut le sentiment d'un poids contraire voulant le refouler à l'intérieur. Cette sensation le contraria à l'extrême. Elle venait défaire toute l'assurance qu'il ramenait de son bref séjour à Chardonnières, son patelin au sud du pays, durant lequel il avait offert une grande cérémonie sacrificielle aux lwa de sa famille et à Sogbo en particulier. Un taureau noir, une maconne de cabris, quelques cochons noirs et pléthore de volailles étaient tombés en trois jours durant lesquels le tambour ne cessa pratiquement jamais de résonner. Cette formalité remplie, le bain de chance reçu et le pwen renouvelé par son oncle le houngan, Raoul Vincent était reparti emportant avec lui une solide illusion d'invincibilité. Pas pour long-temps, hélas. Il venait de le constater. L'ennemi veillait. Des forces antagoniques puissantes ten-taient de lui barrer le chemin. Mais il vaincrait. Il en fallait beaucoup plus pour l'ébranler. Dieu seul sait s'il voulait vivre, et vivre longtemps. Il pensa à Nirvah, à Marie et à Nicolas. Sa vraie famille. Ses occupations récentes le tenaient loin de ce petit monde devenu indispensable à son équilibre. Mais il savait que de longues années de bonheur l'atten-daient auprès d'eux. Le secrétaire d'État caressait un projet dont la seule pensée le comblait de féli-cité. Il deviendrait l'époux légitime de Nirvah Leroy. Deux obstacles seulement devraient être franchis pour y parvenir. D'abord se séparer léga-lement de son actuelle épouse (ne l'étaient-ils pas de fait?). Avec ses relations dans le monde judi-ciaire et son pouvoir politique, cela se ferait en six, quatre, deux. Pour ce qui est de Daniel Leroy, ou bien il crèverait en prison, ou bien il se chargerait de mettre fin à ses souffrances. Dans les deux cas, Nirvah s'en porterait mieux, il le savait. Un rêve trop beau… mais pas impossible. Nirvah était la femme qu'il lui fallait, la plus belle mulâtresse du pays avec ses deux superbes enfants en bonus. Pourquoi pas? Même François Duvalier caressait le rêve secret de marier ses deux filles à des mulâtres ou même à des Blancs. Sinon pourquoi tout ce charivari autour de Mohamed Fayed, cette espèce d'homme d'affaires arabe pour qui on déroulait depuis quelques semaines le tapis rouge dans toute la capitale? Ce soi-disant millionnaire tombé de nulle part avait ses entrées et sorties au palais, il se déplaçait avec une escorte militaire, Marie-Denise Duvalier était déjà folle de lui et Manman Simone traitait son futur gendre aux petits oignons. François Duvalier lui avait offert les clés de la ville, la nationalité haïtienne et les douanes du pays. Le secrétaire d'État Vincent avait dans la plus grande discrétion questionné des sources diplomatiques afin d'obtenir des informations sur le nouvel hôte de la famille présidentielle, jusqu'à présent rien n'en était sorti. C'était bien la première fois qu'il voyait le chef de l'État agir avec tant de légèreté. Mais personne n'oserait le ramener à la raison.

Raoul Vincent n'était pas venu au palais national depuis une quinzaine de jours. En le nommant chef civil de la commission spéciale chargée des représailles contre les kamoken, le Président lui avait demandé personnellement de tracer un exemple sanglant à Jérémie après la tentative d'invasion des jeunes bourgeois rebelles de Jeune Haïti. Il lui avait recommandé de frapper l'imagination de tout le pays et d'en faire un événement que nul n'oublierait, même dans cent ans. Raoul Vincent avait orchestré l'exécution brutale de plusieurs familles ayant un lien avec les envahisseurs. Après son passage, la horde vengeresse de Duvalier laissa la Grande-Anse exsangue. La dissidence mulâtre avait été étouffée dans l'œuf.

Quand il n'était pas en mission à l'intérieur du pays, le secrétaire d'État venait chaque jour au palais national, pour les questions de la plus haute importance relatives à sa charge de responsable de la sécurité du territoire. Il rencontrait le chef de l'État, la plupart du temps seul, pour lui rendre compte religieusement de l'état d'esprit des citoyens et ne rien lui cacher des complots qui se tramaient pour renverser son gouvernement. Même quand la santé du Président était visiblement défaillante, il tenait à évaluer lui-même les forces en présence et comme sur un échiquier immense faire bouger les pièces humaines à travers cette Haïti dont il se voulait le maître absolu. L'obsession du docteur-président était la multiplication des macoutes. Ce corps paramilitaire était sa chose, sa créature, qu'il avait façonnée avec l'amour et la patience d'un orfèvre. Ne répugnant pas à faire appel pendant un temps à un détachement de marines américains pour donner à ses pintades une formation militaire et leur inculquer un code de fidélité. Il avait tout de même dû prendre des mesures extrêmes pour expulser du pays ce colonel des marines qui avait perdu le sens de la mesure et se croyait au-delà de son autorité. Avec ses hommes et femmes habillés de l'uniforme de gros bleu, Duvalier ne craignait rien. Ils portaient la toile rude de Papa Zaka et symbolisaient la force tellurique du dieu paysan. Duvalier utilisait contre le peuple le côté sombre de ses propres croyances pour le tenir dans un état d'effroi et d'obéissance. Houngans et manbos étaient devenus des auxiliaires précieux du pouvoir, convoqués souvent en consultation au palais national au même titre que les maires, préfets de police et chefs de sections rurales. Le culte familial vaudou aux rituels séculaires et rassembleurs n'était plus qu'une vaste entreprise de sorcellerie cultivant la méfiance et la trahison. Le corps des macoutes grossissait de jour en jour. Il la préférait à l'armée et aux militaires, engeance portée sur le complot et les coups d'état. Duvalier se savait invincible tant que s'étendrait sur tout le pays l'emprise de ces hommes et femmes qui lui étaient dévoués corps et âmes, qui étaient prêts à verser leur sang pour lui sans sourciller. Même s'il devait s'épuiser à résoudre les conflits de toute nature qui tenaient les plus grands zotobrés macoutes dans une sorte de rivalité à la violence contenue par la seule autorité du chef suprême. Quand Duvalier devait trancher un différend pour calmer ses enfants turbulents, il se sentait la sagesse et la puissance du roi Salomon. Le secrétaire d'État était, après Papa Doc, celui qui pouvait prétendre à une certaine autorité sur les chefs macoutes des neuf départements géographiques du pays. Il partageait avec le Président la préoccupation de leur existence même.

De part et d'autre de l'allée s'étendaient les vastes pelouses manucurées bordées de massifs de buis taillés bas que le secrétaire d'État voyait tous les jours. Il entendit dans le sous-bois, près du mur de clôture, le criaillement angoissant des pintades du Président. Le chef de l'État voyait dans ces oiseaux à l'air de vautour, aux têtes hideuses, caractérisés par leur ruse, leur nervosité et leur vivacité, le symbole vivant du pouvoir du-

228

valiériste. Féru de mythologie, Duvalier, comme les Abyssiniens ou les Byzantins, des millénaires avant lui, croyait peut-être dans les vertus d'éternité de *l'oiseau nègre** mystérieux. Deux employés du palais prenaient soin exclusivement de la santé et du bien-être de ces icônes au sang chaud.

Sur la gauche, l'allée prenait une courbe pour longer la façade principale du palais, sur la droite elle conduisait vers les grands jardins arrière dont une large surface était en train d'être transformée en quartiers de la garde présidentielle. Le chantier grouillait de chaleur et de bruit. Il fallait des armes autour du Président. La quarante-huitième compagnie des forces armées d'Haïti occupait depuis quelque temps toute l'aile ouest du premier étage transformée pour l'accommoder. Le Président voulait à sa disposition, jour et nuit, les rapports des activités du corps spécial d'intelligence militaire. Les macoutes portaient aussi des armes, ils avaient accès à presque tous les bureaux de l'endroit. Ce jour-là, le secrétaire d'État retrouva la même effervescence contrôlée qui caractérisait la vie diurne du palais, mais les murs épais et hauts dégageaient une étrange impression, comme celle que ressentent ceux qui entrent en ces lieux pour la première fois. L'émerveillement devant la majesté et la beauté de l'immeuble en même temps que le sentiment d'un danger invisible mais omniprésent. Papa Doc lui-même avait attendu trois

* Appellation tirée du livre du même nom de Jean-Marie Lamblard.

mois, après sa proclamation comme président d'Haïti, avant de prendre logement avec sa famille dans cette demeure écrasante. Il lui avait fallu tout ce temps pour exorciser des couloirs les esprits de toute nature convoqués par ses prédécesseurs et y installer les siens.

Profitant de sa mission dans la Grande-Anse, le secrétaire d'État avait effectué sa visite mystique à Chardonnières. Pourtant il ressentit sur ses épaules le poids des colonnes et des trois dômes imposants de la maison présidentielle, le poids de toute la beauté de cet édifice dont chaque couloir recelait pour lui des menaces muettes. Il s'assura de poser d'abord le pied gauche sur le seuil de la salle d'accueil de l'administration et pénétra dans l'immeuble, l'œil aux aguets.

39

« Une poulette a crevé hier matin dans ma cour. Sans raison apparente. Elle picorait, tranquille, avec les autres bestioles et soudain elle s'est mise à tournoyer sur elle-même, une fois, deux fois, trois fois et blip ! elle tombe à la renverse, raide morte. J'ai bien dit sans raison apparente, mais il y a toujours une cause profonde à ces choses-là, Voisine. Un chien sait pourquoi il se met à hurler au beau milieu de la nuit... et si les feuillages pouvaient parler ils diraient la raison des frissons qui les traversent parfois sans aucun souffle de vent. Les bêtes et les arbres peuvent capter des vibrations qui nous échappent. Hmmm... Sais-tu ce que cela veut dire, Voisine, une poule qui crève dans ma cour, comme ça, l'air de rien ? »

Bien sûr que je l'ignore. Et je m'en fous. Et puis je ne vais pas faire un événement d'une pauvre bête qui trépasse de fièvre ou d'indigestion. Pourquoi est-ce que je viens voir Solange alors que ses inévitables questions m'agacent tellement ? Pourquoi me vient le besoin de lui parler quand je ne crois pas en ce qu'elle croit ? Qu'est-ce qui fait que je me sens apaisée après l'avoir visitée ? Voilà que je deviens comme elle, à me poser aussi des questions inutiles auxquelles je ne répondrai pas. Une avalanche de questions me tourmente depuis quelque temps. Dès que mes mains ne vaquent pas à des tâches domestiques, dès que je me retrouve seule, elles envahissent mon silence, insistantes, impudiques, mesquines, triviales, jetant le trouble en mon âme. Solange est celle qui comble le mieux mes silences. Quand les enfants ne sont pas là, quand je ne reçois aucune visite, l'atmosphère de la maison m'oppresse jusqu'au malaise physique. J'ai envie de fuir, de me fuir. Je viens partager mes secrets tourments avec Solange. Elle les tourne en questions, en illuminations, elle leur donne sens et profondeur, elle les peint de la couleur de l'oubli. Pour un temps. Solange sait mettre mes silences en sursis. Mais aujourd'hui je pressens que je ne trouverai pas de répit à mon mal-être, au contraire. La première question de Solange confirme mes appréhensions. Je n'aurais pas dû venir la voir.

« Je ne sais pas, Solange. Ta poule est morte de vieillesse… ou bien elle s'est étranglée en avalant un caillou, qu'en sais-je ? »

Il y a beaucoup d'empathie dans le regard de Solange. Elle allume la dernière cigarette d'un paquet qu'elle froisse ensuite en boule dans sa main. Le crissement du papier cellophane. L'arôme de la première bouffée bleue du tabac autour de ma tête. Daniel et les jours d'avant.

Pendant une seconde je voyage loin, bien loin d'ici.

« Ce n'est pas sans raison que je garde toute cette volaille autour de moi, Voisine, que je les nourris. Je n'y touche jamais. Je ne tue que les bêtes que je fais acheter au marché. Ces animaux que tu vois là sont comme des paratonnerres. Quand la mort, le malheur, la déveine et les mauvais esprits visitent un lieu, ils restent un premier temps à l'affût, retirés dans les recoins des demeures, attendant le moment de pénétrer l'intimité des chrétiens-vivants. Mais même quand leur mission est de toucher les humains, ils ne résistent pas à la pulsion de foncer sur les petites vies qui bougent autour d'eux, sur tout sang qui palpite. Les animaux sont souvent leurs premières victimes. Non… cette bête est morte pour nous avertir… que le malheur rôde autour de nous… qu'il va frapper autour de nous. Une chose pareille ne serait jamais arrivée à l'une de mes pintades, elles sont trop méfiantes. Cette poulette aimait passer sous ta clôture… pour explorer ton jardin. Quand elle est tombée, elle revenait de chez toi, je l'ai vue, Krémòl l'a vue aussi. N'est-ce pas, Krémòl ? »

Le frère de Solange acquiesce avec un sourire indéfinissable.

« Donc, elle s'est sacrifiée pour nous ? Elle a fait une mauvaise rencontre dans ma cour ? Oh Solange, je t'en prie ! Garde ces histoires à dormir debout pour tes clients. La mort ne nous épie-t-elle pas tous depuis le jour où nous sortons du ventre de notre mère ?

233

— Tu as peur, Voisine ? Tu préfères ne pas me croire pour éloigner ta peur ?

— J'ai peut-être peur, comme cela arrive à tout le monde. Mais je ne vais pas voir l'aile de la mort dans un anolis qui change de couleur ou une poule qui trépasse.

— Et pourtant ce sont des signes bien réels, Voisine. Et il y a des gestes à faire pour conjurer le malheur ou la déveine quand ils nous menacent. As-tu des nouvelles de ton... mari ? »

Pourquoi Solange me parle-t-elle de Daniel, en ce moment ? Sait-elle quelque chose de sa situation ? Avec tous ces macoutes qui fréquentent sa maison, elle doit certainement avoir des informations fiables sur un tas de choses. Aucun signe de Raoul depuis deux semaines. Voilà, Daniel est mort en prison. Et Raoul ne trouve pas le courage de venir chez moi. Il craint peut-être que je ne le lise dans son regard, que je ne respire sur sa peau, dans son froc, l'odeur de la mort de mon mari. Ou bien serait-ce qu'il se doute que je sais qu'il a abusé de mes enfants ? Finalement, il n'en peut plus de nous mystifier. Il s'est lassé de ce petit jeu sadique. Comme je le craignais il est parti, sans dire au revoir, sans me donner le temps de lui cracher ma haine. Oui, son absence le condamne. C'est comme s'il avait signé de son nom ces infamies. Que vais-je faire ?

« Non... aucune nouvelle. Et toi ? As-tu appris quelque chose ? Ne me cache rien, Solange... je veux... je dois savoir.

— Je te sais assez forte pour encaisser les mauvaises nouvelles… Mais je ne sais rien… je sais seulement ce que cet animal mort m'a appris hier, et j'y crois dur comme fer. Sois veillative. Il y a un nuage sombre au-dessus de ta maison. Libre à toi de ne rien faire… Je t'ai gardé un panier de goyaves mûres. Cette année l'arbre a donné une récolte folle, à croire qu'il n'en finirait pas de jeter ses fruits. Ginette ira l'apporter à ta cuisinière. Celle-là, je ne peux pas la sentir, Voisine. Quand on se croise dans la rue elle me donne l'impression de voir le diable en personne. Un jour je finirai par lui faire vraiment peur, elle saura qui est Solange… Ha, ha, ha ! Les goyaves sont succulentes. Tu en feras de la confiture et de la gelée. Elles sont belles, charnues et parfumées, comme toi Voisine. Ha, ha, ha ! »

J'avais besoin d'entendre ce rire. Le rire de Solange qui connecte le frisson des feuillages, l'ombre de la mort et le parfum des goyaves mûres.

Quand je suis rentrée chez moi, la voiture du secrétaire d'État stationnait devant mon portail. Jocelyn aux yeux de fumée et les deux gardes du corps bavardaient tranquillement dans la rue.

40

Au premier coup d'œil j'ai vu que Raoul allait
mal. Le teint cireux, il respirait lourdement.
Le climatiseur de la chambre soufflait un vent
glacial. Il était revenu chez moi, c'est là qu'il
venait chercher le soulagement dont ses os, sa
chair et son esprit avaient besoin. Il sentait
l'odeur crue et poisseuse du sang. Tout le sang
versé sous ses ordres. Ce sang l'étouffait, le brûlait et tous les climatiseurs du monde n'y pourraient rien. Il m'attendait, couché dans le lit, les
oreillers appuyés contre le mur pour relever son
buste. Quand je suis entrée dans la chambre son
regard s'est allumé. Sa serviette de cuir se trouvait à la place où il la déposait toujours, sur la
commode à l'entrée de la pièce. Son pantalon et
son veston étaient soigneusement pliés et placés,
comme d'habitude, en travers du dossier du fauteuil, à côté du lit. Le pistolet, dans son étui, reposait sur la table de chevet, à portée de sa main.
D'un signe de la tête il m'a appelée. Mes jambes
ont tremblé, je m'approchais d'un lion blessé. Je

me suis assise sur le rebord du lit, en lui faisant face.

Que dire à cet homme qui venait déposer à mes pieds ses armes fatiguées et son esprit tourmenté ? Je titubais, mes pieds emmêlés dans la mangrove de mes sentiments. Ma langue pesait comme du plomb dans ma bouche. Où était passée ma rage ? Où se terraient toutes les questions que je ruminais depuis tant de jours ? Quand obtiendrais-je les explications qu'il fallait pour calmer mes peurs et désamorcer mes silences ? Même dans cet état de faiblesse Raoul me faisait peur. Un lion blessé ne perd rien de sa dangerosité. Je ferais mieux d'attendre, de trouver un moment plus propice pour aborder la question des enfants, pour effacer cette obsession de ma tête. Une autre fois, quand il ira mieux. Non. Nirvah, il faut parler maintenant. Vomis ta rage maintenant. Accule-le maintenant, pendant qu'il est fatigué et démoralisé. Tu ne peux repousser plus longtemps cette confrontation. Qui sait, il va partir encore pour des jours ou des semaines. J'ai écouté parler le secrétaire d'État, sa main froide caressant mon genou. Il me racontait ses trois dernières semaines à parcourir des routes défoncées et à patrouiller les sections rurales du sud-ouest, pour rameuter les partisans, galvaniser les troupes, exciter les passions. Jour après jour, dans les mornes, à travers champs, les militaires avaient donné la chasse aux envahisseurs. Malgré leur résistance farouche, il en tombait sans cesse. Des paysans et des macoutes aussi tombaient. Parallèlement aux rebelles traqués, la vengeance du pouvoir menacé s'exerça sur leurs familles dès le début de la traque. À Jérémie, les parents des kamoken payèrent de leurs vies l'outrage de leurs rejetons. Le secrétaire d'État me décrivait l'horreur, les cris, la couleur du sang versé sous la lune, les pleurs des innocents. Sous ses paupières fermées il revoyait les exécutions sommaires, les militaires en chasse, un hallali macabre. Au fur et à mesure de sa narration, il semblait plus calme, la vie revenait dans ses membres, la caresse de sa main sur mon genou devenait plus précise. La tête me tournait. Je n'en pouvais plus d'entendre ce récit lugubre. Il me transmettait son fardeau comme un poison qui se glissait lentement sous ma peau, une intoxication. J'avais aussi mon lot de malheurs qui me suffisait. Pourquoi devais-je soulager cet homme du poids de crimes qu'il avait choisi de commettre ? Et le premier crime, celui qui nous liait, l'emprisonnement arbitraire de Daniel, la mort lente de Daniel ? Pourquoi ne m'en parlait-il jamais ? Il y a du bruit dans la maison, j'entends le rire de Marie qui parle au téléphone. Elle était donc là, seule dans la maison, avec Raoul ? Est-ce qu'ils se sont vus ? Se sont-ils parlés ? Mais qu'est-ce qu'elle fait à la maison, à cette heure, Marie ? Elle devrait être à l'école. Cela leur est-il déjà arrivé de se rencontrer par hasard dans la maison ? Maggy, pourrais-tu avoir raison ? Raoul n'a pas le droit de poser les yeux sur Marie en mon absence ! Un voile rouge d'adrénaline me libère.

« Raoul… »

Le secrétaire d'État ne m'entend pas. Il garde les paupières fermées. Le visage apaisé il continue de me caresser le genou. Je me lève brusquement du lit qui continue de tressauter un moment. Je hausse le ton, je tremble, je crie. Raoul me regarde, surpris de mon mouvement.

« Raoul, je veux savoir aujourd'hui si Daniel est mort. Je comprends que ce petit jeu t'amuse, mais il ne peut durer plus longtemps. Je n'en peux plus. Je veux savoir ! Je n'en peux plus de cette morbide incertitude. Je ne peux me mentir plus longtemps. Tu vas aussi me dire si… si ces bruits qui courent sur toi et mes enfants sont vrais. Raoul, tu vas me dire, et maintenant, si tu abuses de mes enfants, des enfants de Daniel qui n'est pas là pour les défendre… »

Je ne peux prononcer un autre mot. Je dois m'appuyer contre la commode pour ne pas tomber, je tremble de l'intérieur. Des larmes impuissantes me coulent des yeux. Je tremble de plus en plus de colère. Je suis en colère d'avoir autant peur. Il ne dit rien. Réveillé de sa torpeur, il regarde devant lui, comme s'il cherchait ses mots. Il ne s'attendait pas à cette sortie de ma part, la première depuis tout ce temps. Dis-moi quelque chose, Raoul. Sors de ce silence. Sors-moi de ce silence où je m'enlise. Ce silence qui ne veut plus me fournir d'alibi, qui refuse d'être mon complice plus longtemps. Il est plein d'ombres mon silence, il tue les poules de Solange. Aie le courage d'être ce que tu es, une brute, un cynique, une bête sauvage. Donne-moi le courage de me regarder en face, de reconnaître ma dérive. Il n'est pas trop tard pour moi de me reprendre, d'accepter ma défaite et de sauver la vie de mes enfants. Toi devant qui tant d'hommes ont tremblé, aie le courage de me dire la vérité que j'attends, même si elle va m'anéantir. Tu crains que je ne me relève, que je ne me déprenne de toi et continue de vivre? On ne quitte pas le secrétaire d'État Raoul Vincent? Je la connais cette histoire de macho. Depuis que tu fais la pluie et le beau temps en Haïti nulle femme ne t'a tourné le dos. Oserai-je? Le pari vaut la peine d'être pris, ne crois-tu pas? Mais tu ne t'y risqueras pas. Tu n'es pas bon joueur, tu ne crois qu'en la force. Car je me relèverai. Je suis une femme forte, tu le sais, Solange le sait. J'ai sept vies. Mon sexe est de faïence. Je pourrai recommencer une autre vie. Dis-moi que tu m'as bafouée depuis le commencement, que tu m'as donné du plaisir comme prix de ton mépris et de ta vengeance. Alors on sera quitte aujourd'hui. Merci pour le plaisir. Tu l'as eue ta vengeance. Elle me laissera dans la bouche et entre les cuisses le dégoût profond de moi-même. Je laverai chaque jour ma fente avec de l'eau et du savon et des feuilles de petit-baume. Mon sexe est de faïence. Libère-moi, Raoul.

Raoul se lève enfin. Il me regarde et sourit. Un sourire froid comme la glace, brûlant comme une gifle, j'en ai chaud au visage. Il retire son pantalon du dossier du fauteuil et l'enfile lentement.

« Les femmes sont toutes des salopes, Nirvah. Je l'ai toujours su et tu ne fais malheureusement pas exception à la règle. Des salopes… quels que soient leur classe sociale, leur fortune ou leur pauvreté, la couleur de leur peau, leur âge, leur profession. Ma femme est une salope, et mes deux filles aussi qui ne pensent qu'à se caser avec un compte en banque. Ta jolie Marie est une superbe petite salope. J'ai baisé des salopes toute ma vie. J'avoue que tu es l'une des plus gratifiantes, en vérité. Mais j'ai commis une erreur en croyant que tu es une salope qui s'assume et sait tirer profit des circonstances dans lesquelles la vie la place, au lieu de les subir. Une salope qui connaît le prix à payer pour sauver sa peau. Mais non… tu penses pouvoir gagner sur tous les fronts. Le plaisir, l'aisance, la sécurité et la bonne conscience. La vie n'est pas faite ainsi, Nirvah. Ah non ! Chaque chose a son prix. Tu ressembles à ma femme… âpre, gourmande, jouisseuse, mais tellement hypocrite. Sous son déguisement de dévote toujours harnachée d'un rosaire, elle n'a qu'un intérêt dans la vie, l'argent et tout le plaisir qu'il lui donne. Elle se fout de moi, de mes ennuis, de mes maîtresses, des ennemis qui me menacent tant que l'argent coule à flots dans ses mains. »

Les mots de Raoul me cinglent. Il s'adresse à moi sur un ton mesuré et méprisant. Mais ses paroles opèrent sur moi un effet inattendu. Sous l'aiguillon de son mépris ma peur disparaît. Les masques tombent. Je n'ai rien à perdre. Je dois le pousser à me dire la vérité que j'attends.

« Maintenant que tu m'as bien signifié ton dégoût, vas-tu enfin répondre à mes questions, Raoul ? »

Mon calme me surprend. Le secrétaire d'État va passer son veston. Il me répond, le bras levé pour faire glisser une manche.

« Tu te trompes, Nirvah... je ne ressens nulle aversion envers toi. Une pointe de déception, peut-être. Je te désire toujours autant et je reviendrai te prendre dans ce lit même, autant de fois que j'en aurai envie. Et toi aussi, tu en auras envie, tu es faite comme cela, tu ne le savais seulement pas... Après cette conversation nous serons de meilleurs amants, crois-moi. Est-ce que tu te soucies vraiment du sort de ton mari ? Peut-être bien... j'ai toutefois mes réserves sur la question. Mais je te sais une femme très intelligente. Que Daniel Leroy soit mort ou pas, qu'est-ce que cela change à ta situation ? Il n'aurait jamais dû se faire jeter dans ce mouroir qu'on appelle Fort-Dimanche. Là finit une histoire et commence une autre. Une histoire de survie. Tu l'as bien compris. Je te donne tout, protection, plaisir et argent. Je ne te demande en retour ni gratitude ni déférence, juste un peu de décence. Ma protection et mon argent, tu ne les as obtenus que parce que j'ai vu en toi une femme qui connaît le prix de sa peau, le prix de son sexe et me les fait payer. Alors ne viens pas aujourd'hui pleurnicher parce que quelques ragots te sont parvenus.

— Il ne s'agit pas de ragots, Raoul. Marie, Nicolas... il s'agit d'eux. Dis-moi... »

Raoul pousse un cri de rage, son visage se déforme, ses yeux semblent vouloir sauter de leurs orbites. Il me saisit par le bras et me traîne brutalement dans la salle de bains, devant le grand miroir au-dessus de lavabo. Il se tient derrière moi, collé à moi, en me tenant par le cou et le bras, il m'oblige à me regarder dans la glace. Il me parle dans le creux de l'oreille.

« Je n'aime pas les hommes, mais j'en ai connu dans ma vie. Je me suis prostitué avec des hommes pour sortir de la crasse, de l'anonymat, pour payer mes études, parce que j'avais des ambitions. Ils se sont amusés de moi, me passant d'une paire de fesses à l'autre, d'une paire de couilles à l'autre. Mais aujourd'hui ils me craignent… J'en ai fait trucider quelques-uns avec grand plaisir, tu ne peux pas savoir. Ton fils… ton fils ne m'intéresse pas. Il ressemble trop à son père, un petit mulâtre de merde. Il ne me fait pas bander. Voilà pour Nicolas. »

Raoul brûle d'une colère rouge. Il me serre le bras et la douleur est insupportable. Ses deux yeux dans le miroir me dévorent la vie.

« Tu me fais mal, Raoul ! Lâche mon bras !… Lâche-moi, je te dis ! Aïe !

— Je ne vais pas te lâcher. Tu vas m'écouter, Nirvah, puisque tu attends des réponses. Parlons de Marie, veux-tu ? Tu te demandes si je l'ai baisée ? Si je lui fais ces choses que tu voudrais pour toi seule ? Serais-tu jalouse, des fois ? Il est temps de lire en ton âme, mon amour. Tu ne peux supporter l'idée d'une rivale sous ton propre toit, de ton propre sang ? Pourquoi pas ? À vous deux, vous êtes plus sûres de me garder. La mère et la fille, la fille et la mère… un piège érotique rare… un plaisir réservé aux dieux. Je suis un mortel comblé. Marie est aussi douce, aussi chaude que toi, peut-être un peu plus audacieuse. Elle m'a surpris. Aujourd'hui les filles n'ont pas froid aux yeux, tu sais. Alors ? Tu me crois, Nirvah ? Est-ce que je te mens, ou est-ce que je te dis la vérité ? Demande à Marie, si tu l'oses. Comment as-tu pu ne pas voir une chose aussi énorme se passant là, sous tes yeux ? Ou bien est-ce qu'il n'y a rien à voir ? Est-ce que tu peux imaginer Marie ouverte, pâmée, dansant sous mes reins ? Est-ce que je la force, est-ce que je dois la brutaliser, ou en veut-elle aussi ? En redemande-t-elle, comme toi ? Les gringalets imberbes qu'elle traîne ici ne peuvent sûrement pas satisfaire cette fougue qu'elle tient de toi. Que décides-tu ? Me croire ou pas ? Quelle est ta vérité ? As-tu prétendu ne rien voir ? Essaies-tu de me faire le coup du chantage aux émotions ? Moi, je ne te dirai rien. Je ne joue pas à ces petits jeux-là. Remarque, Marie n'est pas venue à toi non plus. Quelle est ta vérité, Nirvah ? Es-tu une vraie salope, comme je les aime ? »

Raoul dit ses derniers mots en hurlant. Je suis assourdie. J'étouffe. Mon oreille est mouillée de la salive qu'il a laissée échapper sous l'intensité de la colère. Je n'aurais pas dû le provoquer et l'accuser. Il est un maître dans l'art de la confusion. Peut-être ne sait-il même plus ce que veut dire le mot vérité. Je ne peux mettre de l'ordre dans mes pensées. J'essaie de me libérer de sa poigne mais il me tient dans la même position, clouée au lavabo. Ses mains se promènent à présent sur mon corps avec fébrilité. Il tremble dans mon dos. Je sens faiblir mes genoux. Son sexe durci est collé à mes fesses comme un aimant. Cet émoi qui me prend par spasmes au ventre. Je ne veux pas lui céder mais je ne pourrai pas dire non à mon corps. Raoul se détache de moi enfin. Je me retourne vers lui, lui tends mes bras, croyant qu'il va m'enlacer, que nous allons tomber sur les carreaux de la salle de bains et nous prendre avec toute cette rage qui nous fait si mal. Mais il s'éloigne en regardant sa montre. Sans un regard il me laisse, récupère dans la chambre son arme et sa serviette en cuir et s'en va.

41

Au conseil des secrétaires d'État cet après-midi-là régnait une tension d'un cran plus élevée que d'habitude. Assis autour de la table de conférence, les hommes du gouvernement attendaient l'arrivée du Président avec une fébrilité contrôlée. Le chef de l'État commençait souvent ces réunions avec une heure de retard, parfois plus. Il y avait son diabète à gérer, les solliciteurs à recevoir, les querelles et conflits de pouvoir entre chefs macoutes à trancher, du courrier important en souffrance à traiter avec sa secrétaire très particulière, des rivalités au sein même de sa famille qui nécessitaient son intervention personnelle. Il devait entretenir les passions, monnayer les fidélités, sévir contre les excités. Il parlait beaucoup au téléphone, l'instrument lui était particulièrement cher. Pendant ce temps d'attente les secrétaires d'État échangeaient des commentaires sur les derniers événements, essayaient de se soutirer l'un l'autre des informations de dernière minute leur permettant de bien présenter leurs dossiers au conseil ou de glisser de fausses données pour accélérer la chute d'un homologue au bord de la disgrâce. La fin de cette année 1964 s'annonçait difficile. Le pays se remettait péniblement des ravages des cyclones Flora en octobre 1963 et Cleo en août de l'année suivante, moins d'un an plus tard. La famine et la sécheresse sévissaient dans le Nord-Est.

Des inimitiés notoires existaient entre certains membres du gouvernement, des tensions et même des haines entretenues par le chef suprême pour mieux gérer ce petit monde dont il se méfiait assez. Certains secrétaires d'État ne restaient parfois pas plus d'un mois en poste, tandis que d'autres semblaient éternels, allant d'un ministère à l'autre, dansant jusqu'au vertige une valse permanente d'intrigues et d'influences.

Le secrétaire d'État Raoul Vincent exécrait la salle du conseil des secrétaires d'État. Et les conseils aussi. Il trouvait la pièce ennuyeuse. Le parquet en marqueterie de cèdre, les sièges droits capitonnés de velours vert, le plafond relevé de moulures et l'immense lustre de cristal, tout ce style Louis-quelque-chose lui paraissait rébarbatif et incongru. Les rideaux de brocart tissés aux armes de la république ornant les fenêtres étaient d'un mauvais goût pesant. Souvent, en pleine réunion, son esprit enjambait la terrasse, courait léger sur la pelouse, traînait un instant dans l'entrelacement des lianes tombant de la pergola des jardins de la façade est, contournait la réplique de la *Vénus de Milo*, traversait le

Champ-de-Mars en direction du Chemin des Dalles, se faufilait dans les ruelles du haut de la ville et retrouvait à la rue des Cigales la chaleur du corps de sa Vénus à lui. Il préférait ses rencontres intimes avec le Président dans son bureau privé, sous l'œil de Paul VI, Lyndon B. Johnson et de Martin Luther King enfermés dans leurs cadres, seuls témoins de leurs conversations. Les courtisans et familiers devaient laisser le bureau quand il arrivait, à l'exception parfois de la secrétaire très privée. Cette dernière ne le portait pas dans son cœur mais le respectait, sachant son importance aux yeux du Président. Elle savait aussi que le secrétaire d'État connaissait sa liaison avec Gérard Daumec, jeune page à la verve poétique, rédacteur professionnel de discours, toujours fourré dans les coulisses du palais et que le chef de l'État aimait comme un fils. Un serpent, un intrigant dangereux que Raoul Vincent tenait à l'œil. Duvalier recevait le secrétaire d'État Vincent dans sa robe de chambre rouge vin, sa casquette sur la tête, tenue qu'il ne quittait que pour accueillir les diplomates et pour assister aux réunions officielles. Son pistolet-mitrailleur reposait toujours sur un coin de son bureau, à portée de main, pour parer à toute crise de folie subite d'un fidèle serviteur.

L'ordre du jour du conseil prévoyait comme seul point des discussions l'opportunité de libérer un certain nombre de prisonniers politiques. Pour ménager ses nouvelles relations avec ses voisins américains, le chef de l'État jugeait le moment opportun de faire un geste d'éclat en accordant la clémence présidentielle à quelques opposants du pouvoir emprisonnés. Il avait aussi besoin d'argent. Une décision qu'il prenait bien à contrecœur. Après l'assassinat du président Kennedy, le nouveau gouvernement des États-Unis apportait un soutien non voilé à la politique anticommuniste de Papa Doc. Des lobbyistes d'un genre nouveau assuraient la liaison entre le palais national et les officines de la politique américaine où se prenaient les grandes décisions. Car en dehors des motifs politiques, l'attitude conciliatrice américaine visait à assurer qu'aucun marché, aussi petit soit-il, n'aille à la concurrence. L'antiaméricanisme du gouvernement haïtien n'était qu'un écran de fumée, la coopération économique reprenait timidement mais pas suffisamment. Le Département d'État exerçait une certaine pression sur le gouvernement haïtien afin qu'il fasse preuve d'un minimum d'action démocratique. Il fallait parer aux assauts de l'opposition et des regroupements de toutes origines qui dénonçaient les violations des droits de l'homme dans les pays d'Amérique latine et de la Caraïbe et condamnaient la politique américaine en Haïti.

Chaque secrétaire d'État gardait bien cachée dans son cartable une liste de noms de prisonniers politiques qu'il souhaitait soumettre au Président en faisant ressortir le bien-fondé de sa recommandation. Certains d'entre eux attendaient cette opportunité depuis de longs mois.

Des amis, des parents, des intermédiaires sollici-
taient leur intervention en haut lieu pour obtenir
clémence ou tout simplement confirmation d'un
statut existentiel. L'exercice de ce matin demandait un doigté particulier de chaque homme
autour de la table, car il leur fallait essayer d'obtenir satisfaction sans donner l'impression d'une
trop grande attente.

Le secrétaire d'État Raoul Vincent se trouvait
assis vis-à-vis de son homologue des Finances et
Affaires économiques, Maxime Douville, son rival
par excellence. Les deux hommes se regardent à
la dérobée. Douville a perdu des membres de sa
famille lors des vêpres jérémiennes. Il comptait
au nombre des treize jeunes envahisseurs de
Jeune Haïti un cousin au deuxième degré. Toute
la famille de ce dernier a été exterminée, sept
membres en tout. Il n'en veut pas à François
Duvalier, ni aux macoutes, encore moins aux militaires. Toute sa haine se porte sur l'homme assis
de l'autre côté de la table, le principal exécuteur
des basses œuvres de la dictature. Cet homme qui
est aujourd'hui l'amant de Nirvah Leroy, l'une
des plus belles mulâtresses du pays. Une femme
qui alimente les fantasmes de tous les hommes
dignes de ce nom. La porte de la prison ne s'était
pas refermée sur Daniel Leroy que ce grossier et
détestable personnage prenait d'assaut sa maison
et son épouse. Tous les mêmes, ces nègres. Leur
humanité n'est légitimée que par la présence
d'une femme à la peau claire dans leur lit. Mais il
y a pire. On prétend même qu'il se fait la fille de

Leroy. Trop c'est trop ! Il le paiera très cher. Douville avait commencé à mettre en place un système de contrôle financier très serré du ministère dirigé par Raoul Vincent. Il savait au centime près les sommes détournées par ce dernier, les combines pour justifier des débours importants. Douville savait que des irrégularités dépassant de loin la marge admise dataient de l'époque où le secrétaire d'État Vincent avait commencé à jouir des faveurs de Nirvah Leroy. La plaisanterie durait depuis trop longtemps. Même si Vincent se cachait sous l'aile du chef de l'État, lui Douville saurait l'en déloger. Avant longtemps la tête de l'impudent allait tomber, c'était Vincent ou lui-même, il le jurait sur les cendres de sa mère.

Le chef de l'État arrive enfin dans la salle du conseil, complet veston noir, chemise blanche, cravate grise, lunettes rondes en écaille, chétif et sombre, flanqué de son garde du corps, une baraque portant à bout de bras une courte mitraillette. Il passera toute la séance sur ses deux pieds, derrière le Président. Tous les secrétaires d'État se lèvent pour l'arrivée du chef sur fond de grincement de chaises. Le Président salue d'un vague geste de la main les hommes autour de la table et s'assied. Raoul Vincent se tient à sa droite. Sans préalable, le Président s'adresse à l'homme sur sa gauche en lui demandant de lui communiquer le nom de ses candidats à l'élargissement. Il prend note, hoche la tête, sourit, marmotte de temps en temps quelques mots et passe au suivant. Le secrétaire d'État Raoul Vincent sera la dernière personne à opiner sur les choix des secrétaires d'État du fait de son poste de chef de la sécurité.

Douville avait fait son travail, avait distribué promesses et menaces voilées à qui il fallait. La simple perspective d'une tournée des inspecteurs du ministère de l'Économie et des Finances dans leurs fiefs avait suffi à persuader la plupart des hommes du gouvernement de donner satisfaction à leur collègue. D'autres, plus rares, soutenaient la demande d'élargissement de Daniel Leroy par principe et solidarité. Le seul nom commun à toutes les listes est donc celui de Daniel Leroy. Ils sont tous au courant de la relation du secrétaire d'État Vincent avec l'épouse du dissident communiste. Certains le détestent davantage à cause de cela, d'autres lui concèdent une certaine admiration. Tous les hommes présents connaissent les sentiments que se vouent les deux secrétaires d'État les plus forts du gouvernement. Voilà pourquoi ils n'ont pas osé refuser à Douville d'appuyer la candidature de Leroy. Vincent ne leur a rien demandé. Ils savent aussi que Vincent pèsera de tout son poids pour maintenir Leroy en taule, pour garder sa femme. Mais devant ce front inattendu, il devra faire marche arrière et aller dans le sens de l'écrasante majorité. Si Vincent a un brin d'intelligence, ce dont ils sont sûrs. Le chef de l'État aussi savait pour Vincent et Nirvah Leroy. Si Raoul Vincent allait à l'encontre du choix de tous les secrétaires d'État, il se mettrait en position difficile car sa motivation serait trop évidente. Ils connaissent tous la pudeur du chef de l'État qui, tout en vivant au cœur du palais national avec sa secrétaire privée une brûlante passion qu'il croit secrète, ne voudra certainement pas cautionner une affaire de fesses aussi flagrante.

Le tour de table est fait. À chaque fois que revient le nom de Daniel Leroy, Maxime Douville jubile intérieurement et épie les réactions de Raoul Vincent. Le visage de celui-ci demeure impassible. Il est fort, se dit Douville, mais il devra céder. Il ne reste plus que le secrétaire d'État Vincent à se prononcer.

Les salauds ! Ils se sont laissé convaincre par Douville. Ils veulent m'ensevelir. Voilà… c'est le commencement de la fin. Il y a un an, une chose pareille n'aurait pas été possible. Philibert aussi me lâche, lui qui me doit tout, même sa place de secrétaire d'État des Travaux publics autour de cette table. Arsène… Vérélus… Badio… Les salauds ! Les fils de chiennes ! Mon pouvoir est aujourd'hui mis à l'épreuve, devant le Président. Ils veulent me donner une leçon. Je dois logiquement demander la grâce de Daniel Leroy. Ils veulent que je m'efface de la vie de Nirvah. Une façon de venger les mulâtres qui ont péri à Jérémie. Douville m'en veut à mort, rien de nouveau sous le soleil. Mais il est hors de question que Daniel Leroy sorte de prison. Je ne suis pas prêt à lui rendre sa liberté. Nirvah ne peut pas encore gérer cette situation. Les choses devront se faire en douceur, quand le moment sera venu. Je savais que je devrais me battre pour cette femme. Que chaque moment passé avec elle serait payé de mes angoisses comme de la joie la plus pure. Ils ne savent pas que sans cette femme je deviens un fauve, que l'acte posé aujourd'hui les met tous en grave danger. La bête acculée ne peut que tuer. J'ai besoin de Nirvah et ce n'est pas cette poignée de faux jetons autour de la table qui pourra me la ravir. J'aurais dû abréger les jours de Leroy en prison, pendant qu'il en était encore temps. J'ai trop hésité. Je me suis ramolli. Aujourd'hui il est trop tard pour le faire. Tout ce qui lui arrive à présent portera ma signature. Cette femme a ébranlé mon centre de gravité. Je ne tiens pas debout sans elle.

« Alors, Secrétaire d'État Vincent ? nasille François Duvalier. Pourriez-vous nous éclairer sur votre point de vue concernant la libération du citoyen Daniel Leroy… »

Un ange passe. La voix du secrétaire d'État Vincent est détachée mais ferme. Il se place au-dessus de ses homologues par son assurance et son flegme. Il parle sans émotion de Daniel Leroy, comme d'un homme qu'il ne connaît pas.

« Hmmm… Merci, Excellence… hmmm… contrairement à l'opinion de mes collègues ici présents… je vote en faveur du maintien du professeur Daniel Leroy en réclusion. Mon avis est motivé par le fait de l'influence, je dirais même de l'aura, du citoyen Leroy sur les jeunes de ce pays, écoliers et universitaires qu'il envoie sans états d'âme à la boucherie… Nous savons aussi que le citoyen Leroy fomentait un coup d'État dont nous n'avons pas encore fini de cerner l'ampleur. » Le secrétaire d'État s'interrompt et fait rapidement des yeux le tour de la table. Il s'arrête une seconde sur Maxime Douville qui détourne le regard, gêné. « De plus… poursuit-il, cette influence s'étend sur le secteur syndical dont les têtes de pont ont entretenu avec lui des relations régulières, et documentées, qui mettent en danger, à court et à moyen terme, notre industrie naissante, la sécurité des vies et des biens de notre pays et la pérennité de la révolution duvaliériste. Mon collègue le secrétaire d'État des Affaires sociales peut en témoigner… » Raoul Vincent tire un document de sa serviette de cuir. « Excellence, j'ai ici le rapport de surveillance… »

42

« Non… Anthony… ne me touche pas…

— Allons, Bébé… laisse-toi faire. Ton petit
Thony te le demande. Ça fait plus d'une heure
que tu es là, Marie. Dois-je te supplier ?

— Pas la peine, Thony… je ne veux pas que
tu me touches.

— Mais enfin, chérie… regarde dans quel état
tu m'as mis… tu ne peux pas me laisser comme
ça, Bébé…

— Bas les pattes, Thony. Une autre fois… Ce
matin je ne pourrai pas, aussi simple que cela. »

Thony fait la moue. Dieu, ce qu'il est mignon
quand il a envie de moi ! Toutes les filles me
jalousent. Thony a tout pour plaire, il est beau,
grand, musclé, amusant, et quand il sourit je
fonds dans ma culotte. J'ai séché mes cours ce
matin pour le retrouver dans sa chambre. Thony
a passé son bac depuis deux ans maintenant.
Il attend toujours de partir étudier le droit en
France, mais comme sa famille a eu quelques
démêlés avec le pouvoir, son nom ne *descend*

toujours pas du palais national au bureau de l'Immigration. Ce matin, contrairement aux autres fois, je reste froide à ses avances. Mon corps ne réagit pas.

« Pas aujourd'hui, Thony… je ne suis pas en forme… pas dans mon assiette.

— Hmmm… Bébééé… rien qu'un instant… j'ai tellement envie de toi… tu n'as besoin de rien faire… laisse-toi aller seulement, O.K. ? »

Au lieu de me flatter, l'insistance d'Anthony m'agace au plus haut point. Je n'ai jamais su résister à ses avances, jusqu'à ce matin. Il finit toujours par avoir raison de moi. Même s'il ne me satisfait pas, j'aime lui faire plaisir. Là, maintenant, ma peau, ma bouche ne veulent pas céder. Thony frotte sa braguette contre ma cuisse et son geste porte mon agacement à son comble. Je ne suis pas une chienne en chaleur, tout de même. Il ne peut donc pas comprendre que je n'aie pas envie de faire l'amour en ce moment ? Je le repousse un peu plus fort que je ne le voulais.

« Mais qu'est-ce qui t'arrive, Marie ? crie Thony agacé. Tu veux me faire marcher ? Ça t'excite tellement de te faire prier ?

— Non… justement, tu ne m'excites pas… je veux juste que tu me laisses tranquille cette fois, Anthony.

— Merde, alors ! Pourquoi es-tu venue me retrouver dans ma chambre ? il dit rageusement.

— Pour rester un moment avec toi… pour te parler. Est-ce tellement difficile à comprendre ?

Dois-je t'ouvrir mes jambes à chaque fois que nous nous voyons ? »

Thony s'étonne de ma question. Il semble y réfléchir. Sa colère tombe un peu. Il change de tactique.

« Je… je ne le dis pas… moi aussi, j'aime bien ta compagnie, mais tu paraissais toujours aussi pressée que moi les autres fois… ça marche bien, nous deux… on est un couple super… tu ne m'aimes plus, c'est ça ?

— Bien sûr que je t'aime… imbécile.

— Alors viens… rien qu'un petit instant. Tu vas voir… je ne serai pas long. »

Bien sûr que tu ne seras pas long, Thony. Tu ne sais pas faire autrement. Tous les mêmes, les gars. Vol direct sur la culotte, quelques moulinets et hop ! le tour est joué. Et moi je prétends aimer ça. Je simule la grande passion devant mes amies. Je leur invente des heures de plaisir torride et elles en bavent d'envie. Thony ne m'a jamais demandé s'il me satisfaisait au lit, pas une seule fois. Et moi je ne lui dis rien de mes frustrations. Il croit m'accorder un privilège que tant d'autres filles rêvent d'obtenir de lui. L'honneur de le faire jouir. Alors qu'avec Raoul, je demande grâce souvent. Il est vieux, laid, il est kounan, pourtant il sait comment m'envoyer au septième ciel. Il ne me lâche pas tant que je n'ai pas joui au moins une fois. Je suis une vraie femme avec lui. Qui le croirait ? Pas Thony, il me rirait au nez si je lui racontais. Il ne sait rien de mon petit secret.

Rassasié, Thony repose sur le dos, il fume une cigarette. Une sourde nausée me monte à la gorge, j'étouffe dans la proximité du tabac qui brûle. Je cours me laver à la salle de bains, pour enlever de mon sexe le sperme d'Anthony dont l'odeur âcre me soulève le cœur. Que m'arrive-t-il ? Il se passe quelque chose dans mon corps. Je ne me suis jamais sentie ainsi avant. Le matin je n'ai aucune énergie, même après une nuit de sommeil. Je ne peux rien avaler tant qu'il n'est pas midi. Je ne veux pas de ce qui m'arrive. Je ne veux pas être enceinte. Déjà deux semaines que j'attends mes règles. Que vais-je faire ? Plus le temps passe, plus je m'enfonce dans la merde. Pas question d'en parler à Maman. Pas question de la mêler à mes affaires. Je suis venue ici en fait pour que Thony m'aide. Il doit me sortir de ce trou.

« Thony… je dois te parler de quelque chose…

— Quoi, Bébé ?

— Voilà… j'attends mes règles depuis deux semaines… »

Thony encore sur les ailes de son orgasme ne me comprend pas. Il me caresse le dos et me répond distraitement.

« Hmmm… quoi, tes règles ?

— Peux-tu éteindre cette cigarette, s'il te plaît ? Tu me rends malade ! » L'aigu de ma voix le réveille. Il me regarde, contrarié.

« Qu'est-ce qui ne va pas, Bébé, t'as un problème ? Depuis ton arrivée tu sembles une bombe sur le point d'exploser. Je ne t'en ai pas donné assez ? Si tu veux me laisser récupérer un moment, on peut remettre ça. Relaxe.

— Mais je viens de te dire ce qui ne va pas, Anthony ! Toi tu ne penses qu'à baiser ! Un retard de règles… voilà mon problème. Je crois que je suis enceinte, Thony… »

Le message est enfin passé. Il se soulève sur un coude et me regarde.

« Tu es sérieuse ?

— Je… je ne sais pas. Je me sens seulement tout drôle, tout le temps. Et mes règles qui ne viennent pas.

— Hmmm… que vas-tu faire ? »

Voilà mon erreur. Je n'aurais jamais dû lui en parler. Qu'est-ce qui m'a pris ? Que vas-tu faire ? il m'a dit. Il ne se sent pas concerné.

« J'sais pas… je crois qu'il me faudrait voir un médecin… pour être sûre. Je voudrais que tu viennes avec moi…

— Moi ? Mais… pour quoi faire ? C'est des affaires de filles… demande à Caroline ou Julie… tes meilleures amies… je sais pas, moi. » Un soupçon de panique dans sa voix.

« Mais… j'aimerais mieux que tu m'accompagnes, Thony, pour m'aider à m'en sortir. Tu ne penses tout de même pas que c'est arrivé par l'opération du Saint-esprit ? »

Thony se gratte la tête, sa mâchoire se serre. Il se lève, fait quelques pas dans la chambre. Sa réflexion est intense.

« Et si tes doutes se confirment, que comptes-tu faire ? »

Thony me renvoie encore une fois mon angoisse au singulier. Je ne sais pas ce qui m'a poussé à lui dire ce que je lui ai dit. Il n'était nullement question dans ma tête d'avoir un gosse à seize ans, surtout pas dans la situation de ma famille. Ma mère a bien épousé mon père à dix-sept ans, mais c'était un autre temps, une autre histoire. Je voulais juste croire, même un instant, que Thony m'aimait… d'une certaine manière, provoquer sa tendresse. Une fois sa panique surmontée peut-être reviendrait-il à d'autres sentiments. Je me suis entendue dire à Thony :

« Cela dépendra de toi… de nous. Nous pourrions l'enlever… ou bien le garder.

— Pas question de le garder ! » La réponse d'Anthony claque comme une voile au vent. Le vent qui m'emporte déjà bien loin de cette chambre où je lui offrais mon corps aux heures dorées de l'école buissonnière. « Je n'ai nullement l'intention de m'embarrasser d'un enfant dont je ne suis même pas sûr d'être le père… mes parents ne me le permettraient jamais… ils m'ont assez mis en garde contre toi… ils savaient bien de quoi ils parlaient, mes vieux. »

Oh, ces mots qu'il ne faut pas dire, qui marquent comme un fer rouge. Je sais déjà les paroles qui vont suivre. Je fais face à Thony, pour livrer une dernière bataille, pour que la blessure qu'il va ouvrir à mon flanc ne me tue point.

« Il n'y a pas dix minutes, tu as lâché ton foutre dans mon ventre. Que tu le croies ou non, c'est ainsi que l'on fait les enfants, Anthony Placide. Ce serait la moindre des choses que tu assumes tes responsabilités.

— Mais nous sommes au moins deux à t'arroser de foutre, Marie chérie. » Sa réponse vive a surgi comme le venin d'un serpent. Je voudrais arracher son sourire avec mes dents.

« Comment ? Que dis-tu ? » Je joue d'audace, pour qu'Anthony arrête de parler. J'ai froid soudain. Mais il ne s'arrête pas.

« Ne joue pas à l'étonnée ni à l'innocente, tu sais très bien de quoi je parle, Marie. Tu t'envoies en l'air avec ce secrétaire d'État macoute, ce soi-disant ami de ta famille. On dit qu'il est aussi l'amant de ta mère. Quelle famille vous faites ! Dans ta situation, tu es mal placée pour faire des exigences, encore moins pour donner des leçons. Tu n'avais qu'à t'arranger pour ne pas tomber enceinte. C'est plutôt au secrétaire d'État de prendre soin de toi, va le trouver, il est plein aux as ! »

Anthony a raison. Il est un lâche et un goujat mais il a raison. Je n'étais bonne que pour son plaisir et j'ai eu tort de n'avoir pas voulu le croire. Tant que j'étais Marie la jolie petite mulâtresse, Marie aux mains généreuses, il me montrait comme une belle prise, un morceau de choix. Il jouissait de ma complaisance, de mes largesses, de mon corps qu'il n'a jamais su satisfaire. Il devait même se vanter auprès de ses copains de partager la petite amie d'un secrétaire d'État. Mais tout cela je le savais. Raoul, lui, ne me lâchera pas. Je ramasse mon sac et je m'en vais en lui disant avec un calme méchant :

« Tu n'es qu'un pauvre type, Thony. Une couille molle. Et tu ne vaux rien au lit. Tu connaissais donc ma relation avec le secrétaire d'État et tu t'en accommodais bien. Elle te dérange seulement maintenant que j'ai besoin de ton aide, maintenant que je te demande d'être un homme. Oui, je vais le trouver. C'est vrai qu'il est un secrétaire d'État macoute, mais lui il est un homme, un vrai. »

43

Ils sont arrivés à bord de deux jeeps couleur de nuit. La chaîne du portail a volé en éclats sous une rafale de mitraillette. Un bruit effrayant qui est resté suspendu de longues secondes dans les feuillages de la rue des Cigales. Je n'étais pas encore tout à fait réveillée qu'ils se trouvaient déjà dans la maison. Ils nous ont alignés contre le mur du couloir qui mène aux chambres, les gosses, Tinès, Yva et moi. Depuis une demi-heure ils fouillent, ravagent plutôt, toutes les pièces. Ils parlent fort, se déplacent presque en courant, claquent brutalement les portes. Il y en a un qui déambule les yeux fous, l'arme au poing, je m'attends à chaque seconde qu'il se mette à tirer dans tous les sens. Ils ne trouveront rien. Après l'arrestation de Daniel j'ai fait un autodafé de tous ses livres, ses magazines, cahiers de notes, même de sa correspondance. Je ne leur ai pas laissé le prétexte de littérature subversive pour me persécuter. Car cette descente n'a rien à voir avec Daniel. On règle son compte à la maîtresse du chef de la police politique. Le message au secrétaire d'État est clair, il ne fait plus peur. Nicolas tremble, Marie est livide, Yva se tient le ventre, pourvu que ses boyaux ne lâchent pas. Le garçon de cour ne bronche pas, s'attendait-il à leur arrivée ? Raoul a confiance en lui, pas moi. Ils sont sept, tous en civil, deux d'entre eux montent la garde dans la cour. Leur chef est un haut gradé militaire, il doit avoir l'âge de Daniel, je le connais de vue. Il évite mon regard. Je ne saurais dire si les six autres hommes sont des macoutes ou des militaires. En ce qui me concerne, c'est du pareil au même, ils s'entendent bien pour exécuter leur sale boulot. Le vent a tourné. Cette descente des lieux fracassante à onze heures du soir passées en dit long sur la situation de Raoul. Je n'aurais jamais cru cela possible. Son pouvoir s'effrite chaque jour un peu plus. Je le sens depuis quelque temps à son sommeil cassé, aux mouvements nerveux de ses mains, à ses silences tourmentés. Il m'a parlé l'autre jour en termes plutôt vagues de tensions entre lui et certains collègues du gouvernement. Mais il y a bien plus, j'en suis sûre à présent. La disparition tragique du secrétaire d'État aux Travaux publics défraie la chronique. Il a brûlé vif avant-hier soir, dans sa voiture, à Mariani, sur la nationale numéro deux, il se trouvait en compagnie d'un corps qui n'a pas été identifié. Sa maîtresse, d'après les mauvaises langues. Forfait d'une femme jalouse ou vendetta politique, toujours d'après les mauvaises langues. L'enquête est ouverte, on n'en saura peut-être jamais les résultats mais ces morts sentent l'assassinat, le crime crapuleux. Raoul, que sais-tu de ce crime ? Entendrai-je jamais un mot de vérité de ta bouche ? Raoul, dis-moi que tu n'as pas fait brûler Philibert même si tu lui en voulais tellement. La vie d'un homme n'est-elle que la feuille séchée qui tombe d'un arbre et que l'on écrase sous les semelles ? Une toile d'araignée qui disparaît d'un coup de balai ? Une noix d'amande qu'un enfant pulvérise sous une roche ?

Le vent a tourné, je dois foutre le camp d'ici. Mes tripes me le disent. Les pas précipités de ces hommes dans la maison résonnent dans ma tête comme un tocsin. Mes méninges roulent à une vitesse effarante. Il y a comme une sorte d'urgence qui a pris possession de mon être et m'enfièvre. L'urgence de vivre, de sauver ma vie et celle de mes enfants. Daniel ne sortira pas vivant de prison. Maintenant je le sais. Et si jamais il en sort, le fossé entre nous deux sera infranchissable. La tête de Raoul risque de tomber avant très longtemps. Les hostilités sont déclenchées contre lui, seul le support du chef de l'État le maintient encore en place mais il finira bien par le lâcher pour préserver l'équilibre au sein de ses affidés. Je ne dois pas attendre cette échéance. Voilà en quelques heures ma vie qui bascule encore une fois. Mais que me veulent-ils, ces hommes ? Il n'y a pas d'armes et pas d'argent ici. Provoquer Raoul ? Lui donner la frousse ? Et mes bijoux ? La cassette se trouve dans le tiroir de la commode qui ferme à clé. Tout à l'heure ils ont fait péter quelque chose dans la chambre avec une barre de fer. Comment quitter le pays avec les enfants alors que nous figurons sur la liste noire du service d'immigration ? Cette autorisation libératrice du palais ne viendra pas. Je ne dois rien dire à Raoul. Il ne faut pas lui laisser deviner ce qui se passe en moi. Il saura trouver le moyen d'échapper à ce gouffre qui s'ouvre sous ses pieds. À moi de me sortir du mien. La frontière, peut-être. J'ai entendu dire que s'ils sont grassement payés, les militaires en poste des deux côtés de la frontière laissent passer des fuyards. Mais l'argent, où le trouver ? Raoul me donne de quoi vivre aisément, c'est tout. Et pour combien de temps encore ? Il me faut bien plus que cela pour payer mon passage.

La perquisition semble terminée. Ils n'ont évidemment rien trouvé, puisqu'ils ne cherchaient rien. Mes bijoux tout au plus. Raoul ne serait pas assez fou pour laisser ici des armes ou des objets compromettants. L'attention des hommes se porte davantage sur nous à présent. Ils passent et repassent sous nos yeux, le regard et le souffle lourds. Leur chef se tient au salon, je l'entends qui discute au téléphone. L'homme au pistolet s'approche de Marie et se plante devant elle. Il dégage une forte odeur de sueur et de feuilles piétinées de papayer. Son visage est impassible. Son regard ne lâche pas les yeux de Marie pendant qu'il promène l'arme sur son cou, sa poitrine, descend jusqu'à son ventre. Trois autres sbires le regardent faire, en ricanant. Ils ne prêtent nullement attention à moi et aux autres habitants de la maison, nous n'existons pas. Le canon de l'arme se trouve à présent entre les cuisses de Marie, effectuant un mouvement brutal de va-et-vient contre sa vulve. Les battements de mon cœur m'étouffent. Yva n'arrête pas de sangloter, elle tient Nicolas par l'épaule d'une main et son ventre de l'autre. Un cri d'horreur me sort des lèvres pendant que je fais un mouvement vers ma fille. L'homme me regarde et je m'arrête net. La mort danse dans ses yeux. Il colle son visage à celui de Marie et lui lèche la joue. Un sanglot secoue violemment Marie, ses traits sont figés dans une grimace d'horreur. Marie, mon bébé, ferme les yeux, tu es juste en train de rêver… ce n'est rien qu'un mauvais rêve qu'un peu d'eau fraîche sur ton visage va bien vite effacer. Les autres sbires voyeurs ont d'un même mouvement tiré leurs pistolets de leurs étuis et se tiennent plus près de nous, nous encerclant. Je sens que la situation va rapidement tourner au drame. Soldats, à vos postes ! L'injonction claque comme un fouet et nous fait tous sursauter. L'homme devant Marie se retourne lentement, regarde le chef qui se tient à quelques mètres, le dévisage des pieds à la tête en grimaçant et se détache de ma fille. D'un signe de tête le militaire ordonne aux hommes de quitter la maison. Marie tombe évanouie.

44

« Une tasse de café ? Un jus de fruit ? »

Dorothy et Lola, deux clientes assidues du salon de beauté de Maggy sont en visite chez moi pour voir la parure de saphirs et diamants que je vends. Le premier cadeau de Raoul. Témoin d'un temps où ma vie s'est échappée de moi. Cette parure est la seule rescapée de la fouille d'hier soir. Elle ne se trouvait pas dans ma cassette. Trop fatiguée pour la ranger la dernière fois que je l'ai portée, je l'ai glissée dans une poche de ma robe de soirée que j'ai ensuite accrochée à un cintre dans l'armoire. Je dois trouver de l'argent pour partir. Je vais aussi brader tout ce qui peut me rapporter du liquide immédiatement, la voiture, l'argenterie plaqué or, les trois postes de télé, le congélateur et le nouveau tourne-disque. La génératrice. Je vendrai la maison même, si je trouve un acheteur. Maggy m'a tout de suite amené ces deux preneuses, son sens de l'urgence me réconforte. Je reçois ces dames mais ma tête se trouve ailleurs.

Depuis ce matin Marie va mal, elle brûle d'une fièvre soudaine. Le choc d'hier soir, sans doute. Raoul m'a appelée au téléphone en fin de matinée sans faire mention de quoi que ce soit. Comme d'habitude, il a été laconique et sans émotions, je suis sûre qu'il sait pour hier soir. Je lui ai parlé de l'état de Marie. Est-ce qu'il craint que le téléphone ne soit sur écoute ? Il s'inquiète surtout pour Marie. Il ne m'a pas dit s'il viendra nous voir ce soir, en général Raoul n'annonce pas ses visites.

« Heu… café, merci, répond Lola.

— Moi, si je bois une goutte de café après le déjeuner je passe la nuit blanche… » Dorothy regarde le cadran de la petite merveille qui lui sert de montre… « Deux heures trente… je suis très sensible à la caféine… hmmm… du jus de quel fruit avez-vous là ?

— Des cerises, de mon jardin…

— Ah non ! Surtout pas ! Du poison pour mon acidité ! Je prendrai un verre d'eau alors… »

Mon Dieu ! Donnez-moi de la patience… les heures qui viennent s'annoncent difficiles. C'est vrai que mes nerfs sont à fleur de peau mais cette Dorothy… je plains l'homme qui devra la supporter avec tout son fric.

Elle glousse en parlant, Dorothy. Elle glousse et jette des regards furtifs autour d'elle. Elle est plutôt venue voir à quoi ressemble la maison de la maîtresse de Raoul Vincent. Elle m'agace tellement. La nouvelle de la descente chez moi a fait le tour de la ville. Plusieurs amis m'ont appelée au téléphone pour savoir si tout allait bien pour nous. Roger est quand même venu me voir, je lui ai demandé de prendre Nicolas chez lui pour les prochains jours. Pas encore un mot de la famille de Daniel. Arlette doit jubiler. D'après la rumeur, Marie et moi avons été violées, des centaines de milliers de dollars saisis. Si je les avais, tous ces dollars, je ne serais plus ici, pour sûr. Je me suis esquintée ce matin pour mettre un semblant d'ordre dans la maison, une façon aussi d'oublier les dernières heures. Sous la véranda, tout paraît à peu près normal.

Dorothy n'arrête pas de raconter des niaiseries. Elle est émoustillée par sa présence ici. Elle se frotte à quelque chose d'énorme comme elle ne l'a jamais fait avant. Passer l'après-midi chez la maîtresse de Raoul Vincent, dans ce haut lieu de perversion ? Ses amies ne vont pas la croire. Il y a de quoi les tenir en haleine pour quelques jours. Où est-ce que Maggy est allée pêcher cette espèce d'anguille ? Un cou long et maigre. J'ai vu ses yeux luire intensément en regardant la parure. Une vraie merveille. Je n'ai pas le temps de la regretter. Dorothy est la fille aînée d'un riche homme d'affaires de la classe moyenne noire qui fait son beurre grâce à des contrats juteux avec le gouvernement. Campêches, huiles essentielles, ciment, ponts et chaussées, il touche à tout. Il est devenu riche en moins de cinq ans. Il a ses entrées dans tous les cercles, militaires, macoutes, bourgeois, religieux, un maître opportuniste. Où est Raoul ?

Pourquoi est-ce que je m'inquiète pour lui ? Les nouvelles de Marie l'ont secoué, je l'ai senti même dans son silence. Pourvu que cette dinde achète les bijoux. Si la fièvre de Marie ne tombe pas dans une heure, je fais venir le docteur Xavier. Dès que ces dames seront parties, j'appelle Roger pour lui demander de garder Nicolas dès aujourd'hui chez lui. Maggy m'a offert de passer la nuit avec moi. Je ne crois pas que je risque deux descentes consécutives, mais on ne sait jamais. Sa présence me rassurera, elle me sera utile pour Marie aussi.

« Et Marie ? » Maggy me demande. Mon amie sent ce qui se passe en moi, elle comprend la panique qui s'installe et grandit dans mon âme et dans mes tripes avec les heures qui passent.

« Je lui ai donné des cachets pour la fièvre…

— Hmmm…, fait-elle. Nous parlons à demi-mot à cause des deux autres.

— Alors, elle te plaît, Dorothy ? N'avais-je pas raison de te dire que je t'emmenais découvrir une vraie merveille ? Je te vois bien avec ce collier, ton cou est fait pour porter les beaux bijoux. Le bleu est ta couleur préférée, n'est-ce pas ? » Maggy prend un ton très sérieux de commissaire-priseur, Dorothy la regarde avec beaucoup d'attention, le sourire figé.

« Bon… oui… un beau jeu… mais j'ai déjà tellement de bijoux… Papa ne va pas apprécier…

— Tu sauras l'amadouer, j'en suis sûre…, l'encourage Maggy. Tiens, passe le collier… met les boucles d'oreilles aussi. »

Dorothy ne se fait pas prier. Le froid des bijoux sur sa peau lui communique un frisson qui la surprend, ses mamelons durcissent, ses mains s'agitent.

« Il est vrai qu'il m'a demandé de l'accompagner la semaine prochaine à une soirée que va donner un diplomate en poste ici... l'un des ambassadeurs les plus influents... j'aime être invitée chez les diplomates... on y rencontre beaucoup d'étrangers. » Dorothy glousse.

« Ah ? fait Lola qui n'avait pas dit grand-chose jusqu'ici, qu'est-ce que tu reproches aux locaux ?

— Heu... rien... sauf qu'ils manquent souvent de raffinement. » Le ton de Dorothy est un tantinet dédaigneux.

« Hmmm... tu fréquentes peut-être ceux qu'il ne faut pas. Moi je connais des Haïtiens de bonne éducation et de grande culture. » Lola n'a apparemment pas très apprécié la remarque de Dorothy.

« Tu as peut-être raison, Lola, mais avoue qu'ils sont plutôt en minorité ces compatriotes-là ! Sinon, il n'y a que des macoutes partout où je vais et qui se croient permis de me faire la cour... les grossiers personnages...

— Pourtant... ton père s'entend bien avec eux... quand il s'agit de faire des affaires... » Lola est une fille de duvaliériste qui s'assume et Dorothy une petite jouisseuse ne sachant pas quand se taire.

« Oui... ça tu peux le dire... je me demande comment il arrive à les supporter. J'assistais à un bal récemment et pour faire plaisir à Papa j'ai dû danser avec un jeune VSN… il avait pas mal bu et s'est permis de m'inviter à finir la nuit avec lui… Quel toupet ! Moi, coucher avec un macoute, un Noir en plus ? Je laisse cela aux putes ! » La colère de Dorothy fait étinceler davantage les gemmes sur sa peau.

« Oh !… » Lola et Maggy s'exclament en même temps en me cherchant des yeux. Dorothy se rend compte de sa gaffe, ou est-ce bien une gaffe ?

Je n'étais pas vexée mais agacée par cette fille au long col.

« Pour faire la pute, ma chérie, il faut être une vraie femme, avec une vraie chatte entre ses jambes… et savoir s'en servir… le mâle ça se garde avec du plaisir… tout l'argent du monde ne retiendra pas un homme insatisfait… macoute ou pas macoute.

— Heu… mais je n'ai pas voulu vous froisser, Nirvah.

— Je ne le suis pas, Dorothy. L'êtes-vous ?

— Non…

— Alors, tout va bien…

— L'occasion est toute trouvée ! » Maggy intervient pour fermer la parenthèse. « Cette réception tombe bien. Élégante comme tu es, tu trouveras la robe qu'il faut pour porter cette parure. Tu vas faire un malheur.

— Ma chère… c'est comme si tu savais ! J'ai donné à confectionner une robe longue pour l'occasion… avec un décolleté en V… hier encore j'étais à l'essayage… Mme Simon a de véritables doigts de fée… tu la connais ? Elle confectionne aussi des robes pour les filles du Président… »

Dorothy me glisse un regard en coin. Elle veut bien me faire comprendre qu'elle est une femme importante, qui connaît du monde, qui fréquente la crème de la société port-au-princienne. Est-ce que j'ai besoin de cela en ce moment ? Une mal baisée qui vient me faire son cinéma. Si ce n'était pour Maggy… Je laisse ces femmes un moment pour aller voir Marie. La fièvre n'est pas tombée. Je m'angoisse.

« Combien vous demandez pour la parure ? » dit Lola. Finalement une question qui m'intéresse mais je ne sais pas quel prix proposer.

« Hmmm… cinq mille dollars ! » répond vivement Maggy. Elle m'a devancée, pressentant mon embarras. Il est vrai que nous ne nous étions pas mises d'accord sur un prix de départ. Quelle piètre femme d'affaires je fais.

« Cinq mille dollars ! s'exclame Dorothy. C'est… énorme.

— Il en vaut le triple ! confirme Maggy avec conviction. Pendants d'oreilles, tour de cou, bracelet et bague… cinq superbes pièces. Une véritable aubaine que je regrette moi-même de laisser passer. Mais si vous faites une offre, Nirvah peut considérer…

— Deux mille ! » jette Dorothy en serrant les mâchoires.

La garce ! Elle m'offre une bouchée de pain… elle doit se dire que je suis aux abois. Yva paraît sur la véranda, l'air inquiet. Je lui fais signe d'approcher, elle se penche et me chuchote à l'oreille :

« Mlle Marie est en train de déparler... il faut venir...

— Trois mille dollars ! lance alors Lola.

— Trois mille ? Affaire conclue !... je lui réponds en laissant précipitamment la galerie. Reçois pour moi l'argent de ton amie... raccompagne ces dames et rejoins-moi dès que tu as terminé », je crie à Maggy.

En m'en allant, j'ai le temps de voir la moue de dépit de Dorothy s'affairant les bras levés avec le fermoir du collier.

45

Raoul Vincent se demandait combien de soleils se lèveraient avant que la trappe ne se re-
ferme sur lui. Il voulait tenir quelques jours
encore, le temps de trouver assez d'argent. De
l'argent pour lui, avant de demander l'asile politique avec sa famille à l'ambassade du Venezuela,
et pour Nirvah, pour qu'elle achète sa fuite du
pays avec ses enfants. Il dansait sur une corde
raide, se déplaçant souvent, ne restant pas plus
d'une heure au ministère, se défilant d'un ennemi qui pourrait se manifester sous des formes im-
prévisibles. Quand il verrait Nirvah ce soir il lui
dirait que le moment venait de tout laisser derrière elle. En attendant de partir, elle devrait se
mettre à couvert dans une résidence qui ne soit
pas celle de ses parents directs, il le lui demande-
rait également. Ses collaborateurs, ses taupes ne
savaient rien de la perquisition chez Nirvah
Leroy, l'ordre émanait d'autorités en dehors de
leur juridiction. L'ennemi frappait dans l'ombre
et dans le plus grand secret. Raoul Vincent ne

contrôlait presque plus rien au ministère puisqu'il n'avait plus la haute main sur l'argent. Avec une machiavélique précision, Douville avait lentement verrouillé les vannes qui approvisionnaient les comptes secrets du ministère de la Défense et de la Sécurité publique. De nouvelles dispositions venaient enlever au secrétaire d'État la manipulation sans limites ni contrôle de sommes d'argent considérables. Il ne tiendrait pas longtemps sans les fonds à distribuer, cet argent avec lequel il s'achetait la fidélité de macoutes et de gens de toutes provenances travaillant à sa cause. Il possédait bien un quart de million de dollars placé à terme dans une banque américaine, mais il ne pouvait pas encore y toucher. Les quelques milliers de dollars dont il disposait tout de suite ne le mèneraient pas bien loin. Entre les appétits de sa femme et de ses filles à assouvir, ses obligations envers Nirvah et les caprices de Marie, il se retrouvait pratiquement démuni. Il pouvait toujours solliciter un prêt important d'un Syrien du bord de mer qu'il connaissait, mais il préférait garder cette option en réserve, la nouvelle se répandrait trop vite. Il devait trouver autre chose. François Duvalier ne le lâcherait pas, ce n'était simplement pas pensable. Lui qui avait donné sa vie, avait vendu son âme pour la révolution. Mais il savait aussi de quelles médisances fielleuses ses ennemis nourrissaient le Président à son endroit. Duvalier ne le toucherait pas mais il laisserait ses affidés l'abattre. Lors d'une récente rencontre au palais, il avait effleuré avec lui le sujet des fonds secrets asséchés de son ministère. Le visage impassible, Papa Doc lui avait simplement dit de ne pas s'inquiéter car il gardait toute confiance dans le secrétaire d'État de l'Économie et des Finances pour rétablir la situation sûrement passagère. Phrase anodine, au relent de verdict. Surtout il devait garder son sang-froid, rester sur le qui-vive tout en ne paniquant pas. Il ne voulait pas laisser sa peau dans la partie de chasse lancée contre lui. L'attitude du Président envers lui changeait depuis quelque temps. Il l'appelait moins souvent au téléphone, abrégeait leurs rencontres ou en réduisait sensiblement le nombre. Certains rapports de sécurité ne lui parvenaient plus et les membres du personnel du ministère à son service arboraient des têtes de naufragés. Un jour viendrait, bientôt, où le portail du palais national lui serait défendu. L'an passé, un secrétaire d'État du gouvernement de ses amis tombé en disgrâce avait vécu cet instant de grand désarroi. Remonté dans sa voiture, il avait obéi à son instinct de survie en se rendant directement dans une ambassade pour prendre asile. Lui, Raoul Vincent, ne subirait pas cet ultime affront.

Nirvah. Les brutes avaient osé la toucher, pénétrer chez elle, chez lui. Chez sa femme et ses enfants. Il imaginait ces porcs immondes fouillant comme de la boue l'intimité de la maison tiède et douce du parfum de ces trois êtres chers à son cœur. Lui qui avait ordonné tant d'expéditions nocturnes répressives contre les ennemis de la

révolution ne supportait pas l'idée des bottes bru-
tales souillant la demeure devenue sienne. Il chas-
sa de son esprit le lourd nuage des souffrances
infligées par sa volonté qui tentait de l'envelopper.
Ces histoires-là appartenaient à un autre monde,
se justifiaient par des motifs qu'il n'avait jamais eu
à remettre en question. Il n'allait pas commencer
maintenant, sinon il perdrait sa raison. Il avait
failli à sa tâche. Nirvah avait essayé de rester calme
au téléphone mais sa voix tremblait. Il ne savait
pas comment réparer ce mal qu'on venait de faire
à une femme qu'il aimait tant, à ces deux enfants
dont il avait la vie à charge. L'impuissance, comme
une bile brûlante, montait à la gorge du secrétaire
d'État. La machine qu'il avait créée, dont il avait
imaginé la mécanique et les rouages se retournait
contre lui, pour le broyer. On ne pouvait pas se
battre contre ce pouvoir, on pouvait juste tenter
de sauver sa peau.

Marie… Ils avaient touché à la peau de Marie,
la pire offense. L'humiliant défi qu'il ne pouvait
relever, le temps lui manquait cruellement. Oh !
comme il éliminerait Douville avec extase ! Il le
saignerait et le regarderait mourir, exsangue,
sans jamais le toucher. Quant à ses acolytes, il les
laisserait agoniser de soif. L'un de ses espions lui
avait rapporté la visite de Dorothy Desormeaux
chez Nirvah au lendemain même de la descente
des lieux. Qu'y était allée chercher la garce ?
Nirvah ignorait-elle que le père de cette petite
pute était de mèche avec Douville pour le faire
tomber ? L'opportuniste André Desormeaux se

sentait assez bien souché à présent auprès de la première dame pour convoiter activement son poste. Simone Duvalier ne jurait que par ses yeux. Nommé il y a environ cinq mois à la tête des magasins de l'État, il enrichissait la femme du Président chaque jour davantage avec l'aide de Douville. Toutes les semaines il lui glissait une petite note sur laquelle figuraient les nouvelles balances de ses différents comptes en banque, locaux et internationaux. Elle lui donnera tout ce qu'il voudra. Comme Salomé, elle lui offrira la tête de Vincent sur un plateau moyennant qu'il continue de danser la danse de l'Or. Mais il ne s'en irait pas tout seul. D'autres partiraient avec lui. Philibert en savait déjà quelque chose. Deux autres membres du gouvernement connaîtraient aussi un sort tragique avant longtemps. Raoul Vincent espérait de tout son cœur que les dieux lui accorderaient ses vœux.

Il ne pouvait supporter l'idée que Marie souffrait. Cette fièvre soudaine l'inquiétait au plus haut point, l'émotion seule ne justifiait pas telle chute. Marie... son ange, sa petite chérie. Au fil des jours il avait découvert en elle la féminité et l'intensité de Nirvah, mais avec un zeste d'effronterie et de rébellion qui le stimulait puissamment. Une enfant-femme qui apprenait ses pouvoirs. Quand il l'avait prise à quinze ans elle était encore vierge dans son corps, mais plus dans sa tête. Un viol qu'il n'avait pas prémédité, dont il gardait un goût imprécis. Il avait craint que cet acte ne lui ferme à jamais les portes de la maison de la rue des Cigales. Pourtant elle s'était tue et à sa grande surprise l'avait cherché. Comme pour se faire souffrir. Elle se servait de lui pour s'immuniser contre le mal qu'il représentait à ses yeux. Un passage initiatique troublant. Elle avait appris bien vite les gestes de l'amour, découvrant avec curiosité les plaisirs du corps, mais pour elle ce n'étaient que des gestes. Contrairement à Nirvah qui savait aimer avec son âme et s'en effrayait souvent. Marie voulait tout le bon de la vie et elle le voulait tout de suite, frappée à un âge tendre par son poing dur, elle passa de l'adolescence à l'âge adulte dans l'espace d'un cillement. Sa mère n'avait pas su trouver les mots pour retenir son innocence. Marie crachait sur toute innocence. Elle apprenait la trahison et la confiance, le doute et le mensonge, la fidélité et l'hypocrisie, elle apprenait à les découvrir chez les êtres, à les exploiter quand il le fallait. Elle avait appris bien vite que le monde autour d'elle ne faisait pas de cadeau, qu'il lui faudrait se défendre avec ses propres moyens, son sourire angélique et son cynisme. Et comme elle avait faim de vivre ! Une faim dévorante qu'alimentaient les sensations et les plaisirs intenses, les défis à relever. Elle rendait coup pour coup, déception pour déception, plaisir pour plaisir. Elle jouait aux échecs avec les pièces de sa vie, un art dont elle acquérait vite les finesses et la haute stratégie. Et tout cela avec une candeur tellement désarmante. Bien sûr Marie ne l'aimait pas. Comment pourrait-elle aimer un homme comme lui, vilain et mal foutu ? Elle s'amusait avec la jeunesse dorée de son âge, les jeunes gars aux ventres plats et aux têtes vides. Mais elle avait découvert avec lui le vertige du pouvoir, car à ses pieds il mettait sa vie, son sang, ce qui lui restait de fortune. En dépensant de l'argent sans compter avec et pour ses amis, elle entretenait l'illusion de décider du cours des choses. Elle voulait être aimée à tout prix sans pouvoir elle-même aimer. Une fois, elle lui avait avoué qu'il était le seul capable de la faire jouir. L'émotion ressentie à cet instant valait bien tous les paradis perdus. Marie s'enivrait de cette complicité contre-nature, de leurs échanges muets devant les autres membres de la maison, de l'illusion de le posséder qu'il lui concédait volontiers. Elle se cachait sous un masque de fausse maturité pour échapper à ses peurs. Elle vouait à sa mère une haine violente et un amour désespéré. Nirvah ignorait l'essentiel de l'âme de cette enfant vivant sous son toit. Et Marie voyait dans sa mère une femme fossile perdue dans un temps et des sentiments révolus. Quand Marie lui avait demandé l'argent pour se faire avorter quelques jours plus tôt, Raoul avait eu pour la première fois de sa vie la sensation d'être complice d'un crime odieux. Et s'il était le père ? Le souffle ténu du fruit si pur dans le ventre de Marie symbolisait la beauté dont il rêvait souvent pour lui et l'innocence qu'il n'avait jamais connue. Il l'avait supplié de garder l'enfant mais elle n'en voulait pas. Elle avait peut-être raison. Ce petit être viendrait sûrement rompre le fragile équilibre entre Nirvah, Marie, Nicolas et lui.

Et Nicolas? Nicolas... le fils qu'il n'avait pas eu mais qu'il commençait à aimer comme sa propre chair. Nicolas dont il n'avait pas encore fait un homme. Il tissait au fil des jours avec le garçon des liens d'une exquise subtilité. Avec Nicolas il vivait un rêve de pureté et de respect. Une étrange amitié. Des sentiments qui électrisaient le bout de ses doigts quand il touchait le jeune corps imberbe. Oh, comme il tremblait cette première fois où l'adolescent lui avait laissé le soin de l'emmener vers les cimes de l'Olympe. Avec Nicolas il voulait aller doucement, savourer l'éveil des sens, franchir avec lenteur les étapes vers l'éblouissement. Il y avait tant de sensations qui les attendaient, tellement de plaisirs à explorer. Il avait tant de choses à lui apprendre de la grandeur et de la petitesse des hommes, depuis l'Antiquité jusqu'au jour d'aujourd'hui. Il lui enseignerait la méfiance qu'il devait développer et solliciter autant que son instinct de survie. La méfiance, sa meilleure arme dans un environnement brutal. Nicolas était un bon élève, friand de récits de voyages, curieux de savoir à quoi ressemblait le monde au-delà de la ligne d'horizon de son île. Il devenait plus imaginatif. Son dessin perdait de sa puérilité, son tracé devenait plus audacieux, plus libre. Raoul pouvait imaginer sa terreur et sa grande confusion pendant que les fils de chiennes vandalisaient sa maison, brisaient les faibles fondations de l'assurance qu'il commençait à construire. Comment revenir à l'équilibre d'avant, remettre à sa place le cours bienheureux des jours? Raoul sentit monter dans sa bouche un goût de sang.

46

« Comment va Marie ?

— Pas bien… le docteur Xavier est avec elle…
j'attends qu'il termine sa consultation… merci
d'être venu. »

Roger a passé outre sa décision de ne plus
mettre les pieds chez moi tant que Raoul Vincent
fréquenterait ma maison. Aujourd'hui que ma
famille est en péril il accourt. Malgré son visage
inquiet sa présence me rassure. Roger est un
rayon de lumière contre les ombres qui me
cernent. Je réalise combien nos conversations
me manquaient. J'ai l'impression de revenir de
loin et en même temps d'être à l'aube d'un
voyage. Tout ce qui bouge autour de moi est terriblement présent et intense mais se fond dans
un flou intermittent. Je suis moi et plusieurs
femmes à la fois. Les bruits me parviennent
d'ailleurs, le roucoulement des pigeons dans les
arbres, les rires d'enfants dans la rue des Cigales,
une autre Nirvah les entend et en est touchée
jusqu'aux larmes. Je suis avec Roger et en même

temps dans la chambre avec le docteur Xavier, je tiens la main de Marie. Mon estomac est un nœud serré dans ma poitrine. Roger a grillé deux cigarettes depuis son arrivée tout à l'heure. Il hésite avant de me demander encore :

« Nirvah,… comment va-t-elle… vraiment ?

— La fièvre ne la laisse pas… elle délirait tout à l'heure… de temps à autre elle regarde alentour et ne semble reconnaître personne…

— Mais… c'est si soudain…, dit Roger déconcerté. Couvait-elle quelque chose ?… une malaria ou la dengue ?…

— Nous saurons peut-être dans un moment… cette maladie tombe mal, Roger…

— Hmmm… je sais… »

Roger comprend ma situation. Avec Raoul en difficulté ma vie devient automatiquement en danger. Je suis une cible naturelle pour tous ceux qui lui en veulent. Je l'affaiblis. De plus je suis la femme d'un prisonnier politique, tout ce qui m'arrive est en conformité avec ce statut. Je trouve qu'il prend beaucoup de temps avec Marie. Quand le docteur m'a demandé de laisser la chambre pour l'ausculter j'ai eu peur. Comme si Marie ne m'appartenait pas, ne m'appartenait plus. Il y avait brusquement un monde étrange et hostile entre ma fille et moi qui effaçait les neuf mois où elle avait grandi dans mon ventre, les longues heures de veille devant son berceau, les petites joies de l'enfance. Comme j'ai besoin de l'aimer, de défaire tout ce mal dont elle souffre. Roger attend depuis son arrivée de me demander quelque chose. Une question horrible qui fait mal comme la lame d'un poignard.

« Nirvah, est-ce que Marie a été violée ?

— Non... Dieu merci. Mais... elle a... elle a... »

Je panique. Trouver les mots pour répondre à mon frère est au-dessus de mes forces. C'est la première fois depuis hier que je dois décrire avec des paroles ma révolte et ma douleur. Les dire, c'est revivre cette réalité que je rejette de toute mon âme. Les dire, c'est vomir cette colère en ébullition dans mon cerveau mais que je veux contrôler pour faire face à la situation dans laquelle je me trouve. Je risque de m'effondrer avec ces mots que l'on attend de moi. Que dois-je dire à Roger ? Que s'est-il passé au juste dans cette maison hier soir ? Aucun mot ne me vient à l'esprit et à la bouche. Pendant quelques secondes des fragments d'image me traversent la tête, comme des éclats de miroir au soleil, sans ordre, tranchants et aveuglants. L'odeur de ces hommes qui ne s'en va pas de la maison. Le calme de la demeure qui a volé en morceaux avec l'arrivée de ces sbires. La peur vivante entre les murs. Le regard du docteur Xavier quand il a pénétré chez nous. Je dois chasser la peur. Il ne s'est rien passé. L'arme que l'homme promenait sur la peau de Marie est une errance de mon imagination et je ne peux pas en parler à Roger. Marie n'a pas tremblé de tout son corps et un filet de bave n'a pas glissé de la commissure de ses lèvres sur son cou. Mon fils n'a pas pissé dans son pyjama et il ne refuse pas de

prendre une douche. Pour lui, le temps s'est arrêté hier soir avec la première rafale d'arme automatique dans la nuit. Raoul me dira tout à l'heure
que tout va bien. Marie n'aie pas peur, Raoul nous
protégera, il est puissant. Et puis, même Oncle
Roger est là, tu vois, il est revenu chez nous.

« Nirvah ? Ça va ?

— Oui… ça va… non… elle n'a pas été
violée… mais elle a eu très peur. »

Je peux sentir le soulagement de Roger. Mais
il ne connaît sûrement pas tous les visages du
viol. Ils nous violent, Roger, chaque fois qu'ils
nous font chier dans nos frocs, chaque fois qu'ils
ouvrent nos portails à coups de mitraillette,
chaque fois que leur haleine fétide se promène
sur nos visages et sur nos seins, chaque fois qu'ils
se rient de nos larmes.

« Je crois que tu devrais quitter le pays, Nirvah.
Le… le secrétaire d'État… il est en mauvaise pos-
ture. Ça sent la disgrâce pour lui. Le bruit court
avec insistance. Tu deviens trop vulnérable à
présent. Myrna est d'accord. Ta vie et celle des
enfants…

— Pas besoin de te justifier, tu as tout à fait raison. J'y pense sans arrêt, Roger… J'ai commencé
à prendre des dispositions. L'état de Marie vient
retarder mon projet. Je m'inquiète pour elle… »

Je ne partirai pas sans Marie. Je ne veux plus de
ruptures dans cette famille. Daniel n'est plus avec
nous mais là où il se trouve il compte sur moi pour
prendre soin de ses enfants. Nous resterons tous
les trois ensemble. Je serai leur père et leur mère.

Nous avons seulement besoin d'être ailleurs, de renaître ailleurs.

« Vos passeports ?

— Ils sont bloqués dans un coffre… à la banque… depuis l'arrestation de Daniel.

— Hmmm… c'est ce que je pensais. De toute façon, vous ne pourriez pas voyager par les voies normales. À moins de demander l'asile politique, il ne te reste que la frontière. Moi je prendrais plutôt cette chance. Les séjours sont parfois très longs dans les ambassades… le gouvernement met souvent des mois à délivrer des sauf-conduits.

— Oui… je le pense aussi. Je veux sortir d'ici le plus vite possible. As-tu des contacts ?

— Je pourrais en trouver… et de ton côté, est-ce que ?… »

Roger pense à Raoul, se demandant si le secrétaire d'État s'occupait de moi. Je ne dis pas à mon frère que je ne l'ai pas vu depuis plusieurs jours. Que depuis les incidents d'hier soir nous nous sommes seulement parlé une fois au téléphone, que je le verrai peut-être ce soir.

« Oui… il fait des démarches… je saurai ce soir… ou demain… Mais toi aussi, il serait bon que tu essaies de trouver la filière… as-tu une idée de ce que cela coûte ?

— Non… mais il faut un bon paquet d'argent. Les militaires haïtiens et dominicains s'entendent très bien dans ce trafic. Ils ont le même appétit. Et puis il faut graisser les pattes sur tout le chemin. Le plus difficile est de trouver une voiture tout-terrain et d'atteindre la frontière, la route est mauvaise. Il faudra prévoir au moins dix mille dollars pour chacun de vous… mais ce n'est qu'une estimation au hasard.

— D'accord… je vais essayer de les trouver…

— Hmmm… je pense aussi qu'il serait bon que tu changes d'adresse en attendant… pas chez moi… c'est trop logique de t'y trouver… tu pourrais peut-être demander à Maggy ou au docteur Xavier…

— Oui… je vais voir… »

Raoul seul peut me procurer cet argent. Je devrai bien lui dire que je pars d'ici. J'espère qu'il comprendra. Mais où est-il? Une porte grince, celle de la chambre de Marie. J'accours vers le médecin, je scrute son visage, je pose la main sur son bras.

« Docteur… comment va-t-elle? Puis-je la voir maintenant?

— Pas maintenant… dans un moment… nous devons d'abord parler, Nirvah… »

Ce ne sont pas les mots que j'attendais. J'ai froid. Je rejoins Roger sous la véranda avec le médecin. Je peux sentir la préoccupation du docteur Xavier. Il me parle en pesant ses mots, je comprends qu'il veut me ménager.

« Voilà… Marie souffre d'une infection à un stade très avancé. Elle doit être hospitalisée dans l'heure qui vient pour recevoir des soins d'urgence. »

Je ne comprends pas. Marie s'est évanouie quand la brute s'est approchée d'elle. Sinon, elle se portait bien jusqu'à hier soir. Toute cette émotion l'a rendue malade, c'est tout… Ai-je bien entendu les explications du médecin ? J'ai l'impression que les mots se liquéfient dans ma tête.

« De quoi souffre-t-elle, docteur ? » Roger réagit à ma place.

« Je vais demander qu'elle soit examinée en urgence par un spécialiste, mais je suis presque sûr que l'infection dont souffre Marie provient d'un avortement mal exécuté… un travail de charlatan… il y a trois ou quatre jours… elle te cachait sûrement sa fièvre et ses douleurs, Nirvah… elle souffre le martyre depuis au moins deux jours. Elle doit subir immédiatement un curetage. Il faut éviter à tout prix que les bactéries n'atteignent d'autres organes. Nous ne pouvons pas perdre de temps. Chaque minute compte. »

47

Raoul Vincent ne croit pas en la providence. Il croit au hasard et à l'intelligence qui commande au hasard. Sa propulsion fulgurante à l'un des postes les plus importants du gouvernement était due à son flair, sa persévérance et sa cruauté innée qui l'avaient fait prendre le train du hasard en marche. Une autre page de sa vie va bientôt être tournée et il ne regrette rien. L'ingratitude de François Duvalier ne l'étonne point, elle est inhérente à son être profond et l'a maintenu au pouvoir jusqu'à présent. Les états d'âme sonnent le glas des dictateurs. Probablement qu'à sa place il aurait agi de la même façon. Le secrétaire d'État ne dort plus depuis quelques jours, il met au point son plan de sauvetage. Pourvu que son corps tienne le coup, une crise d'épilepsie viendrait l'affaiblir considérablement dans ce moment où il a besoin de toutes ses facultés. Il doit penser à tout, à l'intendance de sa maison quand il sera parti, à la liquidation de leurs trois véhicules, à tous les dossiers compromettants ou stratégiques à détruire chez lui et à son bureau. La succession ne sera pas facile pour André Desormeaux. Tout cela sans attirer l'attention de qui que ce soit. Même sa femme ignore son dessein. Il préfère attendre la dernière minute et lui ordonner de prendre sine die un sac de voyage pour elle et pour chacune des filles. Sinon, elle risque de paniquer, de bavarder à tort et à travers et de lui causer beaucoup de préjudice. Il a surpris récemment quelques regards inquiets de son épouse et des chuchotements tus à son arrivée, mais elle n'a pas osé lui demander ce qui n'allait pas. La rumeur a dû la mettre au parfum de ses déboires. Il n'exclut pas non plus jusqu'à ce moment la possibilité de laisser tomber sa famille. Si la situation se corse, il devra sauver sa peau tout seul, elles se débrouilleront bien pour le rejoindre. Le paquet enveloppé de grossier papier brun est posé sur le bureau, juste sous ses yeux. Un petit colis à l'air anodin. Il les a comptées jusqu'à la dernière, des grosses coupures neuves, un peu rigides, aux bords effilés, sentant l'encre d'imprimerie. Cinq cent mille dollars américains. La clé de toutes les frontières. La providence n'a pas fait tomber tout cet argent dans ses mains comme une manne du ciel. La providence s'appelle Maxime Douville, André Desormeaux et quelques autres ligués contre lui.

Quand il arriva au ministère en fin de matinée, flanqué de son chauffeur et de ses deux gardes du corps, une vingtaine de solliciteurs l'attendaient devant son bureau. Des hommes et des femmes accoururent devant lui pour le saluer avec déférence. Les couloirs du ministère déversaient le même flot de pèlerins venus se livrer aux pieds du pouvoir sanctificateur. Raoul Vincent huma l'odeur familière de ces lieux qui étaient devenus sa seconde demeure depuis un bon bout de temps. Une odeur sucrée de fleurs fanées mêlée à celle du papier et de la poussière. Il perçut le cliquetis des machines à écrire derrière les légères parois séparant les bureaux. Il comprit que ces petits détails seraient aussi durs à extirper de son sang que l'orgueilleuse émotion entretenue par le sentiment de sa puissance. Le secrétaire d'État ne désirait voir personne et annula une réunion avec quelques chefs de section venus de Jean-Rabel pour lui faire leur rapport sur un conflit terrien sanglant qui avait déjà causé la mort de plusieurs paysans. Il avait pour l'instant d'autres chats à fouetter. Mais la secrétaire insista pour qu'il reçoive trois hommes qui disaient être en mission urgente auprès du secrétaire d'État. Il ordonna de les conduire à lui.

Raoul Vincent reconnut avec surprise son ami Hénock Duracin, le parrain de sa fille aînée, accompagné de deux hommes au teint clair qu'il ne connaissait pas. Il ne s'attendait pas du tout à voir son compère en ces lieux. Des liens profonds les avaient unis dans leur jeunesse. La même ambition de sortir du ghetto et de mettre leur intelligence au service de leur pays les animait sur les bancs du lycée et plus tard à la faculté de droit. Mais Hénock avait pris ses distances quand lui s'était joint à la mouvance duvaliériste dès le milieu des années cinquante. Ils ne se voyaient plus qu'aux anniversaires et aux enterrements. Le secrétaire d'État savait que Duracin réprouvait tout ce qu'il était devenu, certains propos imprudents de son ami lui avaient été plus d'une fois rapportés. Mais il lui avait laissé la vie en souvenir du bon vieux temps, Duracin n'était rien qu'un avocaillon plaidant des causes minables.

Depuis deux jours, le secrétaire d'État Vincent assurait l'intérimat du ministère des Affaires sociales. Son collègue souffrant gravement avait pris l'avion la veille pour se faire soigner à la Jamaïque où il avait de la famille. C'est à ce titre que les visiteurs désiraient le voir. Les hommes accompagnant Duracin étaient les émissaires d'une des plus grandes compagnies sucrières de la République dominicaine contrôlées par des capitaux américains. Comme l'an dernier, ils transportaient une somme importante représentant la commission spéciale payée directement au gouvernement haïtien pour l'embauche de milliers de travailleurs dans les bateys dominicains. Chaque année, des recruteurs dominicains traversaient la frontière et avec la bénédiction des autorités locales faisaient passer illégalement des camions chargés d'Haïtiens jeunes et moins jeunes dans la République voisine pour la coupe d'une saison de canne qui leur vaudrait des conditions de vie inhumaines et une rémunération de misère. Mieux que ce qu'ils trouvaient chez eux. La prospérité grandissante de l'État voisin dépendait en grande partie de la sueur et du sang des braceros haïtiens. Il incombait au secrétaire d'État aux Affaires sociales de recevoir cet argent et de le remettre à son destinataire. Raoul Vincent connaissait l'existence de cette transaction occulte de la présidence et de bien d'autres impliquant des ressortissants étrangers. Mais il n'y avait pas accès. Il savait aussi que cet argent revenait intégralement à la première dame de la République. Mais quel rôle jouait Hénock Duracin dans cette combine ? Duracin qui faisait de son mieux pour paraître à son aise lui expliqua qu'un ami ayant des relations d'affaires avec la République dominicaine était venu chez lui la veille au soir pour lui parler de ces deux Dominicains qui, ne pouvant trouver le secrétaire d'État aux Affaires sociales, l'avaient contacté. Ils désiraient rencontrer le remplaçant du secrétaire d'État absent le lendemain même, sinon ils repartaient avec le magot. Pas question pour eux de voir quelqu'un d'autre, leurs instructions étaient formelles. Connaissant sa relation avec Vincent, l'ami de Duracin, s'étant informé du nom du remplaçant, lui avait demandé de les accompagner auprès du secrétaire d'État *ad interim*. Ce commerçant qui ne voulait pas se mêler des affaires se traitant en haut lieu espérait toutefois obtenir une commission substantielle en paiement de sa bonne volonté.

Raoul Vincent observait ses visiteurs avec attention. Les deux étrangers n'avaient pas dit un mot, ils s'étaient contentés de suivre sans comprendre la conversation entre le secrétaire d'État et son ami. Ils avaient évidemment froid, le climatiseur du bureau étant comme d'habitude fixé à une température très basse. L'un des hommes gardait sur ses jambes un paquet enveloppé de papier brun. Le secrétaire d'État flairait le piège. Cet argent fou qui s'amenait comme une délivrance sentait le brûlé, l'alcali, la charogne. Raoul Vincent se foutait que ce pactole soit le prix de la sueur et du sang de milliers de ses congénères outrageusement exploités. Il n'avait cure que le gouvernement envoie des fils du pays se faire traiter comme des animaux chez le voisin. Tout ce qui l'intéressait était ce paquet que l'homme tenait sur ses genoux comme une tête de mort. Pourquoi maintenant ? Pourquoi Duracin ? Pour le rassurer ? Douville savait qu'il était coincé, désespéré. Il lui envoyait cette ultime tentation par le biais d'un ami, espérant qu'il prendrait la décision fatale. Douville avait trouvé l'argument massue. S'il gardait cette somme et tentait de prendre la fuite, ils lui tomberaient dessus comme des charognards sur un cadavre ouvert au soleil. Mais... la maladie de son collègue avait été brusque et brutale et personne n'aurait pu la prévoir. Douville et consorts n'auraient pas pu s'arranger en si peu de temps pour faire livrer cette somme par les Dominicains au moment même où il était en position de la recevoir. Les Dominicains gardaient le plus grand secret autour de leurs arrangements et n'exigeaient aucun reçu contre leur versement. De plus, chaque secrétaire d'État s'occupait pour la présidence de négociations particulières dont les autres n'étaient pas au courant, ou exclus. Les ministères fonctionnaient en compartiments étanches. Certain vendait à prix fort aux universités américaines du sang et des cadavres de familles indigentes qu'il achetait pour une pitance, un autre laissait exploiter outrageusement les réserves naturelles du pays moyennant des commissions non fiscalisées. Tout se passait sans laisser de traces. Qui sait ? Le hasard encore une fois faisait peut-être bien les choses et lui offrait une sortie en beauté de son marasme.

Non. Je ne saurais être naïf à ce point. Que toi, Duracin, qui me détestes et me méprises sois aujourd'hui l'instigateur de cette démarche, cela suffit pour me révéler clairement le ballet des ombres derrière ton dos. Duracin, tu t'es laissé manipuler... Incroyable ! Quelles promesses a-t-on dû te faire pour que tu te laisses convaincre ? Serais-tu aussi devenu esclave de tes appétits et de tous les complexes que tu as vainement essayé de combattre ? Crois-tu maintenant à leur farce noiriste, à leur indigénisme récupéré qui justifie l'injustifiable ? Sûrement pas. Ta volonté et ton âme, mon ami, n'ont pas résisté à la tentation. Un point c'est tout. Que t'ont-ils promis en retour, de l'argent, du pouvoir ? Des femmes ? Où est passé le jeune Hénock fougueux qui lisait Anténor Firmin, Louis-Joseph Janvier, Georges Sylvain et voulait en finir avec l'arbitraire, le mépris des lois et de la liberté qui gangrènent notre pays ? Qu'est devenu le jeune croisé impatient de partir en mission de lumière auprès du peuple maintenu dans l'obscurité et l'ignorance ? Ne voilà-t-il pas que tu aliènes cette liberté, que tu vends ton intelligence et ton esprit ? Peut-être crois-tu faire œuvre utile en me détruisant ? Ils ont probablement fait appel à ta fibre patriotique pour te convaincre du bien-fondé de supprimer le monstre que je suis. Sais-tu, Hénock, que tu t'es engagé sur une voie de non-retour ? La dictature est une maîtresse exigeante et cruelle. Elle est prodigue de confort et de satisfactions intimes mais elle enchaîne l'âme sans espoir de rédemption. Tu deviendras comme moi, Hénock, cynique et méchant, s'ils ne t'écrasent pas avant, comme le cafard que tu es.

Raoul Vincent nota le discret soupir de soulagement d'Hénock Duracin quand il accepta de recevoir l'argent des envoyés dominicains. Il compta les billets pendant quinze bonnes minutes et confirma verbalement réception de cinq cent mille dollars. Il échangea une poignée de main avec les Dominicains et conclut la rencontre en assurant Hénock Duracin qu'il recommanderait à la première dame de réserver une gratification substantielle pour le service rendu par son ami.

Les visiteurs partis, le secrétaire d'État resta assis de longues minutes, hypnotisé par le paquet contenant l'argent de son salut. La décision s'était imposée à lui quand il avait pensé à Nirvah, à Marie suspendue entre la vie et la mort sur un lit d'hôpital. À Nicolas, plus fragile même que les femmes. Ses informateurs le tenaient chaque heure au courant de l'état de santé de sa Marie. Il n'avait pas encore vu Nirvah depuis la perquisition, depuis quatre jours il la laissait sans nouvelles. La prudence lui recommandait de se tenir à distance. Elle pensait peut-être qu'il l'avait abandonnée. Comme elle devait le maudire. Il pouvait imaginer son désarroi. Sur qui pouvait-elle compter, sinon sur lui ? Et ne voilà-t-il pas qu'il ne donnait plus signe de vie ? Que non ! Il était en ce moment même en train de mettre sa vie en jeu sur une balance truquée pour les sauver. Peu importe les risques, il devait donner à Nirvah sa chance de s'en sortir. Il devrait faire vite, battre de vitesse ses ennemis. Il s'arrangerait pour leur filer entre les doigts. Ce n'était plus qu'une question d'heures.

48

Saurai-je résister à cette tension qui m'habite nuit et jour ? Depuis quatre jours mon cerveau fonctionne en dehors de ma tête. Peut-on sombrer consciemment dans la folie ? Mon crâne est comme une mangue muscat bien mûre dont Nicolas perce la tête d'un coup de dent et suce tout le jus en la pressant doucement du bas vers le haut. Mes idées et mes pensées me font mal, orphelines du reste de mon corps, certaines se transforment en marteau et me frappent aux tempes. Mais je ne peux pas flancher, je n'ai pas ce droit. Je ne me suis pas lavée depuis quatre jours. Une odeur de légume pourri monte de mes aisselles et de mon entrejambe. Marie est entrée en salle d'opérations moins d'une heure après notre arrivée au centre hospitalier. Les médecins n'ont même pas attendu les résultats des examens de sang. Malgré l'insistance de Roger et de Maggy, j'ai refusé de laisser les lieux. Maggy fait le va-et-vient entre la maison et l'hôpital pour rapporter du linge et des objets de toilette pour Marie, que ferais-je sans elle ? Les infirmières me forcent parfois à sortir de la chambre, je vais m'asseoir quinze minutes dans le petit jardin au bout de l'allée pour m'aérer un peu et je reviens auprès d'elle. Elle va mieux depuis le début de l'après-midi, la fièvre est tombée et elle transpire abondamment, je dois la changer souvent. L'administration massive d'antibiotiques en même temps que l'intervention chirurgicale l'a sauvée d'une mort certaine. Même si elle est très faible, sa vie n'est plus en danger, m'a dit le docteur. L'étau autour de ma tête s'est légèrement desserré. Ce soir, à la faveur de la nuit, je vais rentrer à la maison pour me laver, me changer et prendre le nécessaire pour les gosses et moi en prévision d'un départ imminent. Je veux garder l'espoir que je trouverai la force et les moyens d'y parvenir. Je passerai la dernière nuit chez le docteur Xavier, pas question de dormir à la rue des Cigales. La tension des quatre derniers jours ne me lâche pourtant pas. Des bribes de phrases tournoient encore dans ma tête comme des menaces… choc septique… chute de tension… difficultés respiratoires… inflammation de la rate. Pendant des heures j'ai gardé dans mes mains celles de Marie froides comme de la glace, pendant des heures je n'ai pas quitté des yeux son visage au teint grisâtre, ma Marie si belle.

Je sors respirer un peu, l'urgence de partir m'aiguillonne de nouveau maintenant que ma fille se trouve hors de danger. Je me réveille à une autre lutte. L'absence de nouvelles de Raoul depuis bientôt cinq jours me confirme que notre situation ne s'améliore pas. Ce n'est tout simplement pas normal qu'il ne se manifeste pas, même par personne interposée. Je sais que Roger a fait des arrangements en vue de notre départ secret. Il a appris aujourd'hui d'une source en ville que Raoul s'est enfui alors qu'une autre source affirme l'avoir vu entrer sous forte escorte au ministère le même jour. Je ne sais plus qui croire. De toute façon il ne me donne pas de nouvelles. Il nous oublie. Et l'argent? Les frais médicaux ont quasiment bouffé celui de la vente des bijoux, il ne me reste plus grand-chose. Je n'ai pas osé dire à Roger que je ne suis pas en mesure de payer notre passage. J'espère encore, contre tout espoir, que Raoul se manifestera. Dans le cas contraire, il faudra que Roger me trouve cet argent. Je peux aussi demander un emprunt au docteur Xavier sur la maison, à eux deux ils pourront m'aider à passer ce cap. Ma défaite est totale.

Il y a des questions derrière mes yeux, au fond de ma gorge, au creux de mes mains que je fuis depuis l'annonce du docteur Xavier de la situation de Marie. À chaque fois qu'elles veulent s'imposer au champ de ma conscience je m'écarte sur la pointe des pieds et je les fuis. Elles profitent à présent de mon relâchement de tension pour se glisser sur ma langue, emplir ma bouche, jusqu'à m'étouffer. De qui est l'enfant dont Marie s'est fait avorter? Mais la question ne commence même pas là. Elle commence par un choc. Avec qui Marie faisait-elle l'amour ? Depuis quand Marie connaissait-elle le goût de l'homme ? Pourquoi Marie ne m'a-t-elle pas confié cette part importante de sa vie ? Pourquoi n'est-elle pas venue à moi quand elle est tombée enceinte ? À quoi suis-je utile dans l'existence de ma fille ? Pourquoi ai-je toujours eu peur de lui parler de son corps, de son sexe, de son sang ? Parce que je faisais des miens un usage qui la blessait ? Mais Raoul ? Suis-je vraiment aveugle ou bien est-ce que j'ai perdu toute notion de décence ? Raoul pourrait-il être le géniteur de cet enfant qui n'a pas vu le jour ? Me suis-je livrée à cet homme en lui vendant ma personne et celle de l'un des êtres qui m'est le plus cher au monde ? Ce n'est pas ce que je voulais, je cherchais seulement à nous protéger de la peur et de la misère. Je regarde vers le ciel, vers la lune impassible. Il fait beau à en pleurer.

Nirvah !… Une voix étouffée dit mon nom, mais je la reconnais tout de suite. Je cherche Raoul des yeux, il se tient dans l'ombre d'une grande touffe d'hibiscus rouges, à l'écart de l'allée où passent de temps à autre des visiteurs de l'hôpital. Perdue dans mes pensées inquiètes, je ne l'ai pas vu arriver. Des hommes autour de lui assurent probablement sa sécurité, même si je n'en aperçois aucun. Je ne pensais vraiment plus le voir, je me disais qu'il m'enverrait peut-être un émissaire. Sa présence dégage une sorte d'électricité qu'il communique à l'air autour de moi, au feuillage des hibiscus qui se met à libérer un entêtant parfum vert, aux poils sur mes avant-bras qui se dressent jusqu'à me faire mal. Pendant quelques secondes aucun mot ne me vient à la bouche. Je ne l'attendais plus, je désespérais de le voir, je suis soulagée qu'il soit venu lui-même, je voudrais avoir un poignard dans la main et le lui enfoncer dans le ventre encore et encore. Il est revenu, il revient toujours quand je voudrais qu'il n'ait jamais existé. Il est revenu avec sa force et ses ombres et le pouls du monde peut recommencer à battre. Raoul me tend la main et m'attire à lui. Je dois fuir cet homme, il blesse mon âme et subjugue mon sang, jusqu'en cet instant de déroute. Je suis tellement, tellement fatiguée. Je m'engouffre dans le havre de sa poitrine pour pleurer des larmes silencieuses et amères. Le premier mot qu'il me dit :

« Marie ? »

Ce nom dans sa bouche sonne comme un sacrilège. Je me raidis et me détache de lui. Raoul se méprend sur ma réaction et croit que je n'ose pas lui donner des nouvelles trop graves. Il me retient par les épaules. Ai-je senti trembler ses mains ?

« Marie ? Tout... va bien pour elle ?

— Presque... je réponds en cherchant ses yeux dans la pénombre. Elle a passé le cap le plus difficile. Savais-tu la grossesse de Marie ? »

Raoul retient une exclamation, un sursaut de tout son corps. Ma question ne devrait pas le surprendre pourtant. Je sens intimement qu'il se trouve mêlé à l'état de Marie. Un lien dont je suis exclue les tient dans une odieuse complicité. Il va me mentir encore une fois. Je me déteste de lui parler, d'espérer qu'il me dira qu'il n'a pas touché à elle. Il me demandera d'être forte et de ne pas me cacher derrière de faux problèmes. Et je vais le croire.

« Oui… je savais. Marie m'a fait jurer de ne rien te dire. Elle ne voulait pas t'inquiéter. Elle s'en voulait tellement… Marie t'aime, même si elle ne te le montre pas. Tu aurais eu trop de peine, Nirvah. »

Je ne m'attendais pas du tout à cet aveu. Raoul parle bas, avec douceur, pour me ménager. C'est moi qui suis estomaquée à présent. Mais qu'est-ce qu'il raconte ? Marie a parlé à Raoul ? Pourquoi ? C'est moi sa mère, nom de Dieu !

« Il y a une dizaine de jours, poursuit Raoul, Marie m'a appris qu'elle était tombée enceinte, un accident. Elle voulait de l'argent pour avorter. J'ai tout fait pour la convaincre de garder cet enfant et de se confier à toi. Mais elle a refusé absolument. Devant sa détermination, je lui ai donné l'argent pour s'en défaire. Je ne voulais pas qu'elle s'adresse à un étranger. Pardonne-moi Nirvah, je n'ai pas eu le courage de t'en parler… je regrette tellement qu'elle ait tant souffert… j'aurais dû m'assurer qu'elle se rendait chez un médecin compétent… Ce charlatan serait mort de mes mains si Marie…

— Est-ce toi le père de l'enfant ? »

Je reprends possession de tous mes sens. La peur et l'angoisse refluent de mon âme. Raoul le sent, je suis de marbre. Ira-t-il jusqu'au bout des aveux ? Dans la seconde qui suit je vais peut-être mourir.

« Tu n'aurais pas pu t'empêcher de me le demander, n'est-ce pas Nirvah ? » Je reste indifférente à la pointe d'ironie. À cet instant, je retrouve le Raoul du mensonge. « Combien de fois ne t'ai-je conseillé de veiller aux fréquentations de Marie ? Elle entrait et sortait de la maison à sa guise, elle s'habillait comme une femme, plus qu'une femme. Pour te faire pardonner l'enfance brutalisée de Marie et les erreurs de son père tu lui as laissé trop de liberté, elle en a fait de la licence. Tous ces jeunes blancs-becs qui fréquentaient ta demeure, crois-tu qu'aucun d'eux n'ait ressenti le besoin pressant de trousser ta fille ? Comprends-tu combien Marie est belle ? Combien elle peut obséder un homme jusque dans ses derniers retranchements ? »

Le cri sincère de Raoul me dessille définitivement les yeux. Tu es cet homme qu'elle obsède, Raoul. Je te connais assez. Aucun scrupule ne pourrait freiner ta luxure. Aujourd'hui tout est clair. Le tissu de mensonges se déchire enfin. Je n'ajoute rien, ma colère est froide comme de la glace, elle ne concerne plus que moi. Elle devra me transporter sur d'autres rives de ma vie où Raoul n'est point.

« Tu l'aimes tellement ? »

Ma voix tremble un peu. Ma question n'en est pas une mais plutôt un constat. Raoul sait que j'ai compris, qu'il n'est plus nécessaire de tenter des manœuvres de confusion. Le temps n'est plus aux palabres, la mort est à nos trousses. Il regarde sa montre. Il me prend le poignet et me dit des mots que je n'aurais jamais cru entendre de sa bouche.

« Nirvah, je vais demander asile à une ambassade de Port-au-Prince. Ma vie est en danger. Des proches du Président en veulent à mon pouvoir… je suis traqué. Je vais disparaître de la cité pour quelque temps, pour très longtemps. Je suis sûr que les rumeurs te sont parvenues.

— Oui… on en parle. J'ai décidé de partir aussi, mon frère Roger me presse d'aller vivre ailleurs. » Je ne dis pas à Raoul qu'après ce qui est arrivé à Marie je partirai, quelles que soient les circonstances, pour toucher des rives où il ne sera pas. Roger a fait des arrangements pour que nous passions la frontière dans les prochaines heures.

« Hmmm… très bien. Mais vous devez partir le plus vite possible, demain même. Ne reste pas chez toi et pars aussitôt la nuit tombée. Dès qu'ils sauront que je me suis mis à couvert ils viendront après vous. »

Je sens l'acuité de l'urgence que Raoul essaie quand même d'atténuer.

« Mais… Marie ? Elle est encore très faible… et puis je n'ai pas…

— Marie est faible, mais elle est jeune, elle tiendra le coup. Sinon elle crèvera en prison. Les circonstances ne te laissent pas beaucoup de choix, Nirvah. Si tu traverses la frontière demain elle pourra continuer de recevoir des soins en République dominicaine. Le voyage jusqu'à la frontière dure entre deux et trois heures, la route est malheureusement très mauvaise après les dernières pluies. Il vous faudra une bonne voiture. Jimani est une ville importante à seulement trente minutes de route après la frontière. L'essentiel est de passer de l'autre côté. Tiens, Nirvah, tu as là de quoi payer tout ce dont tu auras besoin. Cet argent t'ouvrira des passages et t'achètera des consciences. Ne lésine sur rien. N'aie pas peur. Agis vite. Dis-toi que vos vies n'ont pas de prix pour moi... »

Raoul fait glisser de son épaule un petit sac en toile noire que je n'avais pas remarqué et me le tend. Il est assez lourd. Au toucher, il semble contenir des billets de banque. Je me demande d'où vient tout cet argent, au prix de quel sang il est marqué. Mais je n'ai pas le temps de me livrer à des débats intérieurs, je dois sauver ma famille. Raoul s'en va, ses mots je les devine plus que je ne les entends.

« Je ne sais si nous nous reverrons... mais je ferai tout mon possible pour vous retrouver. Prends soin de toi et des enfants. Embrasse Nicolas, dis-lui de ne pas oublier mes conseils. Rappelle à Marie que la vie n'arrête jamais de recommencer. Adieu Nirvah ! »

Je n'ai pas le temps d'ajouter un mot. Raoul se retourne et se fond dans la nuit du jardin.

49

« Marie… Marie ?

— Hmmm… »

Marie tourne vers moi son visage qui perd peu à peu de sa lividité. Ce matin elle a mangé, pas beaucoup, mais son corps commence à reprendre goût au sel et à la lumière. Elle n'est plus sous perfusion. Une grande joie m'habite qui chasse par moments l'angoisse de la route qui m'attend.

« Marie chérie… je suis si heureuse… tu vas mieux. Le docteur Xavier te dit tout à fait hors de danger. Dans quelques jours tes forces seront revenues.

— C'est vrai, je me sens mieux. Quand pourrai-je quitter l'hôpital, Manman ? »

Mon cœur se serre. Il faut que je dise à Marie qu'elle ne peut plus retourner chez elle, que ce soir même nous allons laisser derrière nous tous nos repères, les murs de notre maison, le pourpre de nos bougainvillées, les éclats mouvants du soleil sur le feuillage de nos acajous, le silence bleu de la lune, le chant des cigales et l'espoir de revoir Daniel. Je dois trouver la manière de lui expliquer l'arbitraire du destin. Mais encore un moment, je veux oublier juste un instant tout ce qui n'est pas la vie courant dans les veines de Marie.

« Tu as fait quelques pas dans la chambre, tout à l'heure, Marie, et à ce moment-là j'ai revu la petite fille de quelques mois qui avançait vers moi et ton père, ses deux bras en équilibre. »

Marie et moi n'avons pas parlé de la raison de son hospitalisation. Cela importait peu devant l'urgence de la sauver. Je me demande quand nous aurons l'opportunité et la force d'aborder ce sujet. Je voudrais savoir de qui elle attendait cet enfant tout en étant sûre que cela ne nous avancerait à rien, ne changerait en rien notre situation. Mais la question m'obsède. Cette grossesse interrompue doit être le point final d'un long mutisme. Je caresse les cheveux de Marie et je perçois un léger tressaillement de son corps, comme si le contact de ma main lui répugnait. Elle n'a pu réprimer ce mouvement qui me rappelle la profondeur du gouffre entre nous deux. Nos peaux se sont désapprises, nos regards se sont fuis, nos cœurs ne battent plus sur le rythme du même sang. Quelque part sur la route nos mains se sont perdues. Marie est comme un mur peint en blanc, un tableau vierge sur un chevalet, je ne lis aucun signe, ne décèle le moindre indice. Il n'y a de mots à nous parler qui ne soient piège ou méfiance. Nous lisons entre nos lignes nos non-dits en faisant semblant de ne pas les voir. Il y a pourtant tellement d'amour dans cette chambre d'hôpital. Marie est vivante. Et peu importe qu'elle me méprise ou me condamne. Un jour, peut-être, réapprendrons-nous les gestes qui pardonnent et guérissent. Comme des sourdes-muettes, nous nous mettrons l'une en face de l'autre et lentement nous nous dirons avec nos mains tous les mots que nos lèvres n'ont pu livrer, jusqu'à épuisement.

« Marie… la situation de Raoul est mauvaise. La nôtre aussi. Il est tombé en disgrâce. Comprends-tu ce que cela veut dire ? »

Marie fait oui de la tête. Elle me suit attentivement.

« Je ne voudrais pas t'imposer une épreuve pareille alors que tu viens d'être aussi malade… mais Nicolas, toi et moi, nous devons quitter Haïti dans les prochaines heures. Nos chances sont bonnes de partir sans tracas, mais le temps presse.

— Où allons-nous ?

— Hmmm… en République dominicaine. Nous traverserons la frontière en voiture ce soir. Je vais rentrer à la maison dans un instant pour prendre quelques effets pour chacun de nous. Nous devrons voyager légers.

— Ce soir, déjà ! »

La nouvelle semble ébranler Marie. Je me demande si elle pourra tenir la route. Mais il le faudra. Sois forte, Marie.

« Oui… Oncle Roger s'occupe de tout. Cet après-midi nous laisserons l'hôpital et passerons un moment chez le docteur Xavier. Pour donner le change. Nicolas s'y trouve déjà. Et puis, à la nuit tombée, une voiture viendra nous chercher avec un chauffeur. Oncle Roger nous accompagnera jusqu'à la frontière où nous changerons de voiture.

— Et Raoul ?... »

Pourquoi n'avais-je jamais remarqué avant que Marie dit le nom de Raoul comme une femme dit le nom de son homme. Avec une pointe de possession, un soupçon de complicité, comme pour affirmer à la face du monde qu'elle le connaît nu de corps et d'âme. Mon Dieu, apprenez-moi à me défaire de ces voix qui parlent le langage de la confusion à mon âme. Libérez-moi de moi-même.

« Il est passé ici hier soir. C'est lui qui me recommande de partir dès ce soir... il... il te demande de tenir bon. »

Un long soupir soulève la poitrine de Marie. Elle détourne la tête et fixe le mur un moment. Elle tourne ensuite son visage vers moi et me pose une question qui me prend tout à fait de court.

« Nous ne reverrons donc jamais Daniel ? »

Marie, Marie... tu souffres donc de ne pas le voir ? Ta souffrance est un baume sur mon cœur, moi qui croyais que tu l'avais oublié, que son destin t'indifférait. Je n'ai pas de réponse à ta question, je n'en ai pas eu depuis le premier jour où Daniel a été emmené. L'espoir seulement tenait lieu de ciment pour empêcher l'éparpillement de nos vies. Mais l'espoir se nourrit souvent de mensonges. L'espoir se prostitue des fois à la force. Je vous ai menti, à toi et Nicolas, pour vous protéger, je me suis prostituée à la force pour contrer le malheur qui nous frappait et adoucir notre sort.

« Je souhaite de tout mon cœur qu'un jour nous réunisse enfin. Mais nos chances de revoir ton père s'amenuisent à chaque jour qui passe, Marie. Je n'ai pas de nouvelles alors que notre situation à nous se dégrade. Non… je ne sais pas si nous le reverrons Marie… je ne peux pas te mentir.

— Manman… je suis désolée pour ce qui est arrivé. » Marie soupire.

« Mais tu n'y pouvais rien, Marie. Ceux qui ont privé ton père de sa liberté… »

Marie m'interrompt, je sens que je l'agace. Elle fait un effort pour me dire ces mots qui lui coûtent tellement alors que je ne capte pas son message. La cacophonie muette qui brouille nos échanges n'est pas près de se dissiper. Il faudra du temps pour nous écouter vraiment.

« Non Manman… je veux parler de l'avortement… de l'hôpital… de tout. »

Marie ne supporte presque plus ma présence à son chevet. Elle veut dormir, oublier, prendre des forces pour ce voyage vers l'inconnu. Elle va partir d'un hôpital vers un pays étranger, une autre rupture. Nous allons partir, Marie. Demain nous serons loin et nous laisserons derrière nous ces années hostiles. Nous allons apprendre à oublier, oublier la terre d'Haïti, Port-au-Prince, la rue des Cigales, les macoutes et tout ce qui fait mal dans notre pays qui ne veut plus de nous. Nous allons découvrir d'autres soleils. Ne sois pas désolée, Marie. La vie ne fait que commencer, que recommencer. Nous avons survécu à une longue nuit tombée sur nos vies. Demain une nouvelle aube nous attend.

« Ne sois pas désolée, ma chérie. Il faut oublier. Tout est encore possible si nous gardons confiance.

— Hmmm... »

Marie me regarde, les yeux à demi fermés. Je vais sortir m'asseoir dehors, pour attendre. Maggy va arriver pour mettre au point avec moi les ultimes détails de mes derniers moments en ce pays mien. Chaque minute de cette journée, de cette attente, est comme une morsure sur ma peau. Une question m'obsède. Je sais qu'il est en ce moment prématuré, mesquin et inutile de la poser à Marie, pourtant une curiosité perverse me pousse et je lui cède.

« Marie ?

— Hmmm ?

— De qui il était... l'enfant ? »

Marie me regarde étonnée. Elle fixe un moment le plafond. Me dira-t-elle la vérité ? Quel était l'ascendant de Raoul sur ma fille ? Gardera-t-elle son secret pour me protéger ou pour disculper cet homme qui nous a trahies ? Qui est cette jeune femme sortie de mes entrailles ? Une larme roule au coin de son œil. Elle me sourit faiblement et me répond en fermant les yeux.

« Ziky... il était de Ziky. Laisse-moi me reposer un peu, Manman. »

50

Je ne suis pas retournée dans la maison silencieuse prendre des vêtements et quelques objets
utiles pour Nicolas, Marie et moi en prévision de
notre long voyage. Roger ne m'attendait pas dans
la cour, vérifiant les bornes de la batterie de sa
Taunus qui marchait mal. Je n'ai pas senti des
ombres effleurer mes cheveux quand j'ai poussé
le portail, ces ombres qui terrassent les poules im-
prudentes de Solange. La lune énorme ne se
trouvait pas en équilibre sur la plus fine pointe de
l'araucaria du jardin. Mon pas n'a pas vacillé
quand j'ai respiré jusqu'au vertige le capiteux
parfum d'ylang-ylang suspendu dans l'air argen-
té. Je n'ai pas cherché longtemps dans le trousseau la bonne clé pour ouvrir la porte d'entrée
en ayant l'impression que ma maison m'était déjà
devenue étrangère, hostile même. Il n'y avait pas
une toile d'araignée barrant la porte de ma
chambre après seulement quatre jours d'absence. L'odeur de Raoul Vincent ne collait pas
aux quatre murs de la pièce pendant que je cher-

chais en vain dans ma mémoire le parfum du corps de Daniel. Il ne m'a pas semblé que cent ans s'étaient écoulés depuis son enlèvement. En repartant trente minutes plus tard, les bras chargés, le carton contenant les dessins de Nicolas ne m'est pas tombé des mains pendant que je refermais la porte d'entrée. En ramassant la grande chemise, je n'ai pas aperçu dans le désordre de couleurs sur les marches de l'escalier un croquis insolite qui se détachait des autres. Non, je n'ai pas tenu sous mes yeux incrédules ce croquis où Raoul, une couronne de lauriers autour de la tête, touchait un garçon nu couché à ses côtés. Ce garçon ne ressemblait pas à s'y méprendre à Nicolas. Toutes ces choses-là ne sont que le fruit de mon imagination fatiguée et malade.

51

La nuit profonde nous enveloppe. Les phares de la voiture n'éclairent que la route poussiéreuse. Les cahutes, les bœufs, les champs de maïs et de canne à sucre se fondent dans une grande masse d'ombre. Seule la senteur omniprésente de l'humus me rappelle que nous traversons la campagne solitaire où la sève engrosse les bourgeons, où la pluie gorge les épis et où les cabris en liberté broutent l'herbe au bord des chemins. Le parfum de nos vacances d'été à Paillant, notre enfance nourrie de grand air, les longues journées de juillet et d'août où nous buvions le soleil à pleine bouche. J'observe le profil de Roger, il est tendu, ma situation et celle des enfants le préoccupent au plus haut point. Il doit aussi penser à la sienne, à ses enfants et à Myrna qui ne fermera pas l'œil tant que son homme ne sera pas rentré au bercail. Un mélange confus de sentiments m'habite. La culpabilité et la peur y prédominent. Mon Dieu, faites que tout se passe bien ! Je conjure l'angoisse en pensant à notre réveil le lendemain en terri-

toire dominicain, à la lumière, aux couleurs, aux
visages et aux mots inconnus, à toutes ces choses
neuves qui empliront nos oreilles et nos yeux.
Il m'est difficile d'imaginer de vivre toutes les
heures d'une journée sans censurer mes paroles,
sans épier l'ombre d'une menace derrière mon
épaule. Pour l'instant, j'ai l'impression de glisser
dans un long tunnel cahoteux. C'est bien la première fois que l'obscurité me rassure. Dans la cabine du véhicule je me sens comme dans une
matrice, à l'abri de la vindicte d'une dictature qui
me poursuit de ses crocs et de ses griffes. Nous
roulons depuis près d'une heure. Roger se tient
en avant, à côté du chauffeur. Marie, Nicolas et
moi occupons la banquette arrière. Marie à ma
droite se penche sur moi pour soutenir son corps
malmené par les soubresauts incessants du véhicule traversant les nids-de-poule. Elle serre les
dents et ne se plaint pas mais je sais qu'elle souffre
dans son corps encore si fragile de cette expédition inconfortable. Je crains que tout ce ballotte-
ment ne lui vaille une hémorragie. Le docteur
Xavier m'a remis une réserve de médicaments
pour les deux prochaines semaines. Nicolas s'est
endormi, lassé de me poser des questions sur
notre destination et d'attendre cette frontière
aussi lointaine que le bout de la nuit. Il n'y a que
Roger et moi à échanger quelques mots de temps
à autre. Nicolas… Nicolas… mon fils, mon amour,
que ne donnerais-je ce soir pour te ravoir dans
mon ventre, te modeler une mémoire, d'autres
yeux, une autre peau que le malin n'a pas tou-

chée, une nouvelle innocence que la bête n'a pas convoitée. Que ne donnerais-je pour te faire don d'un autre soleil.

L'homme au volant est un colosse pas très bavard du nom de Beauvais. Il conduit un tout-terrain en assez bon état. Roger ne le connaissait pas avant la traversée de cette nuit mais il lui a été recommandé par un ami en qui il a confiance. Autant que l'on peut faire confiance aux êtres qui se disent nos amis. La méfiance respire au plus intime de nos existences, j'en sais quelque chose. De toute façon nous ne pouvons que nous remettre aux mains de Dieu et de la providence, Roger disposait de trop peu de temps pour s'assurer de la sûreté de ses contacts. Beauvais est originaire de Hinche, il connaît bien le Plateau central et la zone frontalière, les routes et les chemins détournés, les passages à éviter et les circuits qui présentent le moins de danger. Roger est aussi familier de la région, il y venait chasser souvent dans le temps. Le grand défi est d'arriver jusqu'à la frontière sans passer par les points de contrôle occupés par des militaires assistés de macoutes. Beauvais est paraît-il un spécialiste de ce genre de marathon. Nous avons en tout cas court-circuité le poste de la Croix-des-Bouquets en faisant un long détour hors de la petite ville, dans des chemins à peine tracés. Les pneus de la voiture sont mis à rude épreuve et nos corps aussi.

J'ai remis assez d'argent à Roger pour payer la location du tout-terrain, l'essence, les frais demandés par notre guide. Roger n'a émis aucun commentaire en recevant de mes mains une liasse de billets américains tout neufs. Il a compris que Raoul Vincent assurait l'aspect financier de notre expédition. J'ai également donné un supplément substantiel à Roger pour les imprévus en cours de route, si jamais quelque chef improvisé s'avisait de nous menacer, ou pour payer un éventuel droit de passage à une société de shanpwèl en expédition nocturne. Il faudra encore payer nos contacts du côté haïtien de la frontière, officiers d'immigration le jour transformés en passeurs clandestins la nuit. Des militaires toucheront aussi leur part pour regarder ailleurs. La frontière ferme à six heures du soir. Au-delà de cette heure, quand la nuit devient épaisse, commence la traversée des fugitifs qui se paie au prix fort. Ils nous remettront ensuite à des comparses dominicains. Chaque étape devra être gratifiée généreusement. Sans pour autant prétendre à aucune garantie de nos complices qui peuvent décider de nous trahir ou être eux-mêmes trahis. Le sac de toile noir est encore bien lourd, je n'ai pas pu trouver un moment discret pour compter les billets, j'ignore le montant qui s'y trouve mais il doit contenir pas mal d'argent. Raoul a payé très généreusement ses années de sujétion de nos vies.

Je ne ressens aucun regret à quitter mon pays. La nostalgie, le spleen, Haïti chérie, tous ces états d'âme de poètes exilés me paraissent ridiculement lyriques en ce moment. Je bénis les bras de l'exil. Le choix n'est pas le mien. Je fais partie de ces hommes et femmes, de plus en plus nombreux, qui laissent leur part d'île, chassés par la haine d'un régime ne tolérant aucune forme de contestation de citoyens avec un tant soit peu conscience de leurs droits de vivre dans la dignité et le respect. Chaque kilomètre franchi par la voiture me désespère en m'éloignant de Daniel et me soulage en dessinant un autre avenir pour mes enfants. Je ne sais toujours pas si Daniel est vivant. Cette fameuse ombre de la mort dont m'a parlé Solange provenait-elle de son esprit libéré de son corps ? D'une certaine façon, j'aurais préféré qu'il soit mort déjà au lieu de souffrir une lente et interminable agonie dans l'enfer de Fort-Dimanche. Vivre la douleur de Daniel dans la totale impuissance m'a épuisée pendant trop longtemps. Et s'il était libéré ? Je refuse désormais d'agoniser sur cette question fondamentale que je me suis posée ces dernières années jusqu'à la nausée. Question dont j'ai fait l'alibi de ma défaite. Je vais l'enfermer dans une boîte et la jeter au fond du lac Azuei, la donner en pâture aux caïmans qui habitent cette eau secrète. J'ai oublié le goût de Daniel dans ma vie. S'il revenait ce soir nous serions deux étrangers, deux pays proches, comme Haïti et la République dominicaine, mais traversés d'une frontière de silences et de larmes. Finalement, Raoul Vincent s'est bien joué de moi, de nous. Il a assouvi ses instincts et ses fantasmes en s'appropriant nos vies. Je me suis laissé faire, la complaisance accepte tous les compromis, même les marchés de dupes. Raoul seul ne porte pas tous les torts. Avec lui j'ai découvert une femme en moi que je ne connaissais pas. Une femme avide. Aveugle. J'ai opté pour le choix le plus facile. Me soumettre à Raoul Vincent et attendre le retour à une existence déjà perdue avec la disparition de Daniel. Je n'ai pas cru à l'irréversibilité des jours. J'ai voulu avoir le meilleur de deux enfers. Mais je devrai combattre tous mes démons, l'un après l'autre, je veux connaître encore des jours où il fait bon d'être en vie, goûter sans crainte au bleu des heures sereines. Désormais je saurai mieux comment regarder la vie dans les yeux, ne pas baisser les paupières. Je vais regarder Marie dans les yeux et ne pas y voir l'image de ma défaite et de mes remords. Je veux recommencer à m'aimer, pour pouvoir mieux l'aimer, s'il n'est pas trop tard.

Près de deux heures de route déjà. Ce n'est pas vraiment une route que nous suivons, plutôt une piste accidentée, interrompue par intervalles de grandes mares de boue. Des fois le tout-terrain s'incline à des degrés extrêmes et je m'attends à tout moment à nous voir basculer sur le côté. Notre conducteur se concentre pour faire les meilleurs choix. Il informe Roger au fur et à mesure de notre avancée des endroits où nous nous trouvons, comme s'il les reconnaissait à leur odeur ou à quelque vibration perçue de lui seul dans le noir absolu. J'apprends que nous venons de quitter les parages du bourg de Ganthier. Tous ces longs détours allongent considérablement le voyage. J'ai mal aux reins. Marie s'est assoupie aussi, toujours appuyée sur mon épaule ankylosée. La prochaine et dernière étape sera Fonds-Parisien. Ensuite nous commencerons à longer le lac Azuei, jusqu'à la frontière. Sur cette distance, il n'y a pas d'autre option que de suivre la seule route disponible, encaissée entre le lac et un long pan de morne. Le passage le plus difficile.

Je scrute l'obscurité jusqu'à en avoir mal aux yeux, je devrais plutôt me pencher en arrière et me reposer un peu. Depuis Croix-des-Bouquets nous n'avons rencontré âme qui vive. Soudain Beauvais ralentit le véhicule et manœuvre pour se mettre sur le bas-côté. Il va vérifier les pneus de la voiture à la recherche d'une crevaison. Je le redoutais depuis longtemps mais la nouvelle accélère les battements de mon cœur. Mes craintes sont confirmées. Le pneu avant droit a cédé. Il va falloir le remplacer vite. Roger, Beauvais et moi mettons pied à terre, par mesure de sécurité Marie et Nicolas encore endormis restent dans la voiture. Nous avons apporté deux torches électriques. Les deux hommes s'affairent à trouver pneu de rechange, cric et clé de roue. Je me tiens sur le bord de la route avec l'étrange sensation d'une multitude de mains qui veulent me happer et m'entraîner dans la nuit derrière moi. La nuit est vivante, elle a une chair, un souffle, ses odeurs intimes et des millions d'yeux. Roger tente de me rassurer. Il se tient tout près de moi pendant qu'il éclaire le côté du véhicule où Beauvais travaille.

L'homme transpire déjà à grosses gouttes. Du silence montent les petits bruits d'un tas de vies minuscules qui habitent l'herbe.

« Nous ne sommes plus très loin, Roger dit.

— Quel voyage, Roger !… je ne suis pas près de l'oublier. » Je m'étire. Cette halte nous était finalement nécessaire pour détendre nos membres douloureux.

Un brusque froissement d'ailes près de nos têtes. Je sursaute.

« Ne t'inquiète pas, Roger dit. Le coin est riche en gibier… il y a des mares… probablement des poules d'eau ou une volée de pintades alertées par notre présence…

— Mon Dieu ! J'ai eu peur. »

À la pensée de ces oiseaux dans la nuit un frisson court sous ma peau.

« Nirvah ?

— Oui, Roger. » Pourquoi Roger m'interpelle-t-il ? Je suis juste à côté de lui, il n'a qu'à me parler. Que va-t-il me dire ? J'ai toujours peur des mots qui tardent à venir.

« Ce soir, juste avant de partir te retrouver chez le docteur Xavier, un ami est passé à la maison m'annoncer que le secrétaire d'État… que Raoul Vincent a été arrêté… en début de soirée… Ils l'ont intercepté alors qu'il tentait de prendre asile à la résidence de l'ambassadeur du Venezuela, à Musseau… déguisé en femme. Il portait sur lui une forte somme d'argent, l'argent de la caisse de l'État…, dit-on. Il est accusé de haute trahison, d'avoir commandité l'assassinat de trois membres du gouvernement, dont l'un a déjà été exécuté, et de détournement de l'argent du peuple. Il est cloué… il n'a aucune chance d'en sortir vivant. »

Un petit rire m'échappe. Le grotesque de la situation est pourtant d'une infinie tristesse. Raoul Vincent… déguisé en femme ! Quelle fin pitoyable pour Son Excellence. Je ne sais que ressentir, mais je me rassure en me disant que ressentir n'est pas un acte volontaire. J'assume la vacuité de mon être. Mon cœur n'éprouve rien, ni joie ni peine. Pas encore de haine. L'argent que m'a donné Raoul provient peut-être de la même source… l'argent du peuple. Je réalise encore que je ne ressens rien de le savoir. Je ne suis pas en mesure d'avoir des états d'âme, je suis en train de fuir, de tenter de sauver ma peau et celle de mes enfants. Cet argent questionnable me sauve la vie et je ne vais pas le jeter dans la savane. Heureusement que je ne peux voir les yeux de Roger, je ne supporterais pas son jugement.

« Hmmm… Raoul Vincent avait un commencement et une fin… » Je ne sais trop ce que signifie cette phrase que je dis en guise de réponse à Roger.

Raoul va apprendre à son tour le goût de se voir mourir jour après jour. J'espère qu'il ne laisse personne à le regretter. Moi je ne le regretterai pas.

Nous repartons, Beauvais a travaillé vite. Je regarde ma montre, nous voyageons depuis plus de trois heures de temps. Mais Malpasse n'est pas loin nous rassure Beauvais. Bientôt nous roulerons à côté du lac. L'impatience d'arriver grandit en moi à chaque minute qui passe. Je ne supporte presque plus de rester dans la voiture. Est-ce de l'impatience ou un surcroît d'anxiété maintenant que nous sommes prêts d'atteindre notre but ? Marie et Nicolas dorment encore. Je vais les réveiller pour qu'ils soient alertes quand viendra le moment de marcher.

L'air est un brin plus frais dans la proximité du lac. Il nous reste à peu près un quart d'heure de route jusqu'à notre point de rendez-vous, d'après Roger. Des roseaux défilent sur notre gauche, au bord du grand étang saumâtre que nous longeons depuis une dizaine de minutes. Je n'ai jamais vu le lac Azuei en plein jour, en fait je n'ai jamais vu de lac de ma vie. On dit que ses eaux sont bleues. Eau hybride, fermée sur elle-même, qui tient de la terre et de la mer. Je devine les frémissements qui rident sa surface. Je laisse dans cette eau sombre une part de moi-même, ma part d'ombre et d'oubli. Les enfants tout juste réveillés cherchent à se resituer dans l'espace clos de la voiture qu'ils avaient quitté le temps d'un rêve. Un voile de poussière vient bizarrement à la rencontre des phares du tout-terrain. Je sens le sursaut d'alarme de Roger, cette poussière ne peut pas être soulevée par la brise trop douce, elle provient de pneus qui roulent vers nous, arrivant dans l'autre sens. Je n'aperçois pourtant pas de feux de position. L'air devient brusquement plus rare dans la cabine. Au moment où je me penche pour demander à Roger ce qui se passe, Beauvais appuie brutalement sur les freins du véhicule dont les pneus patinent désespérément sur les cailloux de la route, il évite d'un poil l'obstacle qui surgit sous nos phares en lâchant un Foutre ! violent. L'arrêt brutal du véhicule nous malmène la colonne vertébrale. Une rafale d'arme automatique éclate au même moment, remuant les entrailles du lac. Deux jeeps couleur de nuit émergent de la poussière, en travers de la route étroite.

DU MÊME AUTEUR

Aux Éditions du Mercure de France

FADO, *roman*, 2008.

SAISONS SAUVAGES, *roman*, 2010 (Folio n° 5333).

LE PRINCE NOIR DE LILLIAN RUSSELL, avec Leslie Péan,
roman, 2011.

Aux Éditions Vents d'ailleurs

L'HEURE HYBRIDE, *roman*, 2005.

KASALÉ, *roman*, 2007.

Chez d'autres éditeurs

UN PARFUM D'ENCENS, *nouvelles*, Imprimeur II, Haïti, 1999.

MIRAGE-HÔTEL, *nouvelles*, Éditions Caraïbe, Haïti, 2002.